Pat McCraw
Duocarns – Die drei Könige

Pat McCraw

DUOCARNS

Die drei Könige

Roman

Pat McCraw
DUOCARNS – Die drei Könige

ISBN: 978-3-943764-10-9

Covergestaltung: Norbert Nagy
Korrektorat: Brigitte Mel

2012 Alle Rechte bei:
Elicit Dreams Verlag
Lieselotte Heinrich
Schieferweg 19
56727 Mayen

webmaster@duocarns.com

Mehr über die Duocarns auf
http://www.duocarns.com

Was zuvor geschah:

Auf der Jagd nach ihren Erzfeinden, den Bacanis, strandeten fünf attraktive, außerirdische Duocarns-Krieger mit ihrem Raumschiff in Kanada: Meodern, der blitzschnelle Supermann, der muskelbepackte Xanmeran, der fungide Hybrid Tervenarius, Patallia, der Mediziner und ihr Führer, der Sternenkrieger Solutosan.

Die Duocarns lebten sich auf der Erde ein: Solutosan lernte Aiden kennen, zeugte mit ihr das Sternenkind Halia, das Aiden bei der Geburt tötete. Tervenarius fand sein Liebesglück in dem Häusermakler David.

Die resolute Maureen bekam den riesigen Xanmeran in die Hände.

Auf Duonalia schaffte es der Wissenschaftler Ulquiorra, den Duocarns durch ein energetisches Tor den Weg zurück auf ihren Heimatplaneten zu öffnen. Die Krieger wurden dort dringend gebraucht. Leider ging der erste Transport durch das Sternentor schief, denn Tervenarius folgte einem geheimnisvollen Ruf und verschwand spurlos.

Der Chef ihrer bacanischen Erzfeinde auf der Erde, Bar, erschuf ein Drogenimperium auf Basis der bacanischen Sex-Droge Bax. Die Duocarns teilten sich, um von nun an die Bacanis auf zwei Planeten zu bekämpfen.

Eine genaue Personenliste befindet sich am Ende des Buches.

Ulquiorra

Der energetische Ring verblasste und erlosch.

Solutosan war in die Knie gebrochen und starrte fassungslos auf Ulquiorra, der in seinem von der Anomalie zerfetzten Gewand, zitternd und stöhnend vor ihm auf dem Boden lag. David, die Hände vors Gesicht geschlagen, sank in sich zusammen.

Ulquiorra hatte Tervenarius auf dem Transport verloren. Eine Katastrophe!

Patallia stürzte sofort zu Ulquiorra, kniete sich neben ihn und ergriff mit besorgter Miene dessen Handgelenk. Er maß den Puls und nahm mit der Handfläche eine kleine Blutprobe, die er in seinen Körper einspeiste und analysierte.

Er hob den blanken, kahlen Kopf. Seine tiefgründigen Augen blickten ernst. »Er ist total erschöpft, Solutosan«, sagte er telepathisch zu ihm. »Hilf mir bitte, ihn hinzulegen.«

Direkt angesprochen löste Solutosan sich aus seiner Erstarrung und erhob sich schleppend. Er fühlte sich völlig überrumpelt, wusste nur, dass er einen seiner besten Freunde verloren hatte, und war Patallia dankbar, dass er in diesem Moment die Anweisungen gab.

Gemeinsam stützten sie Ulquiorra und brachten ihn in einem der Gästezimmer zu Bett. Patallia breitete eine leichte Decke bis über seine Mitte und betrachtete den Torwächter sorgenvoll, dessen schwarzes, langes Haar einen starken Gegensatz zu seinem leichenblassem Gesicht bildete.

»Tervenarius hat einfach losgelassen«, flüsterte Ulquiorra immer wieder. »Er ist einem Ruf gefolgt.«

Solutosan nickte wie betäubt. Der Ruf! »Ich kenne diesen Satz. Ich bin vor etwa einem Jahr mit den gleichen Worten gerufen worden.«

»Beo menucans«, zitierte Patallia mit gerunzelter Stirn, »ist kein duonalisch, Solutosan. Ist dir denn nicht aufgefallen, dass du eine fremde Sprache verstanden hast?«

»Nein«, Solutosan fuhr sich irritiert durchs Haar. »Nein, es war mir völlig klar, was es heißt. – Es war so vertraut.«

»Lassen wir Ulquiorra ausruhen, Solutosan.«

Er erhob sich von der Bettkante – betrachtete Xanmerans bleichen Sohn, der seinen linken Armstumpf immer noch auf die Energiequelle in seiner Brust drückte. Erschöpft war er übergangslos in seinen Ruhemodus geglitten.

Solutosan war klar, dass Ulquiorra keine Schuld an dem Zwischenfall trug. Wer mit ihm durch das Tor reiste, durfte die körperliche Verbindung zu dem Torwächter keinesfalls unterbrechen. Und Tervenarius hatte einfach losgelassen.

Seine Gedanken überschlugen sich, während er mit Patallia zurück ins Wohnzimmer ging. Sie hatten einen Duocarn verloren. Einen Unsterblichen. Was bedeutete es für so ein Wesen, auf dem Transport auf einen anderen Planeten verlorenzugehen? Ewige Verdammnis? Der Gedanke schnürte ihm den Hals zu.

Im Wohnzimmer lehnte Xanmeran steif an der Wand. Trianora versuchte, den völlig aufgelösten David zu trösten. Meodern saß auf dem Sofa, den Kopf in beide Hände gestützt und starrte vor sich hin. Xan blickte Patallia fragend an.

»*Deinem Sohn geht es gut. Er wird sich wieder erholen.*«

»*Gut.*« Xan schob sich mit steinerner Miene von der Wand. »*Bin im Fitness-Raum.*« Das war seine Art mit dem Problem umzugehen.

Solutosan schüttelte leicht enttäuscht den Kopf. Xanmeran hatte kein Wort der Besorgnis wegen Tervenarius geäußert. Seine Distanz gegenüber Ulquiorra entfernte ihn nun sogar von den anderen Duocarns.

»*Patallia, bitte hilf David*«, bat Trianora.

Der Mediziner trat zu Tervenarius' Gefährten, blickte David prüfend an und legte ihm die Hand auf den Unterarm. »*Komm, David*«, sagte er leise. »*Du musst dich ausruhen.*« Davids stahlblauer Blick verschwamm. Patallia hatte ihm offensichtlich ein starkes Beruhigungsmittel verabreicht.

Solutosan starrte den beiden hinterher, als sie den Raum verließen. Er war mit den Gedanken bereits woanders.

»*Beo menucans! Ihr Götter! Wo kommt das her? Wieso hat Terv es ebenfalls verstanden?*« Solutosan stiefelte vor dem breiten Fenster des Wohnzimmers auf und ab. Der großflockige Schnee hatte den kleinen Garten inzwischen mit einer dicken Watteschicht bedeckt. Nur Trianora und Meodern saßen noch auf der großen Ledercouch in der Mitte des Raumes.

Trianora strich ihren langen, blonden Zopf zurück. Sie trug nun Menschenkleidung, da ihr duonalisches Gewand bei der Reise zur Erde zerfetzt worden war. Sie sah in Jeans und dem dicken, grauen Strickpulli richtig menschlich aus. Nur die silbernen Augen verrieten ihre Herkunft.

»*Er hat sich entschieden, Solutosan*«, sagte sie ruhig. »*Wir werden es irgendwann erfahren, das fühle ich. Tervenarius ist unsterblich, vergiss das nicht.*«

Er stierte sie an. Ja genau, das war doch das Problem! Einen Sterblichen hätte die Anomalie in tausend Stücke gerissen – so wie es mit Ulquiorras Hand geschehen war. Aber einen Duocarn? Wollte er jetzt mit Trianora darüber diskutieren? Er entschied sich dagegen, drehte sich abrupt um und starrte aus dem Fenster auf die treibenden Schneeflocken.

Meo hatte noch etwas auf dem Herzen. »*Was ich dich die ganze Zeit fragen wollte, Trianora. Was ist aus dem Sternentor geworden unter der Herrschaft der Bacanis?*« Seine Stimme tönte rauchig-sanft – wie immer wenn er mit Trianora sprach.

»*Mein Vater, der auf dem gleichen Mond lebt, hat mir erzählt, dass die Bacanis es benutzen wollten. Da es jedoch nur auf die duonalische Genetik reagiert, war das sinnlos. Danach haben die Bacanis scheinbar wutentbrannt versucht es zu zerstören*«, antwortete sie.

»*Was?*« Solutosan fuhr herum. Den Bacanis war aber auch nichts heilig!

Trianora nickte. »*Es ist unzerstörbar. Es wird also weiterhin für die auserwählten Duonalier möglich sein, Unsterblichkeit zu erlangen.*«

»*Unsterblichkeit!*«, zischte Solutosan. Er dachte an all die Wesen, die er schon zu Staub hatte zerfallen sehen, während er und seine Duocarns in ihren unzerstörbaren Körpern die Ewigkeit überdauerten. Seine geliebte Frau, Aiden, war erst vor kurzem gestorben. Nur das gemeinsame Kind war ihm geblieben. Halia, das Sternenkind, das als Halb-Duonalierin sehr alt werden würde.

Solutosan zügelte seinen Unmut und seufzte, denn in diesem Moment kam Halia ins Wohnzimmer. Er blickte liebevoll zu der Kleinen hinab, die angelaufen kam und nun vor ihm stand.

Halia, in einer blauen Latzhose und einem weißen Pulli mit roten Herzchen, reichte ihm mit ernstem Gesichtchen ein Glas Kefir. Ihre dunkelgrünen Sternenaugen blickten vertrauensvoll zu ihm auf.

»*Daddy, warum ist Onkel Terv weg?*«, fragte sie.

Solutosan nahm ihr das Glas ab und lächelte schwach. Er hob sie hoch und streichelte ihre rotgoldenen Locken. »*Er wurde gerufen, Halia. Von wem wissen wir nicht.*«

Halia schob trotzig die Unterlippe vor, ihre Augen füllten sich mit Tränen.

»*Ich weiß, er ist dein Lieblings-Onkel, Halia. Wir werden ihn bestimmt wiedersehen. Das ist einfach nur eine Frage der Zeit.*«

Zeit hatten er und seine Krieger mehr als genug, dachte Solutosan. Trotz seiner eigenen, tröstenden Worte musste auch er in diesem Moment blinzeln, um die Tränen zurückzuhalten.

»Mehr links!«, brüllte Bar. Sein massiger Leibwächter Buddy stand auf einer etwas schwankenden Stehleiter und hielt zusammen mit dem Schreiner das neue Hinweisschild seines Clubs an die Hauswand. Natürlich bestand das kleine, elegante Schild für den Mirrorclub aus reflektierenden Spiegeln.

Bars Swingerclub hatte sich verkehrsgünstig, aber diskret, in einem wenig belebten Viertel von Vancouver etabliert. Man konnte von außen seine enorme Größe nicht erkennen. Er würde ein Geheimtipp sein.

»So ist gut!« Bar drehte sich zufrieden um und schritt die Treppen zum Vordereingang hinauf.

Daisy war innen im Empfang schon am Werk. Sie trug ein hautenges Paillettenkleid, eine üppige Hochsteckfrisur und dekorierte ihren polierten Empfangstresen mit geschmackvollen Figuren nackter Frauen.

»Ich sage dir, der Club wird der Renner, Schätzchen«, schnurrte sie bei Bars Anblick. Bar nickte. Er würde Erfolg haben. Er war es langsam gewöhnt, dass sich alles, das er anfasste, in Gold verwandelte.

Den Rückschlag durch die Duocarns hatte er längst verschmerzt. Er war wieder im Geschäft. Seine Bax-Produktion lief, und der Swingerclub würde der Erste einer ganzen Firmengruppe sein.

Mit Daisy an der Hand kontrollierte er nochmals die Räume, die er abends zur Eröffnung freigeben wollte. Er hatte keine Kosten gespart und fast alle Wände verspiegelt, so dass die geile Kundschaft sich bei ihren Aktionen beobachten konnte. Sei es in der Bar, dem ägyptischen Zimmer, dem Plüschraum, dem SM-Studio, dem Whirlpool-Bereich oder einem der vielen anderen Themenzimmer. Alles war nur für die Lust und das Wohlergehen der Besucher eingerichtet worden.

Im SM-Raum blieb Daisy stehen und betastete die verschiedenen Schlagwerkzeuge. Mit einem Quieken nahm sie eine Stachelrolle mit spitzen Metalldornen von der Wand. Sie zog sich das Kleid von den üppigen Brüsten und rollte sich damit probeweise mit verzücktem Gesicht über ihre weiße Haut.

Bar grinste, nahm ihr die Rolle aus der Hand und hängte sie ordentlich zurück. Er packte sie und zog ganz langsam, statt der Stachelwalze, seine Klauen über die Brüste – hinterließ so schöne rote Spuren.

Daisy keuchte. »Okay, das ist besser, ich gebs zu«, lächelte sie schelmisch und küsste ihn, genoss seine kleine Misshandlung. Bar zog ihr das Kleid wieder über den Busen. Den Teufel würde er tun, mit Daisy zwischen den Spiegeln intimer zu werden, beobachtet von seinen Bacanars, die dahinter lauerten. Er war schließlich der Chef.

Zufrieden entließ er Daisy mit einem Klaps auf den Po. Sie wollte sich noch um die Getränke kümmern. Nachdem sie verschwunden war, öffnete er die kleine, geheime Tür in der Wand und verschwand im Inneren. Er hatte den Club so gestaltet, dass die Bacanars sich hinter fast allen Spiegeln bewegen konnten. Da deren Rückseiten aus Glas bestanden, ermöglichten sie einen ungehinderten Blick auf die kopulierenden Gäste. So waren die Bacanars fähig, ihre Angriffs-Chancen genau zu erfassen. In unaufmerksamen Momenten würden sie die geile, natürliche Öffnung der Frauen benutzen, um deren Energien aus den Unterleibern zu saugen. Zu diesem Zweck besaßen die Spiegel im unteren Rahmen kleine, unscheinbare Durchschlupfe, durch die sie ihre Spiralvenen schieben konnten. Krran hatte die acht Bacanars trainiert, für diesen Akt nur noch zwei Minuten zu brauchen.

Bars Handy brummte leise. Er zog es aus der Innentasche seines Maßanzugs, verließ das Spiegelkabinett und meldete sich. »Paps, sag Skar er darf nicht immer unsere Playstation benutzen und meine Spielstände überspeichern!«

»Und deswegen rufst du mich an?« Bar krächzte vor Wut.

»Entschuldige Paps«, ließ sich Ptars Stimme vernehmen. »Nein, nicht nur - ich soll dir von Mister Patterson bestellen, du sollst ihn anrufen.«

Bar grummelte immer noch. »Okay. - Und sag Skar selbst, was du mit ihm zu klären hast.« Er legte auf.

Seine Söhne hatten weniger Klasse, als von ihm erhofft. Sie waren nun mal die Kinder, mit einer Erdlings-Hündin gezeugt, und Bacanars. Als Hybriden konnten sie nicht den Intellekt eines reinrassigen Bacani haben. Er plante, sie zukünftig für den Bax-Verkauf an den Schulen einzusetzen. Er hatte vor, ihre Schwänze amputieren und die Fangzähne abschleifen zu lassen, damit sie sich besser unter den Menschen bewegen konnten. Die Krallen sollten sie behalten, die waren wichtige Waffen.

Bar schlenderte gemächlich aus dem Club und wählte Marcel Pattersons Nummer, einem Börsenhändler, mit dem er seit einiger Zeit gut zusammenarbeitete. Er war ja nicht dumm. Die Erträge aus seinem Geschäft mit der Droge steckte er natürlich in seriöse, kanadische Unternehmen. Außerdem hatte er ein Bankkonto in der Schweiz. Nicht schlecht für einen kleinen Außerirdischen, dachte Bar und instruierte Patterson bezüglich seiner neusten Geldanlagen.

Xanmeran stand mit Maureen Hand in Hand auf einem der Windschiffe, das sie auf den östlichen Mond bringen sollte. Ja, sie waren auf Duonalia. Und er freute sich so darüber, dass er jeden der Passagiere auf dem Schiff hätte umarmen mögen. So viele Jahre dachten sie, für immer auf der Erde bleiben zu müssen. Und nun diese Heimkehr!

Der Transport durch Ulquiorra hatte perfekt geklappt. Allerdings hatte er sich so fest an die Schultern seines Sohnes geklammert, dass Ulquiorra sich diese, an der Kaimauer von Duonalia-Stadt gelehnt, mit schmerzverzerrtem Gesicht gerieben hatte. Xanmeran genoss es, wieder in seiner Heimat zu sein, reckte die Nase in die Luft und atmete tief ein. Er würde den Duocarns den Weg nach Hause ebnen.

Auch Maureen hatte den Sprung auf seinen Heimatplaneten gut überstanden. Sie stand sprachlos und mit offenem Mund neben ihm und bestaunte Duonalias Schönheit. »Wie ein buntes Mobile«, hauchte sie und beobachtete die Monde, die die zartbunten Energieschleier zwischen sich verschoben. Durch diese vielfarbigen Schleier schwebten all die Windschiffe in ihren atmosphärischen Blasen, lautlos, mit sich blähenden, metallisch wirkenden Segeln.

»Hier ist es so still«, flüsterte Maureen ihm ins Ohr. Xanmeran lauschte den Gesprächen der Passagiere. Für die Erdenfrau Maureen musste die Ruhe bestimmt bedrückend wirken, da sie keine Telepathin war.

»Na ja, ganz so leise, wie du meinst, ist es nicht«, antwortete er mit gedämpfter Stimme und zwinkerte zu ihr hinunter. Wie hübsch sie war mit ihren weit aufgerissenen, erstaunten Augen. Am liebsten hätte er sie sofort gepackt und geküsst. Aber zum einen war er ein duonalischer Krieger, zum anderen war ein solches Benehmen auf einem Windschiff ein Ding der Unmöglichkeit. Also verhielt er sich diskret und leise.

Xan hatte sich angewöhnt, mit Maureen in der Öffentlichkeit zu flüstern. In ein Dona-Gewand gekleidet mit einem Schleier über dem blonden Haarschopf, klammerte sie sich an seine Hand. Er hatte sich ebenfalls den duonalischen Sitten angepasst, trug ein weites Gewand aus Donafaser und hatte sich auf dem Markt in Duonalia-Stadt ein Herrenbarrett besorgt, um seinen auffälligen Glatzkopf zu bedecken. Mit seiner roten Haut und seinen fast zwei Metern Körpergröße war er sowieso schon eine unübersehbare Erscheinung und wurde von einigen Passagieren unverhohlen angestarrt. Ulquiorra hatte ihnen glücklicherweise genügend getrocknetes Dona überlassen, so dass sie die Kleidung eintauschen konnten und noch ein kleines Kapital besaßen.

Maureen umklammerte Xanmerans große Hand fester, als sie das Windschiff verließen und eins der verschlungenen, weißen Transportbänder des Mondes betraten.

»Womit werden die betrieben?« Maureen versuchte vorsichtig, ihre Fußspitze in das Band zu bohren.

»Wie alles auf Duonalia, Maureen – mit Vis. Wir verdanken unsere Energie den Schleiern. Durch die Mondbewegungen geraten sie unter Druck und erzeugen Energie. Jeder Mond hat am unteren Pol eine Energiestation, die den Planeten versorgt. Zwischen den Monden sind nur die Windschiffe fähig, diese Kraft zu nutzen.«

Maureen sah ihn mit offenem Mund an. »Wahnsinn!«

Sie stiegen vom Transportband. Er war stolz Maureen seine Heimat zeigen zu können, erklärte ihr geduldig alle für sie neuen Dinge und beantwortete ihre Fragen.

Blendendes Weiß war die dominante Farbe des östlichen Mondes. Maureen bestaunte die schlichten Domizile der Duonalier. Aus lichthellem, glänzendem Stein gebaut waren sie von außen nur mit gerundeten Eingangstüren versehen, denn die duonalischen Häuser hatten ihre Fenster in Richtung der lichten Innenhöfe und besaßen zusätzlich lichtdurchlässige Dächer.

Der östliche Mond war der fruchtbarste der vier Monde. Xanmeran zeigte ihr die Donafelder, grub für sie eine der mandelförmigen Donanüsse aus und erzählte von Duonalia, bis ihm der Hals vor lauter Reden trocken wurde.

Liebevoll betrachtete er Maureen, deren Schleier, vom ständigen duonalischen Wind gezaust, um ihr rosiges Gesicht wehte. Er hatte sie tatsächlich mitgenommen in eine ihr völlig fremde Welt. Das war mutig. Aber er wusste, wie stark sie war und welcher Kampfgeist in ihrem Körper wohnte. Sie würde bestimmt schnell lernen und sich durchsetzen, das fühlte er. Zärtlich strich er über ihren Kopf und glättete den Schleier.

Sie wanderten noch eine Weile auf den knirschenden Steinwegen entlang. Er hielt vor einem der Häuser und klopfte an dessen verwitterte Eingangstür. Sie warteten geduldig. Langsam näherten sich Schritte von innen und die Tür öffnete sich zögernd.

Seine Schwiegermutter Lana, mit hüftlangem, weißem Haar, blinzelte gegen das Tageslicht – hob die faltige Hand um die alten Augen abzuschirmen und blieb starr stehen, als sie ihn ganz erblickte. »Xanmeran?«, flüsterte sie. »*Ihr Götter!*« Sie streckte die Hände aus und zog ihn ins Haus – winkte auch Maureen einzutreten.

Sie schloss schnell die Tür. Das Gebäude war angenehm kühl und spartanisch eingerichtet.

Lana betrachtete ihn von oben bis unten. Verlegen zog er das Barrett vom Kopf. »*Du bist es wirklich!*« Mit dem Lächeln erschienen tausende kleine Fältchen in ihrem Gesicht. Xan zog seine, zerbrechlich wirkende und knochige, Schwiegermutter an seine breite Brust. Er war froh. Sie schien sich ehrlich zu freuen. Er stellte ihr Maureen vor, die sich höflich verbeugte. Ich habe mich in ihr nicht getäuscht, dachte er kurz. Sie hat sich sofort den duonalischen Sitten angepasst. Sie wird auch alles Weitere schaffen. Er lächelte ihr aufmunternd zu.

Lana zog sie an den Händen in einen weniger karg eingerichteten Raum, der mit seinen vielen, verstreuten Sitzkissen und niedrigen Tischchen augenscheinlich als eine Art Wohnzimmer diente.

„*Bitte setzt euch doch! Ich kann kaum glauben, dass du wirklich hier bist! Alle haben gesagt, dass die Duocarns verschollen sind! Ich bin ja so glücklich!*" Sie strahlte ihn an, holte einen Krug und drei irdene Becher und stellte sie auf einen der Tische. Sie stöhnte leise, als sie sich auf eines der flachen Kissen sinken ließ. Ihr Alter machte ihr offensichtlich zu schaffen.

Er setzte sich in die Mitte zwischen Maureen und Lana. »Ich möchte dich bitten, laut zu sprechen, da Maureen keine Telepathin ist. Aber sie versteht dich, dank der Übersetzer-Mikroben«, klärte er Lana auf. Die alte Frau musterte Maureen erstaunt.

»Sie kommt von dem Planeten, auf dem ich während der vergangenen Terzien gewesen bin«, erklärte er.

Lana ergriff den Krug. Mit zitternden Händen schenkte sie Wasser in die Becher. »Es ist so lange her, dass ich das letzte Mal Besuch hatte. Seit Taranias Tod und Ulquiorras Weggang hat sich niemand mehr um mich gekümmert.«

Xanmeran nahm ihre filigrane, weiße Rechte und drückte sie sanft. »Maureen und ich sind jetzt hier. Und wir werden eine Weile bleiben.«

»Ist das denn nicht zu gefährlich für dich? Die Duocarns sind doch die Jäger der Bacanis! Sie sind ganz gewiss nicht erfreut, einen von ihnen zu sehen. In unserem Dorf leben wohl keine dieser Plagen, aber außerhalb halten sich zwei starke Rudel auf.«

»Mach dir darüber keine Sorgen, Framaman«, antwortete er leise.

Lana liefen ein paar glitzernde Tränen über ihre schmalen Wangen, als sie dieses Kosewort vernahm. »Die Zeiten sind so hart geworden. Die Bacanis haben nur noch einen Dona-Kondensator für das ganze Dorf übriggelassen. Wir müssen oft hungern. Sie tun das aus lauter Gemeinheit. Auch Kleidung ist inzwischen schwer zu bekommen.« Sie blickte zu ihrem mehrfach geflickten Gewand aus Dona-Faser hinab.

»Aus diesem Grund sind wie hier«, sagte Xanmeran bestimmt. »Wir wollen helfen, diesen Zustand zu beenden.«

»Aber wie?«, fragte Lana mutlos.

»Wir möchten den Duonaliern beibringen, sich zu wehren.« Seine Schwiegermutter blickte ihn zweifelnd an.

»Natürlich haben wir hier im Dorf Bewohner, die die Zustände ändern wollen – wenn sie wüssten, wie.«

»Glaubst du, wir können diese Leute zusammenrufen?«

»Das brauchen wir gar nicht«, erklärte Lana. »Hast du schon vergessen, dass wir uns alle drei Lunaren zum Gebet treffen?«

Er wurde verlegen. Er hatte anderes zu tun gehabt, als zu beten. »Ist es dir möglich, uns zu beherbergen?«

»Natürlich!«, strahlte Lana hocherfreut. »Taranias Zimmer steht immer noch leer. Geht und erholt euch – ich werde das Gleiche tun. Ich rufe dann später zum Essen.«

Xanmeran nahm Lanas Hände in seine – sie verschwanden völlig darin. »Ich danke dir, Framaman!«

Das Bett war so schmal, dass Maureen fast auf Xan liegen musste. Aber sie wollte nicht, dass er in seinen Ruhemodus ging und dabei auf dem Boden lag oder stand. Sie brauchte dringend seine Nähe und seinen Trost, so weit weg von der Erde. Das hatte er verstanden, sie deshalb an seinen nackten, roten Leib gezogen und zart einige Dermastrien um sie gewunden. So konnte sie nicht herunterfallen.

Maureen schaute auf seine schwarz-goldene Haut, deren goldene Schlieren sich an den entblößten Stellen langsam bewegten. Sie staunte über ihren eigenen Mut. Sie lag doch wirklich und wahrhaftig mit einem Außerirdischen in dessen Armen auf seinem Heimatplaneten!

Sie konnte vor Aufregung, trotz ihrer Müdigkeit, kein Auge zu tun. Für diesen irrsinnigen Trip hatte sie alles auf der Erde aufgegeben. Kettlestone war völlig überrascht gewesen, und hatte versucht, sie von ihrer „Weltreise" zurückzuhalten. Die Kids im Dojo hatten sich an sie geklammert. Dort auf Wiedersehn zu sagen war ihr besonders schwer gefallen.

Aber als sie dann auf Xanmeran blickte, der riesig und lächelnd in der Ecke des Dojos lehnte, wusste sie, dass ihre Entscheidung richtig war. Er war der Mann ihrer Wahl und sie würde alle nötigen Konsequenzen tragen, um mit ihm zusammen zu sein.

Er konnte so frech sein, kämpferisch und halsstarrig, aber war dann doch von einem Feingefühl und einer Zärtlichkeit erfüllt, die sie immer wieder neu überraschte. Zart strich sie über die schwarze, entblößte Haut. Sie war fest und weich zugleich.

»Das kitzelt«, brummte er, ohne die Lider zu öffnen. »Kannst du nicht schlafen?« Er schlug die Augen auf, betrachtete sie mit seinem prüfenden Blick. »Bereust du etwas?« Er sprach duonalisch und nicht mehr englisch. Das ließ ihn endgültig fremdartig wirken.

Maureens Herz klopfte heftig. Sie liebte ihn wie verrückt. Da sie nicht wusste, wie hellhörig die duonalischen Häuser waren, wollte sie aus Rücksicht auf ihre nette Gastgeberin die Ruhe dort nicht durch lustvolle Geräusche stören. Obwohl – sie hätte ihn verschlingen können, als er sie so ansah.

»Nein, ich bereue nichts, Xanmeran«, lächelte sie.

»*Warte auf mich, Halia. Ich muss noch kurz mit Meo sprechen.*« Halia, in ihrem grünen Parka mit Pelzbesatz, sah zu Solutosan hoch und nickte ergeben. Der Parka hatte genau die Farbe ihrer Augen, in denen einige Sterne erwartungsvoll blitzten.

Er wusste, wie ungeduldig sie wartete, um Bill Bohlen ihr erstes eigenes Platin zu bringen. Er hatte ihr lang und breit erklären müssen, warum es nicht ging, dass sie in dem von ihrem Sternenstaub getrennten Platin nicht ihren kleinen Handabdruck verewigen durfte, sondern es noch von Meo in Barren gepresst werden musste. Sie hatte ihm allerdings das Versprechen abgeluchst, ihn zu Bill Bohlen begleiten zu dürfen, um das Platin zu veräußern.

Solutosan ging in die Küche, um mit Meo zu sprechen. Meodern hatte sich die Haut mit Make-up getarnt, blaue Kontaktlinsen eingelegt und eine schwarze Mütze über sein blondes Stoppelhaar gezogen. Er saß Kefir trinkend am Küchentisch. Solutosan schob sich auf einen der mit rotem Plastik bezogenen Küchenstühle. *»Bist du auf dem Weg ins Westend?«*

Meo nickte. *»Werde mal ein bisschen im Touristenviertel schnüffeln gehen. Als ich das letzte Mal dort war, sah es so aus, als ob wieder Bax im Umlauf ist. Ich habe einen Typen verfolgt, der in der verlotterten Kneipe war, in der Bar sich immer herumgetrieben hat. Er scheint dort etwas gekauft zu haben und hat prompt eine Ecke weiter in einem Hauseingang mit seiner Freundin heftigst kopuliert.«* Meo schob die Mütze am Rand hoch und kratzte sich die Stirn.

»Das riecht in der Tat verdächtig nach Bax«, nickte Solutosan bestätigend und erhob sich. *»Halte mich auf dem Laufenden!«*

Er brauchte Meo nicht zu sagen, dass er vorsichtig sein sollte. Es gab kein schnelleres Wesen auf den ihm bekannten Planeten als Meodern. Der Duocarn würde allein ausgezeichnet zurechtkommen.

Solutosan nahm die zappelnde Halia an die Hand und schnappte den Platinkoffer. Sie fuhren mit dem Porsche. Meo stieg in den Volvo, öffnete mit seinem Gencode das Garagentor und sie verließen bei strahlendem Sonnenschein das Duocarns-Hauptquartier.

Der hellblaue Porsche kam ihm auf einer kleinen Seitenstraße entgegen. Der Fahrer beachtete ihn nicht. Ha!, dachte Smu, hab ich euch! Diese Art Wagen waren selbst in einer Metropole wie Vancouver eine Seltenheit.

Durch einen Tipp seiner besten Freundin Maureen hatte er von dem Porsche erfahren. So war es für ihn ein Leichtes gewesen, die Spezialeinheit aufzustöbern, der dieser riesige Indianer Xanmeran angehörte. Smu war sauer, denn der

Kerl hatte ihm seine Waffe abgenommen und nicht wiedergegeben. Nach der ganzen mysteriösen Sache mit der roten Droge, die Smu fast seinen Schwanz gekostet hatte, war Maureen verschwunden. Sie hatte ihm gesimst, dass sie eine Weile aus Vancouver weg wäre, und hatte auch ordentlich ihren Job gekündigt, aber Smu fühlte, dass da noch mehr war. Diese Vorfälle reizten seine Neugierde. Deshalb würde er nun dem Ganzen auf den Grund gehen.

Er hielt an dem Haus am Meer, aus dessen Garage er den Wagen hatte kommen sehen. Neugierig begutachtete er Wände und Fenster des Gebäudes. Es wirkte unauffällig, aber sein Bauchgefühl sagte ihm, dass er eine Festung vor sich hatte.

Mit den Händen in den Taschen spazierte er langsam an den Hauswänden entlang. Ohne zu zögern, sprang Smu über eine schmale Gartenmauer und stand vor einer großen Fensterfront. Er betrachtete die Fensterrahmen. Er konnte keine Kabel entdecken, aber hätte sein rechtes Ei verwettet, dass die Fenster Teil der Alarmanlage waren.

Während er noch prüfte, fühlte er einen Blick auf sich. Im Inneren des Hauses saß ein Mann auf dem Ledersofa des Wohnzimmers mit einem Glas in der Hand und starrte ihn an. Hoppla, den kannte er. Das war der weiße Arzt!

Der Mediziner erhob sich, kam zum Fenster und öffnete es. »Besuch?«, fragte er freundlich. Smu hatte ja mit allem gerechnet, nur nicht damit zuvorkommend empfangen zu werden. »Komm rein!«

Das ließ er sich nicht zwei Mal sagen. Er setzte sich auf die Fensterbank und schwang die Beine ins Zimmer. Als er loslief, sah er, dass seine Springerstiefel schwarze Tapsen auf dem grauen Teppichboden hinterließen.

»Ups! Die ziehe ich mal besser aus.«

Der Mann nickte gleichgültig und ließ sich wieder auf dem Sofa nieder. »Setz dich.«

Smu sah ihn von der Seite an. Das weiße Gesicht des Mediziners wirkte müde. Jetzt erinnerte sich Smu an seine violetten Augen mit silbernen Sprenkeln, die ihn schon einmal fast hypnotisiert hatten. Der Mann drehte den kahlen Kopf, musterte ihn von oben bis unten. Smu fühlte sich unter diesem Blick wie ausgezogen, aber seine Verlegenheit wich bei dem Gedanken, dass der Mann ihn ja schon nackt gesehen und sogar seinen Schwanz in der Hand gehalten hatte. Bei dieser Erinnerung spürte Smu, wie sich sein Glied straffte. Hm, ja ...

»Ich wollte zu Xanmeran«, begann er.

Der Arzt stand auf, zog seinen Mediziner-Kittel aus und hängte ihn über das Sofa. Darunter trug er eine schwarze Stoffhose und ein enganliegendes, weißes Hemd. Ohne zu antworten ging er zu der offenen Verbindungstür und verschwand in der Küche. Smu verlor einen Moment den Faden. Der Mann war schlank und wohlgeformt, mit breiten Schultern und schmalen Hüften. Er bewegte sich fließend.

Was hatte er eigentlich gewollt? Ach ja, die Waffe. »Xanmeran hat noch meine Smith & Wesson – die brauche ich.« Hatte der Mann ihn überhaupt gehört?

Sein Gastgeber kam wieder und drückte ihm ein Glas mit weißer Flüssigkeit in die Hand.

»Kefir. Wir haben nur das. Es sei denn, du möchtest Wasser.« Er ließ sich auf das Sofa gleiten und streckte die Beine lang aus. »Ich weiß leider nicht, wo Xanmeran deine Waffe aufbewahrt, aber ich kann dir eine andere holen, wenn du willst.«

Smu nickte und strich sich durch seine knallbunte Mähne. Dieses Mal hatte er sie violett, orange und rosa gefärbt – passend zu den Fingernägeln.

Sein Gegenüber musterte ihn. »Wieso hast du eigentlich die Zunge gespalten?«, wollte er wissen. »Ein Unfall?«

»Nö«, erwiderte Smu. «Das habe ich machen lassen. Gefällt mir so. Ist genial beim Küssen.« Der Mann wich ein Stückchen zurück und runzelte die Brauen. »Ist das genau so etwas Geniales wie dein verstümmeltes Geschlecht?«

»Hä?« Smu versuchte sich zu erinnern, was an seinem Schwanz nicht in Ordnung war. Ihm fiel nichts ein. »Ich weiß nicht, was du meinst.« Was für ein blödes Thema! Na ja, der Mann war Mediziner. Ärzte fanden nichts dabei, intime Fragen zu stellen. Verlegen betrachtete er seine blauen Socken und wackelte mit den Zehen.

»Bei deinem Penis fehlte ein Stück, als ich ihn das letzte Mal sah«, stellte der Weiße fest.

Jetzt dämmerte Smu endlich, worauf dieser anspielte. »Verstehe«, meinte er gedehnt. »Du sprichst von meiner Beschneidung. Das ist bei uns so üblich. Ich bin Jude«, fügte er hinzu. Seinem Gastgeber schien das nichts zu sagen.

»Judentum ist eine Religion, wie zum Beispiel das Christentum. Juden werden schon als kleine Jungen beschnitten, weil das hygienischer ist«, klärte Smu ihn auf. Wieso wusste der Mediziner das nicht? Smu betrachtete ihn von der Seite.

Der Mann hatte die Augen geschlossen.

»Du siehst ganz schön müde aus.« Smu kam nicht umhin, das zu bemerken.

Der Arzt blickte ihn an. »In letzter Zeit ist sehr viel passiert. Ehrlich gesagt habe ich im Moment den Eindruck, meine Energie nur zu verlieren und nicht mehr ersetzen zu können. Nein, eigentlich habe ich das Gefühl schon seit Äonen.«

»Äonen?« Smu lachte. »Wie alt bist du denn?«

»Ich weiß es nicht, Samuel.« Er hatte sich seinen Namen gemerkt.

»Wie heißt du überhaupt?«, wollte Smu wissen.

»Patallia.«

Was für ein merkwürdiger Name. – Aber der Mann war ebenfalls eigentümlich und der Name passte.

Smu war leicht irritiert. Weswegen war er noch mal da? Ach ja, die Waffe und Maureen.

»Patallia, was weißt du über Maureen?«

»Ich verstehe nicht, was du meinst, Samuel.«

»Smu«, verbesserte Smu ihn.

»Okay, Smu. Was soll mit ihr sein?«

»Sie ist weg.«

»Ja«, nickte Patallia. »Sie ist mit Xanmeran unterwegs.«

»Wohin denn?«

»Sie haben einen Außentermin.«

Na klar, Außentermin. Smu grinste grimmig und fummelte an einem seiner vielen Ohr-Piercings.

»Smu, die beiden sind ein Pärchen. Du solltest sie ganz einfach in Ruhe lassen«, empfahl Patallia ihm.

Hoppla! Maureen hatte sich mit dem monströsen Indianer zusammengetan? Smu dachte einen Moment daran, wie sie auf Xanmerans Brust im Dojo gesessen hatte. Da war also mehr daraus geworden. Er schaute Patallia prüfend an. Vielleicht hatte der ja recht und er sah Gespenster. Maureen konnte selbst auf sich aufpassen und Xanmeran war irgendwie cool.

»Soll ich dir die Waffe holen?«, bot Patallia an und erhob sich. »Willst du mitkommen?«

Smu nickte. Er folgte Patallia in den Keller in einen isolierten Raum mit Schießstand. »Wow!« Smu staunte nicht schlecht.

Patallia öffnete eine Schublade am Stand und enthüllte eine Reihe Handfeuerwaffen. »Such dir eine aus.«

Smu prüfte die Waffen, nahm eine Smith & Wesson und steckte sie sich hinten in den Hosenbund. »Danke!« Sie liefen wieder die Treppen hoch, der Mediziner vorneweg.

Im Hinaufgehen betrachtete Smu nachdenklich Patallias kleinen, knackigen Po vor sich. »Ich sag dir was. Du solltest mal unter Leute gehen. Ich habe das Gefühl, du verkümmerst hier.«

»Ich bin hier unter Leuten.«

»Das meine ich nicht. Geh ab und zu in ein Restaurant, Kneipe oder auf eine Party. Trink was. Rede einfach mal dummes Zeug. Schalte ab.«

»Ich bin mit Alkohol nicht kompatibel«, meinte Patallia sanft. »Und wie sollte es mir helfen, Dummheiten von mir zu geben?«

Smu heftete seinen Blick auf ihn. »Wer nicht wagt, gewinnt auch nicht, mein Freund.« Er hatte sowieso vor, sich einen bunten Abend zu machen. Er würde Pat mitnehmen. »Komm doch heute Abend einfach mit mir.«

Patallia strich sich nachdenklich über die Schläfen.

»In Ordnung«, nickte er. »Was soll ich anziehen?«

»Zeig mal, was du hast.«

Er folgte Pat in sein Zimmer. Was für eine traurige Bude! Kein Wunder, dass der Mann Depressionen hatte. Einrichtung konnte man das schmale Bett, den Schrank und den Stuhl kaum nennen. Dazu schmucklose, kahle Wände. Smu zog die Schultern zusammen. Da war echt Handlungsbedarf. Er durchforstete Pats Kleiderschrank. Schwarze Hosen, weiße Hemden, Kittel, ein Mantel.

»Gruselig«, stieß Smu hervor. Er sah auf die Uhr seines Handys. »Hast du Kohle?«

Pat überlegte kurz. «Wenn Kohle Geld ist – ja, habe ich.«

»Wir gehen vorher einkaufen«, entschied Smu. Er drückte Patallia den Mantel in die Hand.

»Reichen zehntausend?«

Er grinste. Sie würden Designer shoppen gehen. Smus Leidenschaft!

Smu fuhr ohne Umwege mit Patallia zu Boboli in der Granwill Street. Sie schlenderten durch den Laden und wühlten in den Auslagen. Smu setzte sich in einen der bequemen Plüschsessel, nippte an einem Glas Sekt und ließ Patallia Hosen, Hemden, Jacken und Mäntel anprobieren, was dieser auch geduldig tat. Er war der vornehme Typ, beschloss Smu. Daran würde er nichts ändern. Er entschied, dass Pat drei Kombinationen brauchte: eine legere, eine sportliche und eine elegante. Dementsprechend suchte er die Sachen aus.

Patallia strich sich ratlos über die Glatze und vertraute dann auf Smus Begeisterung. Einzig, was die Kopfbedeckung anging, konnten sie sich nicht einigen. Pat wollte einen Zylinder, was Smu augenrollend ablehnte. Zum Schluss einigten sie sich auf einen dunklen Humphrey Bogart Hut, der Pats Augen ausgezeichnet zur Geltung brachte. Mit Tüten beladen gingen sie zu Smus Auto, um alles einzuladen.

Pat hatte eine graue Jeans, den blauen Armani-Pulli und die schwarze, körperbetonte, neue Jacke im Laden direkt anbehalten. Er lehnte an Smus alter Karre.

»Danke, Smu.« Patallia lächelte.

Das war das erste Lächeln des Abends. Smu stand still und betrachtete ihn. Unglaublich, wie dieses Lächeln den Mann veränderte. Auf einmal war er richtig schön und Smu wünschte, er könnte dieses Lächeln öfter herbeizaubern. Sein Herz klopfte hart. Doch Pat drehte sich weg und stieg in den Wagen. Scheiße! War er dabei, sich in den Mann zu verlieben? Er schluckte.

»Und nun?« Pat blickte ihn im Auto erwartungsvoll an. Sollte er wirklich mit Patallia in einen seiner lauten, kochend heißen Schwulenclubs gehen? Er beschloss, zum Chinatown Night-Market zu fahren und dort herumzubummeln. Auf dem chinesischen Markt gab es viel zu sehen und zu riechen. Gelegentlich wurde eine kunterbunte Show gezeigt. Da würde sein Gast sich bestimmt amüsieren.

Smu merkte rasch, dass dies die richtige Wahl war.

Patallia genoss es, sich in dem bunten Allerlei aus Menschen, Händlern, quiekender, asiatischer Musik und aromatischen Gerüchen zu bewegen. Sie schlenderten durch die Straßen und sahen sich alles in Ruhe an. Aber es war lediglich ein Spaziergang.

»Und wo gehst du normalerweise hin?«, fragte Pat, als sie wieder im Auto saßen. Er hatte offensichtlich bemerkt, dass die Sightseeing-Tour bisher nur für ihn war. »Ich will es sehen.«

Okay, er wollte es so. Sie standen vor dem Türsteher des Barcleys, der mit Argusaugen, ganz in schwarzem Leder und mit Leder-Schirmmütze, die Eingangstür kontrollierte, um Spinner und Heteros wegzuscheuchen. Der grinste Smu an und winkte sie beide hinein.

Smu fühlte sich sofort auf vertrautem Parkett. Er kannte diesen Club mit dem schummrigen Licht, seinen schwarz lackierten Wänden und der langen Bar samt dem Barmann mit dem dicken Schnurrbart, bereits seit seiner Jugend. Der Schuppen hatte sich in all den Jahren nicht verändert. Die stampfenden Beats hämmerten gnadenlos in den Ohren. Der ganze Raum war erfüllt mit dem scharfen Geruch von Leder und Schweiß. Die Kerle tanzten ungehemmt halbnackt zu hammerharter Musik und begafften oder begrapschten sich ungeniert. Viele trugen Hankycodes.

Smu schleuste Patallia in eine der geschützteren Ecken. Pat verzog keine Miene, sah sich das Treiben nur genau an. Beruhigt, dass sein Gast so gut klarkam, ließ Smu ihn kurz allein, kämpfte sich durch die tanzende Menge und holte zwei Gläser Bier vom Tablett des schweißtriefenden Kellners. Er drückte es Patallia in die Hand, der es aber sofort kopfschüttelnd wegstellte.

Einer der Leder-Gays kam halbnackt mit Ketten behängt auf die beiden zu. »Keine Codes?«, blaffte er.

»Heute Abend nicht«, entgegnete Smu. Er hatte wenig übrig für dicke, verschwitzte Lederkerls.

»Wollt wohl unter euch sein, ihr Süßen«, grinste der Lederne.

Smu nickte.

»Keinen Bock auf 'nen Dreier?«

»Nee, sorry!«

»Na kommt schon«, drängelte der Kerl.

Patallia legte ihm die Hand auf den Arm und sah ihn freundlich an. »Heute nicht«, erklärte er sanft.

Des Mannes Gesicht veränderte sich, nahm einen gutmütigen Ausdruck an. »Ihr habt recht«, meinte er. »Ich bin auf einmal total müde. Ich glaub, ich geh jetzt heim.« Er stampfte zur Tür und verschwand.

»Wie hast du das denn gemacht?«, staunte Smu.

»Nur ein wenig beruhigt. – Was hat das mit den Codes auf sich?«

Smu hatte ihn mitgenommen, um ihm zu zeigen, wie man sich in Vancouver amüsieren konnte. Das schloss wohl auch eine Beantwortung seiner Fragen mit ein. Trotzdem wand er sich ein bisschen. Hankycodes waren nun wirklich nichts, womit man bei Heteromännern angeben konnte. Aber war Pat überhaupt straight? Smu war sich nicht sicher. »Es geht um sexuelle Praktiken unter Männern, die mit einfachen Codes und farbigen Taschentüchern geregelt sind. Warte mal.« Er kämpfte sich durch das Gewühl zur Bar und ließ sich vom Barkeeper einen Zettel geben.

»Lass uns gehen – ich finde es zu laut!« Smu sah, dass Pat sich nicht mehr wohl fühlte, nahm ihn an die Hand und zog ihn hinaus.

Draußen vor der Tür studierte Patallia im Schein der Straßenlaterne den Zettel, auf dem die Codes und ihre Bedeutung aufgeführt waren.

»Und, was meinst du?«, fragte Smu gespannt.

Patallia würde ihm jetzt garantiert einen Vortrag über Moral halten.

Der betrachtete den Zettel, wie eine Speisekarte in einem Restaurant. »Darf ich mir etwas aussuchen?«

Smu schluckte. Damit hatte er überhaupt nicht gerechnet! »W ... wenn du willst«, stammelte er. »Wohin soll ich fahren?«

Patallia sah ihn mit seinen ungewöhnlichen Augen an. »Zeig mir, wie du wohnst.«

Smu gehorchte. Er konnte Pat nicht einschätzen. Normalerweise wäre klar gewesen, dass sie für ein erotisches Abenteuer zu ihm nach Hause fuhren. Aber mit Pat? Patallia verhielt sich bisher anders, als er erwartet hatte. Er hatte ihn für etwas bürgerlich und konservativ gehalten. Vielleicht durch seinen Beruf? Patallia war gerade heraus und natürlich. Was kam da auf ihn zu? Smu war verunsichert.

Sie parkten vor seinem kleinen Häuschen, das zwischen zwei gigantischen Wohnblocks wirkte, als würde es von den großen Bauten regelrecht zerquetscht. Er hatte es von seiner Oma geerbt und sich jahrelang einem drängenden Verkauf und Abriss widersetzt. Deshalb hatte man seine winzige Bleibe einfach zwischen den Betonklötzen eingemauert. Smu war das egal. Er schloss die hellblau gestrichene Haustür auf. Er war stolz auf sein Häuschen, das er liebevoll eingerichtet hatte und peinlich sauber hielt. Er hasste Dreck und Unordnung, erlebte jedoch immer wieder, dass er damit seine Besucher verblüffte. So war es auch dieses Mal.

»Hier wohnst du?«, staunte Pat. »Das ist ja wunderschön!« Er betrachtete alle Bilder, bewunderte die einzige Topfpflanze und die gemütlichen Möbel. »Ich sollte in meinem Zimmer ebenfalls etwas verändern.«

Sein Besucher setzte sich in einen der kuscheligen Plüschsessel, streifte die Schuhe ab und zog die Beine unter sich. Dann kramte er erneut den Zettel aus der Tasche und studierte ihn mit gerunzelter Stirn. »Ich verstehe leider einiges nicht. Was ist ein Bärchen?«

Smu musste lachen und setzte sich vor Patallia auf den Boden. »Genau das Gegenteil von dir. So ein behaarter, bäriger Kerl.«

»Was mich etwas irritiert«, meinte Patallia nach einer Weile, »ist, dass küssen nicht auf der Liste steht. Ich dachte, das ist eine sexuelle Praktik.« Er legte das Papier weg. »Ich glaube, das hätte ich gewählt. Aber dafür gibt es keinen Code.«

Smu lächelte und erhob sich. Jetzt wusste er genau, wohin das alles führen würde. Er schob sich auf die Lehne des Sessels, beugte sich zu Patallia hinab und nahm sein Gesicht in beide Hände. »Ich glaube, wir brauchen dafür auch keinen Code, Pat«, flüsterte er und küsste Patallia liebevoll.

Die Lippen des Mannes waren warm und weich. Smu öffnete vorsichtig seinen Mund und erkundete ihn mit seinen Zungenspitzen.

Patallia keuchte erstaunt auf und drückte ihm sanft gegen seine Brust, damit er aufhörte. »Ich hatte noch nie einen Partner, Smu«, bekannte er leise.

Ups! Smu kniff die Augen zusammen. Patallia erregte ihn. Das mit dem Partner würde sich jetzt ändern.

Er stand auf, streifte die Jacke von den Schultern und schmiss die Stiefel von sich – zog gemächlich Pulli, Shirt und Jeans aus. Dieses Mal braucht mir niemand die Klamotten vom Leib schneiden, dachte er. Er genoss es, sich langsam für Pat auszuziehen.

Patallia beobachtete ihn. Smu schälte sich betont gelassen aus seinem Slip, stand nackt und erregt vor ihm und ließ sich betrachten. Nun war Pat dran. Smu zog ihn hoch und fing an, ihn ebenfalls zu entkleiden. Es war spannend, diesen attraktiven, ungewöhnlichen Mann zu entblößen. Smu fuhr dabei mit den Fingerspitzen ruhig und genussvoll über dessen Haut.

Als Patallia nackt vor ihm stand, fiel ihm die Kinnlade vor Erstaunen herunter. So etwas hatte er noch nie gesehen!

»Was zum Teufel! – Deine Haut ist ...«, stieß Smu hervor.

»Tut mir leid, ich bin so«, Patallia wollte sich nach seinen Kleidern bücken.

»Nein!« Smu fasste ihn vorsichtig an. Die fast durchsichtige Haut war fest, glatt und völlig haarlos. Unter ihr bewegten sich verschiedene, farbige Organe. Smu verstand nicht viel von Anatomie, aber eines war ihm klar – in Patallia waren nicht der übliche Magen, eine Milz oder Leber. Patallias Körper war erfüllt von fremdartigen, ungewöhnlich geformten Eingeweiden. Lediglich seine äußere Körperform war menschlich.

Er beugte sich zu Pats Glied und beäugte es. Das sah normal aus.

»Du bist kein Mensch«, stellte Smu sachlich fest. Seltsamerweise beunruhigte ihn diese Feststellung nicht eine Sekunde.

»Es war ein Fehler, verzeih mir«, gestand Pat leise und bückte sich wieder nach seinen Kleidern.

»Nein!« Smu nahm ihn an der Hand und führte ihn ins Schlafzimmer. Er wollte ihn nicht einfach so gehenlassen. Er war selbst nicht normal und würde Patallia nicht wegen seiner Andersartigkeit verstoßen.

Patallia ließ sich von Smu auf dessen weiß bezogenes Bett ziehen. Aneinander geschmiegt versanken sie in einem tiefen Kuss.

Pat erkundete mit den Händen Smus Körper. Natürlich kam er nicht umhin, ihn dabei ganz genau zu untersuchen und zu analysieren. Alles, was er anfasste, war gesund und normal. Okay, für Smus Leberwerte hätte er nicht die Hand ins Feuer gelegt, aber er fand es unpassend, eine Blutprobe zu nehmen, um diese zu überprüfen.

Patallia sah irritiert auf seine Hände. Es konnte nicht sein, dass er nur der Arzt war und kein eigenes Leben und keine Sexualität hatte.

»Ich fange noch einmal an«, flüsterte er und Smu nickte. Er begann seine Erkundungsreise erneut und verdrängte seinen analytischen Zwang – konzentrierte sich nur auf die Weichheit von Smus Haut, auf das Schaudern, das durch dessen Körper rann. Er erforschte Smus Leib genussvoll mit der Zunge, was sich wunderschön und erregend anfühlte.

Der küsste ihn wild, drehte ihn sanft auf den Rücken und kniete sich dann verkehrt herum über ihn. Patallias analytischer Verstand verabschiedete sich bei dem nahen Anblick, Geruch und Geschmack von Smus erregtem Genital endgültig.

Patallia entspannte sich, ließ sich von Smus Leidenschaft entflammen und verwöhnte dessen harten Schwanz mit den Lippen. Smus erfahrener Mund auf seinem eigenen Geschlecht entfachte zu seiner Verwunderung eine Art Rauschzustand. Patallia handelte nur noch instinktiv. Er gab Smu, was er sich selbst wünschte, leckte den Schaft und die glatte Eichel, verschlang Smus Glied tief, um es dann saugend und lutschend wieder zu entlassen. Das wollüstige Stöhnen seines Partners bestätigte, dass er das Richtige tat. Mit der Rechten umfasste er fest den Schaft. Auf sein Gefühl vertrauend nahm er Smus linke Hand in seine und verfloss mit ihr – stellte so eine weitere Verbindung her.

Sein höchst erregter Leib machte sich selbständig. Ohne sein willentliches Zutun, fühlte er ein starkes Aphrodisiakum durch seine Handfläche fließen. Smu keuchte überrascht. Die hitzige Leidenschaft schlug wie eine riesige Woge über ihnen zusammen. Die Körper aneinander gepresst, festgesogen, ließen sie ihrer blinden Gier freien Lauf, die sie im immer schnelleren Rhythmus zum Gipfel trieb. Mit Lauten der Ekstase tief aus beider Brust, verströmten sie sich gleichzeitig ineinander. Zuckend und verebbend lagen sie durch Smus Schweiß aneinander geklebt da.

Patallia kam wieder zu Atem. Er konnte sein Glück kaum fassen. Zum ersten Mal in seinem langen Leben hatte er, er als Mann, etwas gegeben und etwas bekommen. Smu löste sich von ihm und drehte sich, um ihm ins Gesicht zu schauen. Pat lächelte und strich Smu das verschwitzte Haar aus der Stirn. »Kann es sein, dass das Code hellblau war?«, fragte er.

Was war das für ein Krach? Ein Hämmern und Klopfen schallte durch das Haus der Duocarns. Meo beendete seinen Ruhemodus, ging dem Lärm nach und staunte nicht schlecht. Patallia war damit beschäftigt in seinem Zimmer Bilder an die Wände zu hängen und ein bequemes, großes Bett im Raum umherzuschieben. Und das Außergewöhnlichste war – er hatte Hilfe dabei.

Meodern blinzelte. War das nicht dieser knallbunte Vogel, den er vor einiger Zeit an der Bacani-Basis aus dem Auto gezerrt hatte? Der mit dem demolierten Schwanz?

»Ähm«, räusperte er sich und die beiden fuhren herum. »Habe ich etwas verpasst?« Die zwei grinsten ihn an.

Patallia entschied sich als Erster zu einer Reaktion. »Smu hilft mir mein Zimmer gemütlicher einzurichten, Meo.« Mit diesen Worten schob Pat ihn aus dem Raum und schloss die Tür hinter ihnen beiden.

»*Sag mal, wo hast du den denn wieder aufgegabelt?*«, wollte Meodern telepathisch wissen und sah auf Patallia herunter, der einen Kopf kleiner war als er selbst.

Pat wurde verlegen.

Was? Pat wurde verlegen? Das war kaum zu glauben! Noch nie hatte er den ruhigen Mediziner peinlich berührt gesehen – dabei hatten sie wirklich schon die bizarrsten Situationen zusammen erlebt. *»Jetzt sag nicht, dass du und er ...?«*

»Meodern«, Patallia straffte die Schultern und blickte ihm mit entschlossener Miene ins Gesicht. *»Es sollte dich eigentlich nichts angehen, was ich in meiner privaten Zeit mache.«*

Jetzt war Meo noch verblüffter, hatte der Arzt doch seit Äonen ununterbrochen den Duocarns zur Verfügung gestanden, ohne sich jemals über fehlendes oder gestörtes Privatleben beklagt zu haben. *»Ist ja schon gut, Pat«*, meinte Meo beschwichtigend. *»War ja nur eine Frage.«*

Patallia nickte. *»Gut, und wenn du es genau wissen willst – ja, es kann sein, dass du ihn jetzt öfter hier sehen wirst.«*

Meo musterte Pat. Nun fiel ihm auf, dass er eine blaue True-Religion Jeans trug und einen Armani Pullover. Sehr ungewöhnlich. Meodern grinste. Er hatte keine Vorurteile intime Männerfreundschaften betreffend. Er klopfte Pat freundschaftlich auf die Schulter, ließ ihn im Flur stehen und schlenderte die Treppe hinunter in die Küche.

Trianora und Halia tranken ihren Frühstücks-Kefir. Die Kleine verputzte dazu genussvoll einen Milchriegel. Trianora trug ein wallendes Gewand aus Baumwolle, denn sie würde an diesem Tag nach Duonalia abreisen. Sie lächelte Meo an. Er nahm Kefir aus dem Kühlschrank, schenkte sich ein Glas ein und erwärmte das Ganze kurz mit seiner vibrierenden Hand.

»Wow!« Halia machte runde Augen. *»Das ist aber praktisch! Mach meinen auch warm!«* Sie hielt ihm ihren Becher hin.

Meo benötigte nur den Bruchteil einer Sekunde, um das Getränk auf Temperatur zu bringen.

»Wer mich im Haus hat, braucht keine Mikrowelle«, grinste er. Mit einem Seitenblick musterte er Trianora. Die lächelte nur sanft und wenig beeindruckt.

Duonalierfrauen sind harte Nüsse, dachte Meodern. Denen muss man richtig den Hof machen, ständig und dauernd. Selbst dann waren sie nur unter Einsatz des Rituals dazu zu bewegen zu kopulieren. Ich bin offensichtlich schon zu lange auf der Erde. Die menschlichen Sitten haben mich verdorben. Aber bereits auf Duonalia hätte ich mir nicht vorstellen können, dieses affige Ritual zu vollziehen, nur um eine Duonalierin zu begatten. Ein Teil der Zeremonie war zum Beispiel, dass der Mann eine Stunde lang eine Trommel schlagend und singend um die Frau kreisen musste.

Meo kratzte sich in seinem stacheligen Blondhaar. Wie die duonalischen Männer bei diesem Quatsch einen hochbekamen, war ihm ein Rätsel. Kurz hatte er die Idee, dass sie vielleicht überhaupt keinen steifen Schwanz bekamen und die Duonalier aus diesem Grund am Aussterben waren. *»Eine Dosis Bax würde Duonalia bestimmt helfen.«*

»Was hast du gesagt, Meodern?« Trianora lächelte freundlich.

Hatte er das jetzt telepathisch gesagt? *»Nichts«*, beeilte er sich zu antworten. *»Entschuldige.«* Er würde wohl trotz allem nicht aufhören, Trianora anzuhimmeln.

Er wechselte schnell das Thema. *»Wann kommt Ulquiorra denn heute? Wirst du mit ihm im Silentium wohnen oder bei Xanmeran und Maureen?«*

Er wusste, dass Xanmeran, mit Hilfe seiner Schwiegermutter, in deren Heimatdorf gut hatte Fuß fassen können. Sie hatten eine leerstehende, ehemalige Donafaser-Fabrik bezogen und sogar bereits angefangen, einige einheimische Männer in Karate auszubilden.

»Ich weiß nicht, wann Ulquiorra kommt. Ich denke, ich werde wieder ins Silentium gehen, Meodern«, antwortete sie freundlich. *»Ich bin von Haus aus Genetikerin und habe mich mit bacanischer Physiognomie beschäftigt. Vielleicht finde ich aus genetischer Sicht einen Weg, um gegen die Bacanis anzugehen. Ich werde weiter forschen.«* Sie blickte ihn mit ihren silbernen Augen ruhig an und sein Herz sank.

Halia rutschte mit einem Ruck von ihrem Stuhl – ihre rotgoldenen Locken hüpften. *»Ich will auch nach Duonalia! Alle gehen da hin! Ich will auch!«* Sie drehte sich zur Tür und sprang Solutosan an den Hals, der ebenfalls frühstücken wollte. *»Daddy? Wann reisen wir nach Duonalia?«*

»Schätzchen, zuerst Trianora und dann eventuell Meo. Wir beide machen das Schlusslicht.« Er blickte mit seinen funkelnden Sternenaugen zu Meo, der langsam nickte.

Ihm war immer noch nicht klar, ob er auf der Erde bleiben sollte. Es kam darauf an, wo er letztendlich gebraucht wurde. Im Moment war es ihm wichtig Solutosan über ihren Besucher zu informieren.

»Kann ich kurz mit dir sprechen?«

Solutosan löste Halias Arme von seinem Hals. *»Ich komme gleich wieder.«* Er griff sich ein Glas Kefir und folgte Meo ins Wohnzimmer.

»Ich glaube, es hat sich etwas verändert. Wir haben Zuwachs bekommen.«

Solutosan sah ihn fragend an.

»Dieser Privatdetektiv, Samuel Goldstein, ist bei uns im Haus.«

In dem Moment traten Patallia mit seinem neuen Freund ins Wohnzimmer und Meo seufzte erleichtert. Es war ihm zuwider, solche Dinge über den Kopf anderer zu besprechen – sollte Pat das selber mit Solutosan regeln. Der Chef der Duocarns betrachtete den bunten Kerl von oben bis unten. Meo grinste.

Patallia hatte Smu eingeschärft, höflich zu sein. Dann war eine ausführliche Predigt erfolgt, warum und wieso es üblich war, sich bei der »Spezialeinheit« zu verbeugen. Oha, der goldene Chef! Smu hatte Solutosan noch sehr gut in Erinnerung. Ihm war nun klar, wer da vor ihm stand. Ihn beeindruckten die Persönlichkeiten der Duocarns und weniger die Tatsache, dass sie von einem anderen Planeten stammten. Er grinste verlegen. Wahnsinn, er hatte fast das Gefühl, bei Solutosan um Patallias Hand anzuhalten. Was für eine bizarre Situation!

»Ich freue mich, dich wiederzusehen«, stieß er hervor und verbeugte sich. Er konnte seine aufsteigende Heiterkeit kaum beherrschen.

Solutosan knurrte tief in der breiten Brust. Er würde sich garantiert nicht verarschen lassen. Auch hörte sich dieses Grollen außerordentlich gefährlich an.

Smu fasste sich augenblicklich. Wie sollte er das jetzt sagen?

»Ich hatte durch Zufall ein Gespräch mit Patallia, bei dem ich erfuhr, dass der Kampf der Spezialeinheit gegen die Verbreitung von Bax noch nicht zu Ende ist. Da ich selbst einigen Schaden davon getragen habe, ist es mir ebenfalls wichtig, den Handel zu blockieren. Ich habe deshalb Patallia meine Hilfe angeboten, und möchte das bei dir in gleicher Weise tun.« Das hörte sich gut an, fand Smu.

»Gegen einen entsprechenden Scheck?«, fragte Solutosan lauernd.

Scheiße, das hatte er nicht mit Pat besprochen. Smu schaute zu ihm hinüber. Der schüttelte langsam den Kopf.

»Äh, nicht zwingend. Es geht ja schließlich auch darum, die Menschen vor dem Zeug zu bewahren.«

Diese Antwort war für Solutosan zufriedenstellend. Er setzte sich – ein gutes Zeichen – und schob sich mit gespreizten Fingern die goldene Mähne auf den Rücken. Er blickte Smu mit den blitzenden, dunkelblauen Augen an. Dann sah er zu Patallia.

»Ich bin nicht blöd, Jungs«, bemerkte er und rieb sich das Kinn. »Wie ich das so sehe, wirst du in Zukunft eng mit Patallia zusammenarbeiten.« Er betonte das Wort „eng“. Pat schaute verlegen zu Boden.

»Ich möchte nicht«, fuhr Solutosan fort, »dass du dich umsonst für unsere Sache bemühst, und will dich deshalb offiziell engagieren.« Er hob die Hand, als Smu etwas einwerfen wollte.

»Du wirst einen Vertrag unterschrieben, der dich zu absolutem Schweigen verpflichtet, denn hier geht es um Größeres als nur um einen kleinen Drogendeal.«

Smu nickte. Das hatte er bereits kapiert.

»Du kannst deinen üblichen Satz als Detektiv abrechnen und bekommst einen monatlichen Scheck. Solltest du von hier aus agieren wollen, nimm eines der Gästezimmer.« Er fuhr fort. »Außer dem Porsche kannst du den Fuhrpark benutzen.«

»Auch den BMW?«, fragte Smu atemlos.

»Auch den.«

Smu strahlte. Das BMW Coupé M6 war sein Traumauto.

»Patallia wird dich weiter einweihen. Bist du damit einverstanden?« Smu nickte und streckte ihm die Hand entgegen, die Solutosan nahm und drückte – fest, schmerzhaft fest. Smu verzog keine Miene. Die Warnung war eindeutig. Er war entlassen.

Zufrieden warf Smu sich auf Patallias breites Bett. Das war gut gelaufen. Er hatte nicht nur einen wahnsinnig geilen, neuen Freund, sondern einen richtig guten Job.

Er zog Patallia, der vor dem Bett gestanden und ihn betrachtet hatte, zu sich herunter. »Findest du es okay, wie sich das alles jetzt entwickelt hat?«

In Patallias Blick breitete sich Zärtlichkeit aus. Er griff in Smus Nacken, zog ihn näher zu sich und küsste ihn sanft, die weißen Lider geschlossen. »Ich bin froh, dass du dich so entschieden hast. Unsere Einheit ist dabei, sich zu spalten. Ich bin nicht der Typ, der in den Gassen herumschleicht, um Bax-Dealer zu finden – aber du bist es. Ich denke, wir werden gut zusammenarbeiten.«

»Meinst du, ich muss den Vertrag mit Blut unterschreiben?«, flachste Smu.

Patallia blickte ihn ernst an. »Du solltest das nicht auf die leichte Schulter nehmen, Smu. Solutosan ist gefährlicher, als man ihm auf den ersten Blick ansieht – so wie wir alle.«

Smu nahm nachdenklich eine von Pats weißen Händen und betrachtete sie. »Du könntest also statt Beruhigungsmittel auch ein Gift durch deine Hand schicken?«

»Ich kann Giftstoffe, sowie sämtliche benötigten Medikamente herstellen, Smu.«

Smu schluckte trocken. »Wie praktisch.« Er legte den Kopf auf das Kissen. »Mein eigener, außerirdischer Arzt«, sinnierte er. »Mit dir an meiner Seite bin ich ja fast unsterblich«, grinste er dann.

Patallia lächelte vielsagend und küsste ihn.

Der kleine Hausflur war unauffällig und hatte eine schlichte Tür aus Milchglas. Niemand hätte erwartet, in dem Gang dahinter noch eine weitere Tür vorzufinden, die Durchlass zur Rückseite der Spiegel seines Clubs gewährte. Durch diesen Hintereingang schleuste Bar heimlich die Bacanars.

Er hatte darauf geachtet, den Zugang so zu gestalten, dass Krran mit dem Van rückwärts bis unmittelbar davor setzen konnte. Niemand konnte die auffälligen Außerirdischen sehen, wenn sie in den Mirrorclub kamen.

Selbst Daisy war nicht über diesen Eingang zum Club informiert. Wozu auch? Sie war taff, das war Bar klar, aber wo letztendlich ihre moralischen Grenzen waren – da war Bar sich nicht sicher. Er hielt die Bacanars und seine Bax-Produktion vor ihr verborgen.

Sie wusste inzwischen, dass sie gewisse Dinge nicht zu interessieren hatte und sie der Tod erwartete, sollte sie sein Handy oder seinen Laptop anrühren.

Bar verschloss die Tür zum hinteren Eingang sorgfältig und trat zu den Spiegeln. Sie hatte es nur ein Mal versucht, als sie vermutete, dass er schlief. Den Laptop hatte er mit einem Passwort gesichert, deshalb hatte sie sein Handy unter seinem Kopfkissen ertastet, um in ihm ein bisschen zu spionieren.

Bar schlief nie sonderlich fest, wenn ein anderes Lebewesen außer seinem Rudel in seiner Nähe war. Er hatte ihr Tun mit einem halb geöffneten Auge beobachtet. Bevor sie fähig war, wertvolle Informationen zu lesen, hatte er mit beiden Händen die Handgelenke umfasst und die Krallen tief in ihr

Fleisch gebohrt. Erschreckt hatte sie das Handy auf das Bett fallenlassen.

Es lag ihm nicht daran ihren Körper zu verletzen, aber sie brauchte eine dringende Warnung und Abreibung. Deshalb hatte er die Klauen eingezogen und sie bedrohlich schweigend angeblickt.

»Ich werde es nicht wieder tun«, stammelte Daisy. »Wirklich, Bar, ich war nur neugierig.« Er verzichtete sogar darauf die Fangzähne auszufahren – seine Miene war eindeutig genug.

»Bitte Bar, tu jetzt nichts Unüberlegtes«, beschwor ihn Daisy zitternd vor Angst.

Nackt, wie er war, fasste Bar den auf dem Bettvorleger liegenden Bademantel und zog den Bindegürtel aus den Schlaufen. Er wickelte den Gürtel um ihre leicht blutenden Handgelenke und zog sie über das Bett kniend zum Bettpfosten, an dem er sie festband. Sie ergab sich in die Vierfüßler-Stellung, ihren drallen Po erwartungsvoll hochgereckt. Bar grinste grimmig. Das hatte sie sich so gedacht.

Er nahm den Bademantel, hängte ihn über ihren Kopf und verknotete die Ärmel um den Hals. Dann verwandelte er sich, um in der vierfüßigen Form sein Gewicht, seine Stärke und Schnelligkeit um ein Vielfaches zu verstärken. Mit der Schnauze hob er ihr Nachthemd hinten hoch. Sieh an! Er beschnüffelte sie. Allein seine Vorbereitungen hatten sie schon erregt. Ob sie auch noch bereit für ihn wäre, würde sie ihn jetzt so sehen? Bar fletschte die Zähne. Das bezweifelte er, denn er hatte sein Glied ebenfalls um Größe, Gewicht und Schnelligkeit vervielfacht.

Ohne weiteres Zögern besprang er sie. Daisy schrie überrascht auf. Ein solcher Liebhaber war selbst für eine geübte Hure wie sie kaum zu bewältigen. Gnadenlos, brutal und hart vollzog Bar den Akt, ohne sich um ihr ersticktes Wimmern und Betteln zu kümmern. Sie musste auch noch die quälende Zeit warten, bis sich sein verhaktes Glied wieder aus ihr löste. Sie hing in ihrer Fesselung, ein zitterndes Häufchen Elend, das stöhnte und blutete. Bar verwandelte sich zurück und sah sie mitleidlos an. Wehe, sie kam seinen

Geschäften noch einmal in die Quere, dann würde er ihr den Hals aufreißen.

Er hatte sie danach losgebunden und sah mit Befriedigung, wie sie ihn mit neuem Respekt betrachtete.

Diese Ehrfurcht hat sich bis zum heutigen Tag erhalten, dachte Bar, und begutachtete sie wohlgefällig durch den Spiegel, wie sie sich in ihrem hautengen Kleid zwischen den kopulierenden Besuchern bewegte.

Die Bacanars kauerten gut verteilt dort, wo sich die meisten Gäste aufhielten. Zwei von ihnen befanden sich im Vollrausch und waren fertig zum Abtransport. Krran war nirgendwo zu sehen. Ärgerlich über das Versäumnis, packte sich Bar den ersten Bacanar und führte ihn in den Warteraum. Dort jedoch sah er, dass Krran bereits am Werk war und einen weiteren berauschten Hybriden ankettete. Sie nickten sich zu. Das lief alles reibungslos.

»Könnte Hilfe gebrauchen«, knurrte Krran.

»Nimm dir Skar und lerne ihn an. Er ist gut genug verheilt.« Bar hatte seinen Bacanar Söhnen inzwischen die langen Spiral-Schwänze bis auf kleine Stummel amputieren lassen. Ihre Fangzähne waren abgeschliffen. Die ausführenden Ärzte hatte er hinterher einfach beseitigt.

Beide Söhne konnten sich nun besser unter den Menschen bewegen, die Klauen in Handschuhen versteckt. Er hatte sie und Krran in Psals alter Wohnung einquartiert und Ptar hatte Auto fahren gelernt. So geregelt, wohnte er mit Daisy allein im Penthouse, was ihm sehr lieb war.

Zufrieden schlüpfte er aus dem Spiegelkabinett, passierte den Hintereingang und schritt durch die Vordertür auf Daisy zu, die ihm lächelnd entgegenblickte.

Smu lümmelte sich auf Patallias Bett und starrte zur Decke. Er musste nachdenken. Die vergangenen drei Tage hatte er sich im Westend herumgetrieben, die Bax-Dealer beobachtet, und einen stämmigen Kerl, der augenscheinlich bei den

Dealern abkassierte, bis zu einer Adresse in Hafennähe verfolgt.

Der Mirrorclub war ein neuer Swingerclub und wurde überall als heißer Tipp gehandelt. Irgendwie hingen das Bax und das Etablissement zusammen, das sagte ihm sein Bauchgefühl. Smu hatte nach den Eigentümern des Grundstücks geforscht. Das Haus gehörte einem Mann namens Brad Butler und der Club war auf eine Daisy Madison eingetragen. Beide waren unbedarfte Namen ohne kriminellen Hintergrund. Vielleicht war der stämmige Kerl einfach nur zum Ficken in den Mirrorclub gegangen.

Smu betrachtete einen der Bilderrahmen über dem Bett. Patallia hatte den Zettel mit den Hankycodes gerahmt und an die Wand gehängt. Smu grinste.

Aber nein, er wollte sich jetzt nicht ablenken lassen. Er hatte den Eindruck, dass ihm etliche Bausteine bei seinen Ermittlungen fehlten. Informationen, die er nur von der Spezialeinheit bekäme, wenn er sich punktgenau erkundigte. Was wusste er über die Droge – außer dass sie den Sexualtrieb steigerte und abhängig machte? Wie wurde sie hergestellt?

Smu erhob sich. Diese Fragen musste Pat ihm beantworten. Patallia hatte eine Art seinen Fragen auszuweichen, die ihn an einen Aal erinnerte, der ihm immer wieder glitschig durch die Hand schlüpfte. Das würde er dieses Mal nicht durchgehen lassen.

Barfuß, in bunter Haremshose und schwarzem Shirt sprang Smu vom Bett und lief ins Labor. Pats Bildschirm war wie immer mit für ihn unverständlichen Formeln bedeckt. Patallia blickte auf, als er Smu sah, und lächelte müde. Sofort klopfte Smus Herz bis zum Hals. Nein, er würde sich nicht ablenken lassen. Er schluckte und setzte sich auf einen der Drehstühle.

»Pat, ich brauche mehr Infos!«

»In Ordnung. Dann frag mich.«

»Weißt du wie Bax hergestellt wird?«

Patallia starrte ihn an und nickte dann bedächtig.

»Und wie?«

Patallia fing an zu sprechen. Er begann mit der Bruchlandung der Duocarns auf der Erde und endete bei den mit Spiralvenen Energie saugenden Bacanar-Hybriden.

Smu saß mit offenem Mund da, schloss ihn endlich und raufte sich die bunte Mähne. »Ach du Scheiße!«

Er war in einen außerirdischen Drogenkrieg geraten.

»Ich hätte meinen Stundenlohn verdoppeln sollen«, stöhnte er. »Du sagst, dass kaum noch Gehirnverletzungen vorgekommen sind, in den letzten Monaten?«

»Ja, das stimmt. Nur ein völlig leer gefressener Kopf in Seattle.«

»Das heißt also, dass sich Bar inzwischen mit den Energien der Frauen begnügt, die er weitaus gefahrloser gewinnen kann.« Smu gruselte es bei dem Gedanken. »Wo findet man Frauen in größeren Mengen?«

Patallia sah ihn nachdenklich an. »Auf Volksfesten? Bei Misswahlen? Im Kino? Bei Weight Watchers?«

»Wäre es denn nicht praktisch für Bar, die Damen wären schon ausgezogen und sexuell erregt?«

Allmählich verstand Patallia. »Du meinst den neuen Swingerclub.« Smu hatte ihm erzählt, dass er den Bax-Lieferanten dorthin verfolgt hatte.

Smu nickte langsam.

»Du willst in dem Club nachforschen gehen? Dürfen denn homosexuelle Männer dort überhaupt hinein?«

»Pat! Das steht mir ja nicht auf die Stirn geschrieben«, rüffelte Smu ihn. »Ich glaube, ich fahre mal Klamotten kaufen.«

»Was tragen Männer denn in solchen Clubs?«

»Lass dich überraschen.« Er grinste breit, küsste Pat kurz und war verschwunden.

Patallia sah ihm noch nach, als er die Tür längst geschlossen hatte. Smu hatte sein Leben aus dem gewohnten Trott gerissen. Er forderte Patallia ständig, ließ ihn nicht mehr los und brachte ihn auf Trab. Smu sorgte dafür, dass sie mindestens zwei Mal wöchentlich ausgingen. Nicht nur in Clubs, sondern auch zum Sport, ins Kino, zum Picknick, auf Konzerte. Inzwischen kannte sich Pat sehr gut in Vancouver aus.

Tervenarius' Partner David war zu den Bacanis in die Tierstation auf dem Land gezogen und hatte den BMW in Seafair gelassen. David war durch den Verlust seines Freundes stark traumatisiert. Ihm war das Auto gleichgültig gewesen. Also fuhr Smu meistens damit – ließ Pat aber nicht ans Steuer. Er hatte Angst, dass er das teure Stück demolierte.

Pat wandte sich wieder seinem Rechner zu. Smu hatte einfach noch nicht begriffen, dass bei den Duocarns Geld keine Rolle spielte. Er lächelte.

Patallia hatte seinen abendlichen Kefir mit aufs Zimmer genommen. Der Raum sah nun sehr viel besser aus, hatte eine bequeme Couch, ein breites Bett, Bilder und Vorhänge und natürlich einen monströsen Plasma TV, denn sie liebten beide SciFi Serien.

Smu hatte seinen Stoffhasen Bill auf die Bettdecke gesetzt – ein Zeichen dafür, dass er Patallias Bett derzeit als seine heimatliche Schlafstatt betrachtete.

Pat, nur mit einem weichen Bademantel bekleidet, setzte sich auf die Bettkante. Er tätschelte Bill die langen Ohren, als Smu ins Zimmer gestiefelt kam.

»Na Pat, was sagst du?«

Patallia starrte Smu in seinem neuen Outfit sprachlos an. Er hatte sich die wilde Mähne schwarz gefärbt, was ihm zu den grünen Augen ausgesprochen gut stand. Den größten Teil der Gesichts-Piercings hatte er, bis auf einen Nasen-Sticker, entfernt. Er trug eine enge schwarze Lederhose und eine Lederjacke. Unter der Jacke glänzten ein nachtschwarzes, brustfreies Lederkorsett und ein breites Leder-Halsband. Dazu trug er schlichte, dunkle Stiefel.

»Zieh die Jacke aus!« Patallia war sich nicht sicher, ob er in seinem langen Leben schon etwas so Erotisches gesehen hatte, wie Smu in diesem Moment.

Die unbehaarte, weiße Brust mit den goldenen Ringen in den Brustwarzen über all dem schwarzen Leder war einfach sexy.

»Ich glaube nicht, dass ich dich so irgendwo hingehen lassen kann«, keuchte Patallia. Erregung schoss heiß durch seinen Körper und endete in seinem Geschlecht.

Smu kam mit wiegenden Schritten auf ihn zu.

»Ihr Götter!« Pat zog ihn gierig auf seinen Schoss und griff unter sein Haar, um ihn an seinem kräftigen Nacken zu sich zu ziehen. Süß! Smu schmeckte so süß. Pat spürte, wie Smus gespaltene Zunge jeden Winkel seines Mundes erforschte, was seine Erregung enorm steigerte.

Gierig öffnete Pat den Reißverschluss von Smus Hose und merkte, dass seine Handfläche ohne sein willentliches Zutun die neutrale Grundsubstanz seiner Medikamente absonderte. Erstaunt hob er die Hand und betrachtete sie. Wieso machte sein Körper sich selbständig, sobald er sexuell erregt war? Aber er hatte nun keine Zeit dieser Frage weiter nachzugehen.

Smu hatte es bemerkt, ergriff seine Hand und tippte mit dem Zeigefinger in die Substanz. „Kann ich das nehmen?"

Patallia nickte, den Hals trocken vor erwartungsvoller Geilheit.

Smus Augen glommen tiefdunkelgrün, als er den Po anhob, die Hose von den Lenden zog und Patallias Hand zwischen seine strammen Backen führte, um die Materie dort zu verteilen. Patallia hielt vor Spannung den Atem an.

Smu streifte die Stiefel ab, zog mit einem Ruck die Lederhose ganz aus und setzte sich rittlings auf seine Oberschenkel. Das Lederkorsett knarrte leise und verströmte seinen aromatischen Ledergeruch.

Smu öffnete mit einer lasziven Bewegung seinen Bademantel. Ihre beiden pochend harten Glieder trafen sich – pressten sich gegen das weiche Leder des Korsetts.

Sie hatten sich gegenseitig befriedigt, das ja – oral und mit der Hand. Was da nun auf ihn zukam, war neu. Die Erregung flutete in einem nie gekannten Maß durch seinen Leib. Er schloss die Augen und überließ sich völlig seinem erfahrenen Geliebten.

Smu küsste seine Augenlider, ließ sich mit sanftem Druck auf seinen Penis nieder und nahm ihn ganz in sich auf.

Es durchfuhr Pat wie ein Blitzschlag und ein Zittern lief durch seinen Körper. Er hatte gewusst, wie Männer Sex machen, aber hatte keine Vorstellung davon gehabt, wie es sein würde, einen anderen Mann so zu spüren.

Smu klammerte sich an ihn. Sehnig und männlich duftete er nach einem Hauch Zimt und Leder. Er nahm ihn völlig gefangen. Seine Bewegungen ließen Patallias Sinne schwinden. Smu ritt ihn, erst langsam und bedächtig, wurde nach und nach wilder und schneller.

Er umfasste Smus Glied fest, löste Grundsubstanz in die Handfläche und passte instinktiv seine Handbewegung dem Tempo an. Smus Stöße katapultierten ihn in einen Rauschzustand, dem er nichts mehr entgegenzusetzen hatte. Er floss und verströmte sich zuckend. Sein Orgasmus rollte langsam aus der Körpermitte hoch, um dann in seinem Gehirn zu explodieren. Beglückt fühlte er das warme Ejakulat seines Partners auf seinem Bauch, denn Smu erreichte gleichzeitig mit ihm zitternd und stöhnend den Höhepunkt.

Sie klammerten sich aneinander, küssten sich, die Zungen ineinander verschlungen, und genossen ihr abflauendes, leidenschaftliches Beben.

Patallia streichelte seinem Geliebten zärtlich die glatten Schultern, zupfte ein wenig an seinen Brustringen. Er betrachtete liebevoll Smus konzentriertes Gesicht. Er sah die Wollust weichen und den frechen Charme wiederkehren.

Wie alt hatte er werden müssen, um zu erfahren, wie wunderbar es war zu lieben, wie aufregend es war, Erotik in all ihren Variationen zu erforschen. Genau in diesem Punkt war Smu der ideale Partner – phantasievoll und unmoralisch.

Smu öffnete die Lider, blinzelte und glitt langsam von seinem Schoß. Seine Augen glitzerten giftgrün wie die eines Raubtiers. »Ich mach mich auf den Weg. Jetzt bin ich sicher, dass ich die ganze holde Weiblichkeit in dem Club aushalten kann, Pat.«

Für einzelne, männliche Besucher ohne Partnerin war der Eintritt in den Club unverschämt hoch. Smu grinste und buchte es in Gedanken auf sein Spesenkonto. Er baute sich an der Bar des Mirrorclubs auf und bestellte einen alkoholfreien Cocktail. Wie hübsch und freizügig all die Damen gekleidet waren! Er konnte den Blick kaum noch abwenden von den üppigen Brüsten in den roten und schwarzen Spitzen-BHs, den ausladenden mit Strapsen umrahmten Ärschen. Der Anblick drückte ihm den Hals zu. Ich bin Masochist, dachte er eine Sekunde, sonst würde ich mir das nicht angucken. Er schluckte trocken. Deshalb konzentrierte er sich auf die Netzhemden und Leder-Slips der Männer und augenblicklich ging es ihm besser.

Aus allen Ecken des Clubs begegneten ihm Blicke. Die der Frauen lächelnd – die der Kerle wenig amüsiert und grimmig. Das war in so einem Hetero-Club zu erwarten gewesen. Er stierte in sein Glas. Trotzdem nahm er die sanfte Bewegung in seiner Nähe wahr, als sich eine kleine, blonde Frau recht eng neben ihn stellte.

Smu drehte sich zu der hübschen, rotwangigen Blondine, die in der fast durchsichtigen Reizwäsche ihren schlanken, aber wohlgerundeten Körper verboten gut präsentierte. Heteros sollten auch Hankycodes haben, dachte er. Dann hätte er sofort die Codes für »Keinen Geschlechtsverkehr!« und »Nur passiv geblasen werden!« an sich befestigt. Er lächelte.

»Ich heiße Alice«, flüsterte die Blonde heiser.

»Du bist ja supersüß, Alice«, entgegnete er und nahm sie bei der Hand. »Komm, wir gehen zusammen ins Wunderland.« Nur weg von den ganzen Leuten.

Er lief mit ihr durch das Spiegelkabinett. Wo konnten diese Sauger nur sein? Er grinste und dachte an seine gelegentlichen, nervtötenden Besuche auf der Polizeiwache. Die Spiegel!

Er nötigte Alice charmant lächelnd, sich mit ihm auf einem mit rotem Plüsch überzogenen Lager nahe einem der Spiegel niederzulassen. Nun würde er etwas mit ihr tun müssen. Möglichst nichts Intimes. Streicheln war immer gut. Sanft ließ er seine Hände über ihren Körper gleiten – vermied den Kontakt zur nackten Haut.

»Komm, entspann dich«, flüsterte er. »Ich massiere dich.« Alice lag auf dem Rücken mit geschlossenen Augen und genoss seine Berührungen. Sie spreizte die Beine und reckte ihm ihre Brüste entgegen, was er geflissentlich übersah.

Smu brauchte nicht lange zu warten. Ein langer, dünner Tentakel, wie ein rotes Kabel, schlängelte sich aus der Wand unter dem Spiegel. Es glitt unscheinbar zwischen den Kissen hindurch, drückte das Nichts von Alices Slip beiseite und verschwand in ihrem erregten Geschlecht. Sie seufzte – hielt es wahrscheinlich für einen seiner Finger.

Nach kurzer Zeit zog sich die Spiralvene zurück. Er schaute Alice prüfend an.

»Das war aber geil«, stöhnte sie. Sie wollte seine Hose öffnen.

»Heute nicht, Alice.« Er lächelte ablehnend. »Gern ein anderes Mal.«

»Och schade! Jetzt hattest du ja überhaupt nichts davon.«

»Du warst wunderbar«, log er. »Ich habe nur leider noch einen Termin.« Er hatte erfahren, was er wissen musste. Nun wollte er unbedingt weg.

Alice schmollte, ließ sich aber hochhelfen und stöckelte an seiner Seite Richtung Bar. Sie suchte in ihrem winzigen Glitzerhandtäschchen nach ihrer Visitenkarte und schob sie ihm in die Hand. Smu steckte die Karte in die Tasche der Lederhose, küsste Alice zart auf die Wange und verließ das

Etablissement. Er musste sich dazu zwingen, nicht zu rennen.

Heiliges Kanonenrohr! Es hatte alles gestimmt, was Pat ihm erzählt hatte. Er schwang sich in den BMW – froh dem Mirrorclub entkommen zu sein.

Solutosan kam zu sich. Sein Körper hing schmerzhaft eingekeilt zwischen harten, aber biegsamen Ästen. Das lange Haar trieb unter ihm im Wasser. Sein schwerer Leib hatte die Zweige bis auf die Wasseroberfläche gebogen, so dass er die glatte Fläche fast mit der Nasenspitze berührte. Was war passiert?

Solutosan versuchte, einen klaren Gedanken zu fassen. Er hatte Durst und tauchte die Zunge testweise in das Wasser unter sich. Es schmeckte ekelig! Sein benebeltes Gehirn reagierte zuerst nicht. Das Wasser war salzig. Auf Duonalia gab es kein Salzwasser.

Er versuchte, seine Glieder aus den Zweigen zu stemmen, suchte einen dicken Ast, der seinem Gewicht vielleicht standgehalten hätte. Fast alle Äste besaßen die gleiche Stärke. Eine ähnliche Art Gewächs hatte er schon einmal auf Bildern gesehen. Mangroven. Genau, Mangroven hießen diese Bäume, die so eng mit dem Wasser verwoben waren und ihre Zweige weit eintauchten. Solutosan fand keinen besseren Halt im Geäst. Es war sinnlos.

Er ließ sich ins Wasser fallen und blickte sich von dort aus um. Das Salzwasser war angenehm temperiert. Glücklicherweise hatte er schon als Kind schwimmen gelernt. Ob das Wasser irgendwelche Lebewesen beherbergte, die gefährlich werden konnten? Es war besser, das unbekannte Gewässer schleunigst zu verlassen. Also schwamm er zügig und versuchte ein Ende des Mangrovenwaldes zu finden, entdeckte nach einer Weile einen kleinen Strand und ließ sich in den Sand fallen.

Er hätte auf Duonalia sein müssen und nicht – er blickte zum Himmel – auf einem Planeten mit zwei Sonnen! »Beo menucans«, raunte eine Stimme leise an seinem Ohr. Er fuhr herum. Nichts. Da war nichts. Nur unscheinbare, graublaue Gewächse im Sand.

Auch er war dem Ruf in der Anomalie gefolgt, der ihn zwingend und umschlingend gezogen hatte. Der ihn dazu gebracht hatte, Ulquiorra loszulassen.

Ulquiorra! Solutosan riss sich das zerfetzte Hemd vom Körper. Der Ring! Da war der Ring in seiner Brust. Er legte die Hand auf ihn und rief Ulquiorra. Der Reif blieb still und kalt.

Der Durst quälte ihn weiter. Er musste Wasser suchen. Überall nur Mangroven, ausgedehnte Wasserflächen, kleine Strände, soweit er sehen konnte. Solutosan kniff die Augen zusammen. Ganz oben in den knorrigen Bäumen wuchs eine große Kletterpflanze mit aufgerichteten, tütenförmigen Blättern. Er wusste nicht, ob es auf dem Planeten jemals regnete. Wenn ja, war dort vielleicht die Möglichkeit Wasser zu finden.

Vorsichtig hangelte er sich an einem der Bäume hoch, versuchte sein Gewicht zu verteilen, um an eines der Gewächse zu kommen. Das Erste kippte ihm entgegen und entleerte sich. Die Flüssigkeit hatte ausgesehen wie Wasser. Behutsam streckte er die Hand nach dem nächsten Blatt aus und konnte es greifen, ohne es zu kippen. Er tauchte den Finger in das Nass und stöhnte auf. Es war wirklich Wasser! Es schmeckte leicht süßlich durch die Kelche der Blüten, aber es würde seinen schlimmsten Durst stillen. Er trank wenig, benetzte nur seine trockene Kehle. Solutosan wusste nicht, was die Blütenkelche vielleicht in ihr Wasser abgegeben hatten. Er kletterte von dem Baum, erreichte den nächsten Strand und wurde bewusstlos.

Er würgte, übergab sich. Ein leises Zischen antwortete ihm. Solutosan war nicht mehr am Strand, sondern lag auf einem groben Holzfußboden einige Handbreit über dem Wasser in einer kleinen Hütte. Der Boden bewegte sich leicht. Sein Magen rebellierte nochmals.

»Kannst du damit mal aufhören?«, zischte eine Stimme. Er drehte betäubt den Kopf.

Das Wesen betrachtete ihn mit riesigen grünen Augen. Solutosan blinzelte. Vor ihm auf dem Fußboden hockte ein grünlich schillerndes, schuppiges Geschöpf. Es zielte mit einer gefährlich wirkenden, kleinen Armbrust auf ihn, hatte die langen, schlanken Beine unter dem Leib angezogen, zum Schuss und zum Sprung bereit. Sein breitflächiges Gesicht mit den schrägen, dunkelgrünen Augen blickte ihn misstrauisch an. Die goldenen, zu vielen, dünnen Zöpfen geflochtenen Haare hingen bis auf die schuppigen Schultern. Was Solutosan am meisten auffiel, waren die goldfarbenen Wimpern, die sich nun bei seiner intensiven Betrachtung ganz kurz senkten. Dann war der argwöhnische Blick sofort wieder da.

»Ich verstehe dich«, krächzte Solutosan. »Wieso?« Er hatte selbst duonalisch gesprochen. Keine Reaktion. Er versuchte es mit Englisch. Das Wesen blickte ihn verständnislos an.

»*Verdammt!*«, fluchte er telepathisch. Die Kreatur schrak zurück.

»*Tut mir leid*«, entschuldigte er sich rasch. »*Ich tu dir nichts*«. Er ließ den Kopf auf den Fußboden sinken.

»Wo kommst du her?«, fragte das Wesen in einer melodischen Sprache. Solutosan verstand, konnte jedoch nicht antworten. Er wusste nicht wie. Er hatte so einen wahnsinnigen Durst.

»Wasser«, bat er auf duonalisch. Wiederholte in Englisch. Was heißt Wasser? »*Aqua!*« Das schuppige Geschöpf verstand ihn, huschte von ihm weg und kam mit einer großen Muschel voller Süßwasser zurück, die es ihm an die Lippen hielt. Er trank gierig.

»Wo kommst du her?«, fragte das Wesen wieder. Solutosan versuchte, sich an andere Worte der in ihm verschütteten Sprache zu erinnern. Er zeigte zum Himmel.

»Fremde Welt.«

»Ich verstehe dich besser, wenn du Telepathie benutzt«, bemerkte das Wesen plötzlich.

Solutosan fuhr erstaunt hoch. Er war nackt.

Vena betrachtete ihn ausgiebig. Sie hatte nicht erwartet, bei ihrem Jagdausflug eine derartig fette Beute zu machen. Na ja, fett war der Mann ja nicht und bestimmt auch nicht essbar. Vena hatte sich auf die Jagd von Fischen und kleinen Vögeln spezialisiert.

Sie machte sich immer vor, dass sie die Stadt nur für einen Jagdausflug verlassen hatte. Aber, wenn sie ehrlich zu sich selbst war, dauerte dieser Ausflug nun schon sehr lange und sie lebte als Eremitin mit ihren Squali in einem aus Mangrovenzweigen geflochtenen Häuschen.

Sie hatte es in der Stadt nicht ausgehalten, obwohl dort eine Auswahl von Partnern für sie bereitstand. Sie hatte sich nicht entscheiden können, und war letztendlich vor ihnen geflüchtet.

Jetzt lag hier ein Mann vor ihr, der fremdartig war. Nicht viel, denn er hatte wie alle Auraner goldenes Haar und war kräftig und muskulös. Seine Haut war anders. Sie war nicht schuppig silbern wie bei den auranischen Männern, sondern hell und weich. Dazu diese Augen. Dunkelblau mit einzelnen silberweißen Funken.

Sie schubste ihn kurz mit dem Fuß an. Er bewegte sich nicht – schien kraftlos und völlig erschöpft.

Tan drückte den Deckel im Boden mit der Nase auf. Er war so schrecklich neugierig. Natürlich musste er als Chef ihrer Squali nach dem Rechten sehen. Im Moment waren er, zwei Weibchen und ein Jungtier bei ihr.

»Tan!« Er schob seine glatte Schnauze mit den klugen Augen durch das Loch. »Wie du siehst, ist unser Besuch völlig lädiert!«

Vena legte die Armbrust weg und streichelte seine nasse, seidige Haut, was er mit wohlig geschlossenen Augen genoss. Inzwischen war sie sich sicher, dass der Fremde keine Gefahr für sie darstellte.

Der Mann war aufgewacht und blickte irritiert. »*Ist das ein Fisch?*«, fragte er telepathisch.

»*Nein, Tan ist ein Squali. Weißt du denn überhaupt nichts?*«

Der unbekannte Besucher schüttelte den Kopf.

»*Wir Auraner leben in Symbiose mit den Squali. Sie geben uns ihre Milch, dafür machen sie bei uns die Hautpflege.*«

»*Du bist ein Auraner?*«

Vena ärgerte sich. »*Sieht man nicht, dass ich ein Mädchen bin?*« Sie fummelte an ihrem Lendenschurz aus Vogelfedern.

Der Mann betrachtete sie fragend.

»*Ich habe eine **grüne** Haut, du Dummkopf*«, schnarrte Vena.

»*Und eure Männchen?*«

»*Die sind selbstverständlich silbern.*«

Der Mann bemühte sich, die Augen offen zu halten.

»*Wie heißt der Planet hier?*«

Vena musterte ihn misstrauisch. Wollte er sie für dumm verkaufen? Nein, er lag nur erschöpft auf dem Boden. »*Sublimar natürlich.*«

Solutosan schlug die Hände vors Gesicht. Nun hatte ihn die Verzweiflung eiskalt gepackt. Warum geschahen die letzte Zeit solche Dinge mit ihm? Erst die Bruchlandung auf der Erde, dann die Chance wieder in die Heimat zurückkehren zu können, und nun die nächste Odyssee auf Sublimar, getrennt von Halia, die ihn gewiss schon vermisste.

»*Weinst du?*« Das Mädchen betrachtete ihn neugierig.

»*Nein, das würde nichts ändern.*« Er hob den Kopf.

»Ich bin übrigens Solutosan. Danke für deine Hilfe. Du musst mich wohl gefunden haben, nachdem ich zusammengebrochen bin.«

»Du bist ganz schön schwer. Aber Tan hat mir geholfen.«

»Tan?«

»Ich bin Vena – und das ist Tan.« Der Squali schaute immer noch neugierig aus dem Wasser.

»Lebst du hier alleine?«

»Natürlich nicht, die Squali sind doch bei mir!«

»Entschuldige, dir kommen meine Fragen bestimmt dumm vor, Vena. Leben denn alle Auraner so wie du?« Solutosan versuchte sich aufzusetzen, was ihm nicht gelang.

»Ein paar. Ich bin eben Jägerin«, zischte sie trotzig.

»Und was ist daran Schlimmes?«

»Die Auraner sind der Meinung, es würde reichen sich von den Squalis zu ernähren. Sie halten Jagen für unmoralisch. Dabei schmecken meine Vögelchen und Fische richtig gut! Möchtest du probieren?«

Vena sprang auf und holte aus ihrer winzigen, mit Kochutensilien behangenen, Küchenecke einen kleinen, gebratenen Vogel.

»Danke, ich glaube nicht, dass ich mit so etwas kompatibel bin?«

»Kompawas?«

»Ich kann das nicht essen.«

Vena knabberte missmutig selbst an dem Vögelchen und warf Tan dann den Rest zu, der ihn mit seiner Schnauze fing und verschluckte. Dabei sah man ein Stückchen seines Körpers und eine Flosse. So ein ähnliches Wesen hatte Solutosan schon einmal im Aquarium in Vancouver gesehen. Bis auf seine dunklen, unregelmäßigen Flecken, die seinen kräftigen Rücken bedeckten, ähnelte Tan einem Delphin.

Solutosan wurde erneut schwarz vor Augen. Er musste wieder würgen.

»Sag mal, hast du etwas Falsches gegessen?« Vena rutschte näher zu ihm hin.

»Ich habe dieses Wasser aus den Blüten getrunken.«

Vena schlug die Hände vor den Mund. *»Bist du lebensmüde? Die Tulapien sind giftig.«*

»Ich hatte solch einen Durst, Vena«, bekannte er kleinlaut. *»Und habe ihn immer noch.«*

Die Auranerin sprang auf und holte einen Holzeimer mit Wasser und die große Muschel. *»Hier trink.«* Sie hielt ihm die Muschelschale an den Mund.

Solutosan trank, sein Kopf sank zurück und er glitt übergangslos in seinen Ruhemodus.

Die Stimmung in der neu aufgebauten Karateschule war mehr als düster. Xanmeran konnte sich kaum erinnern, wann er das letzte Mal so auf dem Tiefpunkt war. Er blickte zu Maureen, Meodern und Halia, die mit ihm im Innenhof der alten Donafabrik in der matten, duonalischen Sonne saßen.

Er hatte gehofft, dass sich für die Duocarns alles zum Guten wenden würde, als sich durch Ulquiorras Tor der Weg nach Hause geöffnet hatte. Aber stattdessen war das Unheil über sie hereingebrochen. Tervenarius war verschollen und nun auch Solutosan.

Halia war untröstlich. Sie saß bei Meo auf dem Schoß und schluchzte, klammerte sich an seinen Hals. Er war nach Tervenarius ihr Lieblingsonkel.

»Fühlst du deinen Daddy noch?«, fragte Meo.

Halia nickte unter Tränen.

»Wo ist er?«

»Ich weiß es nicht genau, weil er so weit weg ist«, jammerte Halia. »Im Moment scheint er in seinem Ruhemodus zu sein. Dann fühle ich ihn weniger stark.«

Xanmeran und Maureen blickten sich an. Maureens liebes Gesicht wirkte wie eingefroren. Solutosan jetzt auch noch zu verlieren, kam einer Katastrophe gleich. Wie sollten sie es schaffen, ohne seine Führung die Duonalier zu motivieren sich zu wehren? Er war das Herz der Duocarns. Weder er noch Meodern fühlten sich in der Lage, ihn zu ersetzen.

Ulquiorra lag ausgelaugt und gequält von Selbstvorwürfen im Bett. Tervenarius und Solutosan in der Anomalie verloren zu haben, setzte ihm zu. Trianora hatte sich ins Silentium zurückgezogen.

»Ich werde mich um dich kümmern, solange dein Daddy weg ist und Xanmeran und Maureen sind ebenfalls für dich da, Halia«. Meo streichelte der Kleinen die Wange.

»Wir sind alle für dich da, Halia«, bestätigte Maureen fest. »Du wirst sehen, er wird wiederkommen!«

Xanmeran öffnete das zweiflügelige Eingangstor des Innenhofs und schaute auf die Schleier zwischen den Monden. Sie bewegten sich in Schlieren, verwirbelnd und zart bunt Richtung Duonalia.

Er drehte sich zu den anderen um. »Ich denke unser Auftrag hat sich nicht geändert. Wir sind Duocarns und wir haben die Pflicht Duonalia zu beschützen. Unser Volk ist unterdrückt und in Feindeshand. Wir kämpfen weiter. Nur das würde in Solutosans Sinn sein. Patallia und Smu werden auf der Erde weiterhin die Bacani-Aktivitäten im Auge behalten. Außerdem sind da noch unsere Verbündeten in der Tierstation.«

Maureen stand auf und legte den Arm um ihn. »Genau so empfinde ich auch. Wir machen weiter!«

»Ist schon irgendwie seltsam, dass wir nun das große Haus für uns allein haben«, meinte Smu, der im Schneidersitz auf Patallias Bett saß.

Pat, der seine Jeans auszog und sich eine Jogginghose überstreifte, nickte. Sie wollten an den Strand zum joggen. »Wir halten eben die Stellung. Ich finde das okay.«

»Ich werde übrigens heute wieder in den Club gehen. Ich habe da so eine Idee, wie man die Sauger sabotieren könnte.«

»Ein erneutes Date mit Alice?« Patallia zog die Augenbrauen hoch. »Du wirst am Ende noch die Seite wechseln«, bemerkte er schief grinsend.

»Eifersüchtig?« Smu sprang vom Bett, stand vor ihm und schloss ihn in die Arme.

»Ich bemühe mich es nicht zu sein, Smu«, meinte Pat zwischen zwei Küssen. »Das ist dein Job. Ich sehe das sehr nüchtern. Was hast du denn vor?«

Smu schüttelte die Mähne. Er hatte sie inzwischen blondiert. »Ich probiere es erst aus, dann erstatte ich dem Chef Bericht.«

Er zog Patallia mit sich. Gemeinsam traten sie aus dem Haus, liefen über die schmale Straße zum Meer und rannten los. Es war frühlingshaft mild. Die Möwen kreisten über dem flaschengrünen Wasser, das ruhig und sanft schäumend am Strand auflief.

»Hallo Alice!« Smu beugte sich zu der kleinen Frau hinunter. Alice sah zum Anbeißen aus, wie aus Marzipan. Sie hatte sich in ein rosafarbenes Satinkorsett, mit winzigen Marabu-Federchen an den Rändern, gezwängt und trug Nylons und Heels, ebenfalls in Rosa. Smu hatte in der Tat schon Hässlicheres gesehen.

Er zog die schwarze Lederjacke aus und zeigte so die Brust-Piercings, die man durch das Netzhemd gut sehen konnte. Er hatte nicht vor, mit Alice lange Konversation zu machen.

»Gehen wir heute mal in den SM-Raum?«, flüsterte Alice.

Eigentlich gehörte das nicht zu seinem Plan. Aber warum nicht? Er hatte keine Probleme mit irgendwelchen erotischen Spielarten.

In dem mit speziellen Möbeln und sadistischem Equipment ausgestatteten SM-Raum tummelten sich glücklicherweise keine Gäste. Das tat sich gut an. Der mit schwarzem Leder bezogene Domina-Thron kam ihm gerade recht.

Smu wählte eine lange Reitgerte aus den Schlagwerkzeugen, holte aus und ließ sie ein paarmal in der Luft pfeifen. Alice seufzte.

Er zerrte Latexhandschuhe aus einer Box und streifte sie über. Hoheitsvoll platzierte er sich auf den Thron, öffnete die Hose und zog ein Kondom über sein bestes Stück.

»Knie dich hier her!«, befahl er Alice. »Bediene mich!«

Alice rutschte auf Knien näher und nahm seinen Schwanz zögernd in den Mund.

Smu runzelte die Stirn. »Mit ein bisschen mehr Begeisterung«, knirschte er und schlug ihr mit der Reitgerte auf den drallen Po.

»Ja, Herr!« Sie bemühte sich um ihn.

Smu blickte auf sie hinab. So mancher Mann hätte sich wohl ein Bein ausgerissen, um an seiner Stelle zu sein. Ihm war diese Situation eher unangenehm. Sein Schwanz stand, aber er blieb, wie zu erwarten, kalt.

Smu musterte die Umgebung genau. Alice kniete mit dem runden Po zum Spiegel. Da würde doch unter Garantie gleich einer der Sauger anbeißen.

Um Alice anzufeuern, schlug er immer wieder mit der Gerte auf ihr Hinterteil.

Da kam eine! Die Spiralvene wand sich langsam auf Alice zu.

Smu hatte anfangs die Idee gehabt, ein Messer mit in den Club zu bringen, sich so eine Vene zu schnappen und einfach abzuschneiden, aber alle Gäste wurden beim Eintreten auf Waffen gecheckt. Die Spiralvene hatte sich inzwischen nah an Alices Slip getastet.

»Warte auf mich, Sklavin! Und senk gefälligst den Kopf!«

Vorsichtig zog er sein Glied aus ihrem Mund und schlich um sie herum. Er packte die rote Vene, die sich unwillig wand, und machte einen Knoten hinein. Die Vene zog sich blitzschnell zurück, war aber nun zu dick, um in ihrer Öffnung zu verschwinden.

Smu setzte sich grinsend wieder auf den Thron. Er hatte langsam und präzise gearbeitet. Alice kniete weiterhin ruhig und hatte nichts bemerkt.

Er ließ sie weiter blasen, zog die Latexhandschuhe aus und warf sie in eine Ecke. Er wartete gespannt. Was würde nun geschehen?

Die Spitze der Spiralvene zappelte in ihrem Loch, verhielt sich dann ruhig und unauffällig. Aha, da spielte jemand auf Zeit.

Es dauerte eine Weile, bis ein Angestellter des Clubs den Raum betrat. »Leider müssen wir aus sicherheitstechnischen Gründen den SM-Bereich für heute schließen«, zischte er. Smu musterte ihn. Der drahtige Kerl, dessen Gesicht einem Ziegenbock ähnelte, war ganz gewiss kein Mensch.

Alice maulte.

»Ruhig, Sklavin!« Smu musste sich zusammenreißen, um nicht vor Lachen laut herauszuplatzen. Er packte sein Glied demonstrativ langsam vor der Nase des Bacani in seine Hose und zog Alice hoch. »Ortswechsel, Schätzchen.« Er blickte dem Außerirdischen fest in die dunklen Augen. Das war garantiert sein letzter Besuch in diesem Club. Nun würde er der Bande anders beikommen müssen. Er klatschte Alice mit der Hand auf den Po und schlenderte aus dem Zimmer.

Patallia sah ihn fassungslos an. Seine Augen waren vor Aufregung hellviolett. »Du hast was?«

»Einen Knoten hinein gemacht.«

Pat war zuerst sprachlos. »Jetzt hast du endgültig den Vogel abgeschossen, Smu«, krächzte er.

»Die sollen ruhig merken, dass sie nicht machen können, was sie wollen. Dadurch, dass Alice mit im Raum war, konnte der Bacani mich nicht angreifen. Außerdem hätte es ja auch ein blöder Unfall eines noch dümmeren Saugers sein können.«

»Meinst du nicht, die haben den Laden mit Kameras überwacht?«

»Und wenn schon. Dann wissen sie jetzt, mit wem sie es zu tun haben.« Smu zog seine Lederjacke aus und zerrte das

Netzhemd hinterher. »Ich habe keine Lust mehr auf diesen Heten-Kram.«

»Du gehst nicht mehr hin?«, fragte Patallia lauernd.

»Nein. – Zumindest nicht durch den Vordereingang.«

Pat stieß vor Erleichterung pfeifend die Luft aus.

»*Wie lange bin ich hier?*« Er war aufgewacht und sah sich um. Vena, die in ihrer Küchenecke einige kleine Fische auf eine Schnur fädelte, antwortete nicht. »*Vena?*«

»*Neun Muster.*« Solutosan ließ den Kopf sinken. Schon wieder eine neue Zeitrechnung. So langsam verursachte ihm das alles Kopfschmerzen.

»*Ist das lange?*«, fragte er trotzdem nach.

»*Lang genug, dass ich dich bald hinauswerfen werde.*« Vena blickte zu ihm hinüber. »*Du solltest etwas essen.*«

»*Squalimilch?*«

Vena nickte, erhob sich und schüttete für ihn aus einer Holzschüssel eine dickliche, weiße Flüssigkeit in einen grob geschnitzten Becher. »*Sie ist bereits vergoren.*«

Solutosan setzte sich mühsam auf und nahm das Gefäß. Er musste es probieren. Er hatte vor langer Zeit ein Mal versucht, sich mit Nahrungsentzug umzubringen, aber das war derartig schmerzhaft gewesen, dass er es nach einer Weile aufgegeben hatte. Tapfer trank er einen Schluck und wartete. Nichts geschah. Das Zeug schmeckte fast wie Kefir.

Er konnte noch schnell das Loch im Boden öffnen, durch das der Squali geschaut hatte, denn blitzartig schoss die Milch aus seinem Magen zurück.

Vena seufzte.

Solutosan erhob sich schwankend und holte sich stattdessen eine Muschel voll Wasser. Er hatte so viele Fragen. »*Vena würdest du mir noch ein paar Fragen beantworten?*«

Vena schwieg und zog nur den Kopf ein.

»*Bitte! Ich brauche Antworten!*«

»*Na gut.*«

»Habt ihr Städte auf Sublimar?«

»Nein!« Venas Erwiderung kam schnell.

»Gibt es bei euch so etwas wie Forschung, Wissenschaft oder vielleicht sogar Raumfahrt?«

Vena dachte kurz nach. »Ich weiß, dass die Auraner vor langer Zeit einmal den Weltraum bereist haben, aber sie tun es nicht mehr.«

»Warum?«

»Weil sie herausfanden, dass es unseren Planeten in Gefahr brachte. Es wurde, soweit ich weiß, eine schlimme Seuche von einem fremden Stern eingeschleppt.«

Das war nicht gut. Solutosan überlegte. »Habt ihr eine Religion und Götter, zu denen ihr betet?«

»Wir haben einen Gott, der der Überlieferung nach in unserem Planeten verschwunden ist.«

»Erzähl mir mehr davon, bitte.«

Vena hängte die aufgereihten Fische in einer Ecke des Mangroven-Häuschens und setzte sich im Schneidersitz zu Solutosan. »Es geht die Sage um, dass der Sternengott Pallasidus nach Sublimar kam und sich in eine Auranerin verliebte. Sie bekamen ein Kind - einen Jungen. Sublimar hat weiter im Süden eine Sumpflandschaft, die ein Fürst regierte. Dieser hatte zur gleichen Zeit ebenfalls einen neugeborenen Sohn und wurde von Pallasidus zur Geburtsfeier eingeladen. Er nahm sein eigenes Kind mit zur Feier. Was dann geschah, ist nicht vollständig überliefert. Man weiß nur, dass sich Pallasidus' Frau in den Sumpffürsten verliebte und intim mit ihm überrascht wurde. Daraufhin hat der Sternengott beide getötet und sich vor lauter Kummer in den Planeten zurückgezogen. Man sagt, dass in diesem Moment die zweite Sonne von Sublimar aufging. Seitdem ist das Klima aus dem Gleichgewicht geraten. Es ist zu heiß und das Meer verdampft zu schnell.«

Das fand Solutosan interessant. »Und die Kinder der beiden?«

»Die waren noch ein weiterer Grund für die Trauer des Sternengottes. Die Kinder verschwanden, als hätte es sie nie gegeben. Durch den Verlust seines Sohnes war sein Kummer grenzenlos.«

Vena schaute nachdenklich. »Man sagt, dass in dem Moment, in dem sich Pallasidus wieder aus dem Planeten erhebt, die zweite

Sonne erlöschen wird. Aus diesem Grund beten viele Auraner ihn an, um ihn gnädig zu stimmen – manche bringen ihm sogar Opfergaben.«

»*Was denn für Opfer?*«

»*Nichts Besonderes*«, antwortete Vena. »*Ein paar Haare oder Fingernägel ihrer Kinder.*«

Solutosan trank noch einen Schluck Wasser. »*Wie vermehren sich Auraner?*«

Venas Schuppen liefen am Hals violett an.

»*Darf man das auf Sublimar nicht fragen? Wenn ja, entschuldige ich mich.*«

Der violette Farbton ließ ein wenig nach.

»*Kannst du diese Frage nicht jemand anderem stellen?*«

Solutosan sah sich um. »*Hier ist aber niemand – außer Tan vielleicht.*« Der hob in diesem Moment wieder seine Klappe und schaute in den kleinen Raum.

Vena wand sich. »*Männchen und Weibchen vollziehen einen Akt und dann kommen eben Kinder.*«

Von dem Zeugungsakt wollte Solutosan sowieso keine Details wissen. »*Seid ihr lebendgebärend?*«

Vena nickte.

»*Und warum säugt ihr euren Nachwuchs nicht?*« Er blickte auf ihre Brust. Vena besaß keinen Busen und auch keine Brustwarzen.

»*Warum sollten wir? Sie bekommen doch sofort nach der Geburt die Milch ihrer Squalis.*«

Aha. Solutosan nahm ihren Unmut wahr und fragte nicht weiter.

Vena drückte Tans Kopf unter Wasser und ließ sich selbst in die Bodenöffnung gleiten.

»*Darf ich mitkommen?*«

»*Du passt aber nicht durch Tans Loch.*«

»*Ich nehme die Tür.*« Solutosan stand auf. Er musste dringend in Bewegung kommen. Er öffnete die Tür und ließ sich ins Wasser gleiten. Es war wunderbar. Sofort fühlte er, wie gut ihm das Salzwasser tat. Das war sein Element!

Er tauchte und sah Vena und Tan unter Wasser. Fasziniert bemerkte er, dass Venas Beine zu einem großen, glitzernden

Fischschwanz verschmolzen waren. Sie rangelte mit Tan. Dann schwammen sie los. Solutosan fühlte sich zum ersten Mal seit seiner Ankunft entspannt und gut.

Eines der beiden Squali Weibchen kam näher. Die spitze Schnauze mit den blanken Augen wirkte, als würde es lächeln. Solutosan nahm ihre Flosse und ließ sich von ihr mitziehen. Pfeilschnell glitten sie durch das Wasser.

Die Squali führten sie zu einer weiten Wasserfläche aus denen niedrige, weiße Riffe ragten. Solutosan zog sich erholt auf einen Felsen und schaute Vena zu, die mit ihren Squali in einer kleinen, flachen Bucht dümpelte. Die Tiere kauten an ihrer Haut, lösten winzige Schuppenteilchen und verzehrten sie. Diese Prozedur war augenscheinlich angenehm für Vena. Sie hatte ihre Flosse wieder in Beine verwandelt und hielt Tan einen Fuß zum Knabbern hin. Als seine Schnauze zu weit in ihren Schritt fuhr, gab sie ihm einen freundlichen Schlag auf die nasse Nase.

Das Squali-Weibchen, das ihn begleitet hatte, stupste ihn mit glänzenden Augen an. Sie schnupperte enttäuscht an seinem Arm, da es bei ihm nichts abzunagen gab. Solutosan verdickte die Sternenstaub-Schicht auf seinem Körper, bezweifelte jedoch, dass das Weibchen diese mögen würde. Sie näherte sich erneut, zog aber die Nase sofort zurück. Sternenstaub war ihr sichtlich unangenehm.

»*Was machst du denn da?*« Vena schaute ihm interessiert zu.

»*Ich habe getestet, ob die Squali Sternenstaub mag.*«

»*Was mag?*« Vena schob den Oberkörper aus der kleinen Bucht.

»*Sternenstaub.*«

Die Auranerin starrte ihn fassungslos an. »*Zeig es mir*«, keuchte sie.

Solutosan wählte die erotische Variante, um niemanden zu verletzen und schickte den glitzernden Sternenstaub sofort auf das offene Meer. Er ließ den Staub ein bisschen über dem Wasser spielen und zog ihn dann wieder zurück.

Vena zitterte vor Aufregung. »*Was sagtest du, wo du herkommst?*«

»*Ich bin von einem Planeten namens Duonalia.*«

»*Gibt es dort noch mehr Wesen wie dich?*«

»*Nein.*« Solutosan dachte an Halia und seine Herzen wurden schwer.

»*Ist dir klar, dass du hier schon lange vermisst wirst?*«, keuchte Vena. Es gab für sie nur eine logische Schlussfolgerung.

»*Du denkst, ich wäre das verschollene Kind aus deiner Geschichte?*«

»*Das ist keine Geschichte! Es ist eine Überlieferung! Wie alt bist du?*«

Solutosan antwortete nicht. Er war nach Sublimar gerufen worden. Das passte. Und Tervenarius? Solutosan blickte zu den beiden Sonnen. Tervenarius, der Sohn des Sumpffürsten? Er konnte es kaum glauben. Auf der anderen Seite gab es so viele Dinge im Universum, die er sich nicht anmaßte zu verstehen, geschweige denn beurteilen zu können. Stimmte das alles, war Terv dann auch auf Sublimar? Ein Märchen, dachte Solutosan, das hört sich doch an wie ein Märchen für Kinder.

Vena rückte näher an ihn heran und strich ihm über den Arm.

Solutosan blickte erstaunt auf ihre streichelnden Finger. Sie sah da wohl jetzt etwas in ihm … Er ließ sich wieder ins Wasser gleiten, das ihn wunderbar in Empfang nahm. Das Squali-Weibchen schmiegte sich an ihn.

»*Komm*«, er sah aufmunternd zu Vena. »*Lass uns sehen, wer zuerst die Hütte erreicht.*«

Ein Geräusch weckte ihn mitten in der Nacht. Die Klappe im Boden hatte sich geöffnet und das Squali-Weibchen schaute in den Raum. Sie quiekte leise. Solutosan wachte auf und erstarrte. Die Squali sah ihn mit Sternenaugen an. Solutosan blinzelte. Er hatte sich nicht getäuscht – sie hatte dunkelblaue Augen mit blitzenden Sternen, so wie er. Imitierte sie ihn? Es machte den Anschein, als wäre sie sehr aufgeregt und wollte ihm etwas sagen. Ihr Kopf schlug hin und her. Die Unruhe der Squali war bestimmt nicht unbegründet. Ohne zu zögern, folgte er ihr.

Er glitt aus der Hütte in das nachtschwarze Wasser. Sofort war das Weibchen an seiner Seite und drängte ihn, ihre Flosse zu ergreifen. Sie schwamm sehr schnell und zog ihn mit. Den Weg kannte er bereits. Es war der gleiche, den er mit Vena geschwommen war. Nun sah er das weiße Riff in der Dunkelheit.

Das Weibchen schwamm in eine der flachen Buchten. Ihre Augen waren unverändert. Sie begann sich zu verwandeln. Wurde größer, mächtiger, männlicher. Vollends geformt stand er vor ihm, leuchtend, den starken, goldenen Körper in ein weißes Gewand gehüllt, wie wehende, zarte Algen. Das schöne Gesicht alterslos, das Haar silberweiß über den Rücken fließend.

Wieso überraschte ihn das nicht? Langsam setzten sich die Puzzle-Stücke zusammen. Venas Überlieferung war kein Märchen und hatte sogar sehr direkt mit ihm zu tun.

Pallasidus betrachtete Solutosan mit seinen Sternenaugen. »*Ich habe dein Zeichen erhalten.*«

»*Mein Zeichen?*«, entgegnete er verwundert.

»*Du schicktest Sternenstaub über das Meer.*«

»*In der Tat. Mir war nur nicht klar, dass dies jemand wahrgenommen hat.*«

Pallasidus verschränkte die Hände. »*So also siehst du aus. Ich habe nicht mehr damit gerechnet, dass du meinen Ruf hören und ihm folgen würdest.*«

Es war Solutosan, als rasteten erneut zwei Puzzlesteine ineinander. »*Ich hatte keine Wahl. Er hat mich aus der Anomalie herausgerissen. Ist Tervenarius ebenfalls hier auf Sublimar?*«

»*Tervenarius?*«

Solutosan spekulierte. »*Ja, der Sohn des Sumpffürsten.*«

»*Der Sumpffürst ist tot*«, grollte Pallasidus.

Er hob die Hand und streckte sie in seine Richtung. Sternenstaub strömte aus seinem Gewand, bewegte sich auf Solutosan zu und hüllte ihn ein. Beide standen in der glitzernd kreisenden Wolke. Pallasidus Stimme dröhnte in der goldenen Flut: »*Dein Kind! Gib mir dein Kind!*«

Sein Vater wollte Halia? Wie sollte das gehen?

»*Ich kann nicht zurück. Der energetische Ring ist ohne Kraft!*« Solutosan versuchte, seine Stimme entschlossen klingen zu lassen. Er war im Nachteil und wusste es.

»*Ich werde seine Kraft erneuern, wenn du dich entscheidest, mir dein Kind zu geben!*«

»*Nein!*« Er schrie es heraus. Sternengott hin oder her – Halia würde er niemals hergeben.

»*Du und das Kind ihr werdet eurem Schicksal nicht entkommen!*« Pallasidus Stimme verdichtete sich zu einem Rauschen.

Er zwang sich zur Ruhe. Er musste dringend versuchen, mehr zu erfahren. »*Welchem Schicksal?*« Solutosan mischte seinen Sternenstaub mit dem seines Vaters – sandte ihn mit in die Wolke.

Die Stimme schallte: »*Höre Sohn die Prophezeiung:*

Der Abend wird sich senken mit Sternenstaub. Die vier Könige werden vereint. Friede und Glück werden Kampf und Krieg für immer beenden!«

Der Sternenstaub seines Vaters löste sich langsam von dem Seinen. »*Gib mir das Kind – es wird ihm gutgehen!*«

»*Nein!*«, brüllte Solutosan nochmals, aber die Wolke bestand nur noch aus seinem eigenen Staub.

Vor ihm in der Bucht schwamm das Squali-Weibchen ruhig hin und her. Solutosan kniete nieder und betrachtete sie. Sie blickte ihn mit ihren dunklen Augen freundlich lächelnd an. Keine Spur von Pallasidus.

Solutosan wurde wieder schlecht. Wie lange war er nun schon ohne Nahrung? Er wusste es nicht. Das Weibchen leitete ihn zurück durch das nächtliche Wasser bis zu Venas Hütte. Mit letzter Kraft zog er sich durch die Tür und sank zu Boden.

Vena erwachte und sah sofort nach Solutosan. Sie machte sich Sorgen. Sie kroch näher an ihn heran. Es war in Ordnung, dass er kaum atmete. Aber seine Haut schimmerte grünlich und sein Gesicht sah ungesund aus. Sein goldenes Haar war fahl und glanzlos. Er brauchte Nahrung.

Langsam plagte Vena das schlechte Gewissen. Sie hatte ihn bereits zu lange bei sich festgehalten. Vielleicht hatte er ja in Sublimar-Stadt eine Chance Milch zu bekommen, die er vertrug. Vena betrachtete ihn und kämpfte mit sich. Sie wollte nicht wieder alleine sein. Die neue Erkenntnis, dass er wahrscheinlich der Sohn Pallasidus' war, machte ihn noch reizvoller für sie. Aber konnte sie ihn aus diesen Gründen an sich binden und riskieren, dass er dahinsiechte?

Sollte sie ihn in die Stadt begleiten, um ihn nicht zu verlieren? Sie hatte dort ihre winzige Wohnung in einem der großen Blocks, die sich zwischen den Klippen erhoben. Eines war auf jeden Fall klar. Sie würde ihm das Squali-Weibchen geben, das sich offensichtlich jetzt schon an ihn gebunden hatte.

Sie rief in ihren Gedanken nach Tan, der sofort erschien. »Tan, du wirst dich von dem Weibchen trennen müssen. Sie hat sich entschieden, Solutosan zu begleiten.« Tan quiekte. Sie sah in seinen Augen die Trauer um sein Weibchen. »Du findest bestimmt ein Neues«, flüsterte sie und streichelte seine weiche Nase.

»Was findet er Neues?« Solutosan öffnete matt die Augen.

»Das Squali-Weibchen wird bei dir bleiben. Mich wundert, dass sie sich derartig stark an dich gebunden hat. Eigentlich führen nur Männchen die Sippe. Sie hat wohl keine Milch, aber das kann sich ja ändern.«

»Ich vertrage ihre Milch sowieso nicht«, krächzte Solutosan und angelte nach der Trinkmuschel und dem Wassereimer.

Solutosan legte die geleerte Muschel auf den Boden. Vena schien verlegen und druckste herum. Warum nur?

Sie hockte sich auf die Fersen vor ihn und sah ihn ernst an. »*Ich muss dir etwas gestehen. - Ich habe gelogen, was die Stadt angeht. Wir haben eine Hauptstadt, die ebenfalls Sublimar heißt.*«

Solutosan starrte sie an. »*Warum hast du das verschwiegen?*"

Vena wand sich und antwortete nicht.

Aha, dachte Solutosan, die selbstbewusste, eigenständige Jägerin ist wohl doch nicht so gern alleine.

Er drang deswegen nicht weiter in sie. »*Wo ist die Stadt?*«

»*Ich werde dich hinbringen.*«

»*Wann?*«

»*Heute, wenn du willst. - Ich habe da ebenfalls eine Bleibe*«, flüsterte sie verschämt.

»*Kann ich dort nackt herumlaufen?*«

Vena lachte erleichtert. »*Nein. - Du brauchst ein Gewand.*«

Solutosan blickte sich zweifelnd um – musterte ihren flauschigen Lendenschurz.

»*Wir Auraner stellen einen sehr schönen Stoff her, Serica, den wir auch zum Tauschen benutzen. Aus ihm sind alle Kleider gefertigt.*«

»*Hast du Serica?*« Solutosan stemmte sich langsam ins Sitzen hoch und zog die Knie an.

»*Nur mein eigenes Kleid und mein zukünftiges Brautgewand.*«

»*Du willst heiraten?*«

»*Von wollen kann gar keine Rede sein*«, fauchte sie. »*Ich bin jetzt in dem Alter mich zu paaren. Mir standen schon etliche Männer zur Auswahl, aber -* »Venas Schuppen schillerten hellgrün.

»*Aber?*«

»*Sie gefielen mir alle nicht*«, stieß Vena hervor. »*Sie haben so ein schwerfälliges, grobes Benehmen, das mich einfach abstößt.*«

Solutosan stützte den Kopf in die Hand. Bindungsprobleme einer Auranerin waren genau das, was ihm noch gefehlt hatte.

»*Ich heirate überhaupt nicht! Ich bringe dich in die Stadt und dann verschwinde ich wieder.*«

Solutosan nickte. Das war für ihn in Ordnung.

Aber Vena schien sein Verhalten gar nicht recht zu sein. Sie blitzte ihn mit ihren grünen Augen ärgerlich an. Er schwieg und senkte den Blick. Vena seufzte.

»Kurz und gut – ich brauche kein Brautgewand.«

Vena stand auf, ging zu einer hölzernen Truhe, die an der Decke ihres Häuschens hing, und zog ein kleines Päckchen hervor. Das Gewand war mehrfach mit einer Art Wachspapier umwickelt. Sie faltete es auseinander und hielt das Kleidungsstück hoch.

Solutosan staunte. Was war das für ein Stoff? Er war seidig und glänzte in vielen verschiedenen, irisierenden Farbtönen. Seidig? Vena reichte ihm das Gewand und er strich darüber. Auf der Erde hätte er gesagt es wäre Seide. Aber die schönste Seide, die er jemals gesehen hatte.

Er war gerührt. *»Vena, betrachte es als Leihgabe. Ich werde es dir wiedergeben, sobald ich etwas anderes zum Anziehen habe. Als Geschenk kann ich es nicht annehmen.«*

Vena nickte bedrückt. Ihre riesigen Augen füllten sich mit Tränen.

Schwerfällig stand er auf und hielt sich das ärmellose Gewand an. Für Vena mochte es weit und wallend sein, aber für ihn … Er streifte es vorsichtig über. Es passte knapp. Immerhin bedeckte es seinen Körper bis zur Mitte der Oberschenkel.

»Es ist zu klein, Vena«, stellte er fest.

»Das ist alles, was ich habe.« Aus Venas Augen tropften dicke Tränen.

Solutosan war versucht, sie in die Arme zu nehmen, um sie zu trösten, ließ es dann aber. Sie würde es sicherlich missverstehen. Er musste schnellstmöglich in die Stadt, um dort Nahrung zu finden – alles andere war unwichtig.

»Müssen wir schwimmen?«

Vena stapelte schniefend einen Haufen getrockneter Fische in einen Korb. *»Nein, ich habe ein Kanu.«* Sie wandte sich zu ihm. *»Ich werde versuchen, die Fische gegen ein Gewand für dich zu tauschen. In diesem siehst du aus wie ein Falbalan.«*

»Ein was?«

Venas Schuppen am Hals liefen erneut violett an. »*Wie ein Lustsklave!*«

Hoppla, dachte Solutosan. Es schien auf Sublimar noch viel mehr zu geben, von dem er nichts wusste.

Vena nahm einige Brustgeschirre, die an der Decke des Häuschens hingen, und tauchte durch die Squali-Öffnung ab.

Solutosan setzte sich in die Tür der Hütte, ließ seine Beine ins Wasser baumeln und schaute ihr zu, wie sie die drei größten Squalis anschirrte. Ihr Kanu hatte, mit Zweigen gut getarnt, in den Mangroven gelegen.

Ungelenk zog er das Gewand aus, faltete es und legte es sich auf den Kopf. Dann schwamm er zum Kanu, zog sich an den Ästen hoch und hockte sich ermattet im Schneidersitz in das schaukelnde, kleine Boot. Das hatte ihn bereits sämtliche Kraft gekostet. Er platzierte das kostbare Gewand neben sich. Er würde es erst anziehen, wenn die Stadt in Sicht kam.

Vena betrachtete seine Bemühungen. »*Das hättest du dir eigentlich sparen können. Serica trocknet innerhalb weniger Augenblicke.*« Sie streifte ihr eigenes, zartgelbes Gewand über, das ihr bis auf die Füße fiel, nickte und pfiff kurz. Die Squalis zogen langsam an – gewannen an Fahrt. Sie verließen den Mangrovenwald und glitten über das glitzernde Wasser dahin.

Solutosan sah sich fasziniert um. Sublimar war ein wunderschöner Planet. Weite Wasserflächen wechselten mit kleinen, begrünten Inselchen und Landzungen. Auf vielen der grünen Flächen standen knorrige Bäume.

»*Das sind die Morlus-Bäume*«, erklärte Vena. »*Die Spinner, die die Kokons für Serica machen, futtern nur diese Blätter.*« Von weitem sahen sie auf etlichen der mit Bäumen bewachsenen Landstriche Auraner arbeiten – Männer, deren goldenes Haar und silberne Haut im Licht der zwei Sonnen glänzte.

Sie waren schon einige Zeit unterwegs, als sich in der Ferne mächtige Felsen ins Blickfeld schoben. Die riesigen, weißen Riffe wirkten monumental. Sublimar-Stadt war in und um diese gigantischen Klippen gebaut. Nun wurde der Bootsverkehr merklich aktiver. Rund um die Stadt wimmelte es von großen und kleinen Booten. Einige besaßen Segel, andere hatten offensichtlich ebenfalls Squalis vorgespannt, die Solutosan im Wasser nicht richtig erkennen konnte.

Vena fädelte sich in einer der belebten Wasserstraßen ein.

Solutosan zog schnell das Gewand über. Alle Auraner trugen diese Art Kleidung in verschiedenen Farben, zumeist als wallendes, langes Kleid.

»*Warte hier!*« Vena lenkte die Squalis zu einem kleinen Bootssteg, schnappte sich den Korb mit den Fischen und verschwand in einer engen, belebten Straße.

Solutosan blieb gerne im Kanu. Sein Magen hatte beschlossen, sich äußerst schmerzhaft zu krümmen und sämtliche innere Organe mit sich zu ziehen. Er keuchte und hielt sich am Rand des Boots fest. Eine weiche Nase stupste gegen seine Hand. Das Squali-Weibchen. Sie blickte ihn sorgenvoll an. Solutosan streichelte sanft ihre samtige, nasse Nase. Das Tier schloss genussvoll die Augen.

Da sprang Vena wieder ins Kanu. »*Ich habe ein gutes Geschäft gemacht*«, strahlte sie. »*Schau mal!*« Sie hob ein dunkelblaues Serica-Gewand in die Höhe. Es war fast einfarbig. Nur wenn man es bewegte, changierte der Stoff leicht hellblau.

»*Wunderschön.*« Solutosan versuchte Vena seine Schmerzen nicht zu zeigen.

»*Zieh es an!*«

Er blickte um sich. Niemand zeigte Interesse an ihnen. Solutosan wechselte das Gewand. Die Falten des Serica umschmeichelten seinen Leib bis zu den Fußknöcheln, nicht warm und nicht kalt, sondern seine Temperatur ausgleichend.

»*Danke, Vena! Du bist sehr nett zu mir.*« Er krümmte sich erneut vor Schmerzen. Vena verstand sofort und setzte die Squali wieder in Bewegung.

Die Wohnung war winzig – nicht größer als ihre Hütte in den Mangroven. Sie war wie ein kleines, weißes Vogelnest zusammen mit hunderten anderen an eine Klippe gebaut.

»*Was sind dort oben für Gebäude?*« Solutosan zeigte auf die sonnenbeschienenen Bauten oberhalb der Behausungen.

»*Alles Mögliche: Verwaltung, Markt, Amüsierviertel, Museum ...*«

»*Ihr habt ein Museum auf Sublimar? Was wird denn da ausgestellt?*«

Vena wirkte beleidigt. »*Na hör mal, wir haben doch Künstler. Zum Beispiel kann man dort die schönsten Sericas sehen und Artefakte aus Sublimars Vergangenheit.*«

Venas Wohnung war wunderbar kühl. Solutosan ließ sich kraftlos auf den Fußboden fallen, während Vena ging, um die Squalis auszuschirren.

Solutosan überlegte noch, was als Nächstes zu tun sei, als er wieder übergangslos in seinen Ruhemodus glitt.

Wo war er? Ach ja, in Sublimar-Stadt in Venas Wohnung.

Solutosan hob den Kopf und sah zu dem einzigen Fenster. Die beiden Sonnen waren im Begriff unterzugehen. Solutosan schaute sich um. Vena war nicht da. Er erhob sich mühsam und suchte Wasser. Die winzige Behausung hatte eine Art kleines Bad mit einem verstöpselten Rohr in der Wand und einem Abfluss im Boden. Solutosan zog den Stöpsel ab und klares, kaltes Süßwasser kam ihm entgegen. Er hielt den Kopf in den Strahl und trank. Danach fühlte er sich ein wenig frischer. Er würde in das Museum gehen. Vielleicht fiel ihm ja dort etwas ein.

Er öffnete die Tür und trat hinaus auf die schmale Plattform vor Venas Wohnung. Die Wasserwege zwischen den weißen Behausungen überbrückten hölzerne Wege. Auf diesen Stegen waren einige Auraner gemächlich unterwegs. Aus einem der Fenster tönte das Wimmern eines Musikinstruments. Die Auraner pflegten offensichtlich einen beschaulichen Lebensstil, in dem Hektik und Eile unbekannt waren.

An einem Steg unterhalb kam eine ältere, türkisblau geschuppte Auranerin an Land. Sie tätschelte den Squali, der sie begleitet hatte. Vena hatte recht gehabt: Solutosan sah ihr Serica-Gewand trocknen, in dem Moment, als sie aus dem Wasser trat.

Zu seinen Füßen quiekte eine leise Stimme. Sein Squali-Weibchen sah aus den Wellen aufmerksam zu ihm hoch.

»Sollen wir auch aufbrechen?«

Das Weibchen verzog die Schnauze zu einem Lächeln. Solutosan glitt ins Wasser und nahm ihre Flosse. Langsam schwamm sie los. Er versuchte sich zu orientieren. Wie kam man nur zu den großen Gebäuden? Die Squali überwand einige Staustufen und bewegte sich, als hätte sie seine Gedanken geahnt, zielstrebig aufwärts. Dann ging es nicht mehr weiter. Sie paddelte zu einem kleinen Steg.

»Warte hier auf mich.« Ob sie ihn wohl verstand? Er beugte sich zu ihr und streichelte sie. Beim Aufrichten wurde ihm schwarz vor Augen und er taumelte. Die Squali quiekte erschrocken.

»Ist schon gut«, krächzte er. Er musste etwas tun – in Bewegung bleiben. Erleichtert bemerkte er, dass sein blaues Gewand bereits trocknete, als er loslief. Oberhalb war das große, weiße Gebäude, von dem er hoffte, dass es das Museum war.

Die untergehenden Sonnen leuchteten glutrot in die steilen, schmalen Straßen. Die Hitze des Tages stand noch darin. Es erforderte all seine Kraft, die grob gepflasterte Straße bergauf zu steigen. Aus Türöffnungen drang Musik. Einige Auraner schlenderten geruhsam durch die Gassen.

Solutosans Herzen setzten einen Schlag lang aus.

Da stand er in der Tür eines der Etablissements! Tervenarius trug ein enges, schenkelkurzes, buntes Gewand und hielt den Kopf mit der silberweißen Mähne gesenkt, so dass man kaum sein Gesicht sehen konnte.

»Zu deinen Diensten, mein Herr«, flüsterte er, starrte auf Solutosans nackte Füße.

Solutosan brachte kein Wort hervor. Sein leerer Magen krampfte. Einer seiner Krieger stand dort um – um ...

Tervenarius hob den Kopf. Seine goldenen Augen weiteten sich ungläubig. »Solutosan! – Ihr Götter!« Seine Stimme brach. Terv streckte die zitternde Hand aus und berührte seine Wange. Tränen drangen aus seinen Augen.

Ohne die Auraner um sie herum zu beachten, zog Solutosan den Duocarn in seine Arme. Er hatte ihn gefunden! Er konnte es kaum fassen! Nun würde alles gut werden. Gemeinsam waren sie stark. Tervenarius würde nicht mehr ... Nein, jetzt war er da – gleichgültig in welchem Zustand. Gerührt drückte er seinen bebenden Freund an sich. Tervs goldene Tränen kugelten über seine Schulter, klickten mit einem leisen Geräusch auf die Straße.

»Du bist es wirklich!«, flüsterte Solutosan heiser auf duonalisch. »Du bist es wirklich!«, brüllte er in Englisch hinterher.

Nun erregten sie Aufsehen. Tervenarius zog ihn in den Hauseingang hinter sich. Solutosan ging in die Knie. Das war jetzt eindeutig zu viel gewesen. Er rutschte mit dem Rücken an der glatten Wand hinab.

»*Was ist mir dir?*« Terv kniete sich neben ihn.

»*Ich verhungere.*«

Sein fungider Freund nahm seinen Kopf fest in beide Hände und schaute ihm aufmerksam ins Gesicht. »*Jetzt nicht mehr*«, sagte er bestimmt. Er ließ eine Hand los und hielt sie ihm vor die Nase.

Auf Tervs Handfläche lag ein flacher Kefirpilz. »*Mit Squalimilch kompatibel*«, lächelte er.

Solutosan schloss vor Erleichterung die Augen. Die Qual hatte ein Ende.

Arishar lag auf dem Rücken im Thronsaal seiner Burg, auf der erhöhten, grauen Steinplatte. Drei seiner Krieger hatten das Privileg seine Blutbemalung zu erneuern. Sie tränkten die Pinsel in den eigenen, offenen Wunden ihrer geritzten Arme und zeichneten sorgfältig harmonische, feine Linien auf die Haut ihres Königs.

Im Hintergrund der Halle knieten zwei junge Weibchen, die er zu benutzen gedachte. Arishar öffnete die Augen und betrachtete sie mit laszivem Blick. Sein erstgeborener Sohn lag bei seiner Frau Nala in der Wiege, aber das reichte ihm nicht. Er wollte seinen Samen verstreuen – wünschte sich weitere Nachkommen.

Er winkte die Weibchen näher heran. Sie krochen demütig zu ihm und versuchten, sich von ihrer besten Seite zu zeigen. Sie streckten ihm kniend ihre rosigen Geschlechtsteile entgegen. Er hätte nur die Hand ausstrecken brauchen, um sie zu berühren. Aber er hatte genug gesehen und drehte den schweren, gehörnten Kopf zur Seite.

Die Krieger beendeten ihre Arbeit und verneigten sich. Arishar richtete sich auf, blickte an sich herunter um das Werk zu betrachten. Stolz reckte er die Brust und nickte den wartenden Männern zu. Diese verbeugten sich nochmals mit starren Gesichtern. Ihr Herrscher würde ihren Schmuck tragen. Das war eine große Ehre.

Er setzte sich an die Kante der Plattform und winkte ein Weibchen heran sich vor ihn zu knien, um ihn zu bedienen. Das andere Geschöpf drehte sich und bot ihm die Frucht zwischen ihren Beinen an. Arishar führte die Kralle dort ein und dehnte ihr Geschlecht sanft. Das zweite Weibchen saugte an seinem Glied. Er beobachtete es mit halb geschlossenen Lidern.

Arishar spürte keine Lust. Sie vermochte ihn nicht zu entfachen. Sein Glied blieb unverändert. Das Weibchen gab sich sehr viel Mühe um ihn zu stimulieren. Auch die andere Frau versuchte mit Stöhnen und einem Winden ihres Beckens, seine Aufmerksamkeit zu erregen.

Arishar bleckte unwillig die Zähne - schüttelte seine Mähne. Die Weibchen bekamen Angst. Ärgerlich zog er die

Kralle aus ihrem Geschlecht und stieß mit der linken Hand das saugende Weibchen fort. Sie krochen rückwärts aus seiner Reichweite.

Er sprang auf. Ungehalten begann er den Thronsaal abzuschreiten. Mit einer knappen Geste deutete er einem seiner Krieger, ihm beim Anziehen zu helfen: Er legte den Lendenschurz an, seine graue Lederhose, die dunklen Lederstiefel und dann den geflochtenen, breiten Waffengürtel. Der starke, blutrote Brustpanzer und der Waffenrock komplettierten seine Rüstung. Der Krieger band ihm das rote Kampftuch der Quinari um die Lenden und half ihm mit den Handschuhen und der Armpanzerung.

Grimmig packte Arishar das zweischneidige Schwert und schob es in die Scheide auf seinem Rücken. Die riesige Hieb- und Stichaxt legte er sich über die Schulter. Missmutig stapfte er aus seiner Burg zum Kampfplatz, auf dem Luzifer mit zwein seiner Männer kämpfte.

Der feurige, schwarze Luzifer benutzte seinen schweren, langen Schwanz oft während der Schlag-Abwehr als Stütze. Beim Angriff warf er dessen dornenbewehrte Spitze mit nach vorne. Einer der Krieger hatte bereits etliche Dornen in seinem Schild stecken. Luzifers muskelbepackte Schulter klaffte an zwei Stellen von schweren Schnitten, denn er trug keinen Brustpanzer. Seine rote Mähne flog und die Reißzähne blitzten, während er mit seinem flammenden Schwert zu einer erneuten Attacke ausholte. Er fauchte.

Mit einem Seitenblick entdeckte Luzifer ihn und gab den Kriegern ein Zeichen, die augenblicklich ihre Angriffe einstellten. Der Trenarde grunzte und winkte Arishar mit seiner klauenbewehrten Hand sich ihm zu nähern. Angriffslustig schürfte er mit den Füßen im Sand.

Das war Arishar nur zu recht. Er ging sofort in Angriffsstellung, umfasste Schwert und Axt fest und umkreiste den kampfbereiten Luzifer. Seine blutverzierte Brust hob und senkte sich stark, als er Atem für den Angriff sammelte.

Beide stürmten zur gleichen Zeit los. Arishar war schneller und wendiger, und es gelang ihm einen Treffer in Luzifers Schwanz zu landen, bevor dieser ihn mit seinen Dornen erreichte. Luzifer brüllte vor Zorn mit funkensprühenden Augen. Arishar umkreiste ihn, den gehörnten Kopf nach vorne geneigt, seinen Gegner fest im Blick. Seine monströsen Muskeln spielten unter der Brustpanzerung.

Luzifer stürmte vorwärts. Zusätzlich zu seinem Flammenschwert packte er den Flammenreif an seinem Gürtel, der sich fauchend entzündete. Mit aller Kraft schleuderte er den feurigen Reif, zielte auf Arishars Kopf. Er wich aus, konnte aber nicht verhindern, dass der Reif seine Wange zerschnitt. Das Flammenschwert blockte er mit der Axt ab. Beide warfen sie ihr Gewicht nach vorn in ihre Waffen.

Der Reif drehte sich und kam zu seinem Herrn zurück. Luzifer fing ihn mit der linken Hand. Diese kleine Lücke nutzte Arishar, um das Flammenschwert zurückzudrängen. Luzifer warf den Ring sofort wieder, der ihn unterhalb seines Panzers in den Arm traf. Die Flammen rissen seine graue Haut auf. Er spürte den köstlichen Schmerz und fauchte. Sein Gegner hatte den Reif gefangen und ging nun lauernd vor ihm auf und ab. Das flackernde Licht in seinen feurigen Augen erlosch allmählich. »Zeit fürs Abendessen«, grollte er. »Lass gut sein, Arishar.«

Verdammt, der Trenarde brach ab! Das war ärgerlich, entsprach jedoch den Kampfregeln. Arishar wischte nachlässig über seine blutende Wange und verzog den Mund. »Alter Fresssack!« Er bleckte die Zähne.

Gemeinsam verließen sie den Kampfplatz. Luzifers dicker Schwanz hinterließ eine Schleifspur im Sand. Sein Adjutant erwartete ihn bereits, steif und unbeweglich. Gleich würden sie die Klauen in das bereitgestellte Fleisch schlagen.

Arishar schritt mit gesenktem Kopf in die Frauengemächer. Er war ungehalten wegen des Vorfalls mit den Weibchen und über den abgebrochenen Kampf.

Zielstrebig betrat er Nalas Gemach. Sie legte ihren Sohn bei seinem Anblick rasch in sein Bettchen und musterte ihn ruhig mit ihrem sanften, braunen Blick. Das lange, schwarze Haar umspielte ihren nackten Körper. Er mochte es, dass sie, im Gegensatz zu den anderen Quinari-Weibchen, nie Angst vor ihm hatte.

Sie näherte sich ihm mit festen Schritten. Nala löste geschickt mit einigen Griffen seinen Brustpanzer, der zu Boden polterte. Sie erfasste seinen verletzten Arm und leckte ihm das Blut aus der Wunde. Arishar schloss die Augen. Er spürte ihre zarte Zunge in seinem Fleisch und fühlte, wie sich sein Glied zu einer gewaltigen Größe aufrichtete. Ein monströses Knurren entrang sich seiner Brust. Die zierliche Nala ließ sich davon nicht beeindrucken. Sie hatte die Blutung am Arm fast gestillt. Das schwere, rote Blut sickerte nur noch langsam.

Mit schiefgelegtem Kopf betrachtete sie seine Wange. Er stand still, hatte die Augen halb geöffnet und beäugte jede ihrer Bewegungen. Sie stellte sich auf die Zehenspitzen und hielt sich mit den Händen an seinen Schultern fest. So kam sie leider immer noch nicht bis an sein Gesicht. Er brummte gutmütig, umfasste ihre schlanke Mitte und hob sie höher. Sofort schmiegte sie ihren grauen Leib an ihn. Ihre kleine, spitze Zunge fuhr ihm über den tiefen Schnitt auf der Wange. Ein Gefühl, das er genoss, und das ihn erregte.

Mit einer Hand löste Arishar den steifen Waffenrock, der zu Boden glitt. Sein Geschlecht drohte inzwischen die graue Lederhose zum Bersten zu bringen. Er ließ sich auf die Kante ihres ausladenden Bettes nieder, zog Nala auf seinen Schoß. Diese hatte den Schnitt völlig ausgeleckt und rieb ihr Gesicht an seinem. Arishars Lenden zuckten. Er nahm ihren Kopf in beiden Hände und zwang seine lange Zunge zwischen ihre sich bereitwillig öffnenden Lippen.

Immer noch leicht missmutig wurde ihm klar, dass, obwohl einer der besten und stärksten Kämpfer unter der roten Sonne des Planeten Occabellar, er den Krieg gegen seine Lust nur mit ihrer Hilfe gewinnen konnte.

Luzifer war seinem Adjutanten gefolgt. Der Küchenmeister hatte einen Berg blutiges Fleisch auf den schweren Steintisch gepackt. Sie setzten sich und griffen zu.

In Arishars Land zu kämpfen mochte er allein schon wegen des ausgezeichneten Fleisches. Sein Adjutant Slarus musterte ihn über sein tropfendes Futter hinweg.

»Wohin ziehen wir als Nächstes?«, knurrte er.

»In Maurus' Reich.« Luzifer ließ die blutigen Klauen sinken und rülpste feurig.

»Das ist gut«, kaute Slarus. »Obwohl mein Bruder froh ist, wenn wir bei uns im Land streiten. Er verkauft dann immer Essen an die Neugierigen. Er sagt, dass die Landwirtschaft sich gut gemacht hat, seit wird zum Kämpfen wandern.«

Luzifer grunzte. Er wusste, dass die Bevölkerung sich erholt hatte, seit die drei Könige nicht mehr den ganzen Planeten mit Krieg überzogen. Die stärksten Jünglinge wurden natürlich nach wie vor als Kämpfer ausgebildet und reisten mit den Königen. Er selbst schleppte nur wenig Fußvolk mit sich herum. Seine zehn Männer, der Adjutant und er brachten schon genügend Unheil, Tote und Verwundete.

Luzifer stierte schmatzend zu den nahen, blauen Stoffzelten. Es waren die Unterkünfte des aquarianischen Königs und seines Harems, die man an einem der Seen in Arishars Land aufgebaut hatte. Der Aquarianer führte wie immer seine Frauen und Kinder mit sich, während er, Luzifer, noch kein einziges Weib für sich gefunden hatte. Das ärgerte ihn entsetzlich. Maurus würde er sich morgen vornehmen. Ein Übel, dass der westliche Herrscher so verdammt schwer zu besiegen war.

Wütend schlug er Slarus einen abgenagten Knochen über den Schädel und spuckte ein wenig Lava in seine Richtung. Der grinste nur, die Reißzähne gefletscht. Hätte Luzifer sich nicht so verhalten – sein Adjutant hätte sich wohl Sorgen gemacht.

Die Kerzen in Nalas Gemach waren fast heruntergebrannt. Arishar reckte sich befriedigt auf dem Bett. Nach dem nächsten Turnier würde er mit ihr und den Kriegern zu Maurus ziehen und dort kämpfen. Er kratzte sich mit der Kralle am Haaransatz zwischen seinen mächtigen Hörnern. Der aquarianische König beherrschte ein fruchtbares Land. Arishar und Luzifer stritten sich deswegen schon ewig mit ihm. König Maurus war als Wasserwesen mehr als schwer zu bekämpfen und stellte eine immerwährende Herausforderung dar. Auch mit dem feurigen Luzifer hatte er sich hunderte Male geprügelt.

So oft schon hatte Arishar darüber nachgedacht Occabellar ganz zu verlassen, um sich in den Weiten des Weltalls neue Gegner und einen Planeten für sein Volk zu suchen. Bereits sein Vater hatte als König der Quinari Raumfahrt betrieben und Sternenschiffe gebaut.

Arishar erhob sich und betrachtete Nala, die, mit dem Kleinen an der Brust, friedlich schlief. Sie war ein gutes Weib und er wusste sie zu schätzen.

Er knüpfte seinen Lendenschurz und schritt aus ihrem Gemach. Seine aus grauem Stein gebaute Trutzburg hatte seitlich noch den Hangar aus der Regierungszeit seines Vaters. Arishar war lange nicht mehr dort gewesen. Die beiden Krieger, die vor Nalas Räumen Wache gehalten hatten, begleiteten ihn lautlos in respektvollem Abstand.

Die Türen des Hangars schwangen automatisch auf. Ja, da stand es noch, das Sternenschiff, bewacht von zwei niedrigen Kriegern ohne Hörner. Arishar betrat das Raumschiff und aktivierte die Hauptenergie. Das Schiff tat einen Ruck und seine Technik flammte auf. Es schien zu funktionieren. Arishar überprüfte den Occtan-Wert. Dieser war ebenfalls in Ordnung.

Was die anderen Könige wohl sagen würden, wären sie nur noch zu zweit. Würden sie aufhören zu kämpfen und den Planeten einfach in ein Nord- und ein Südreich teilen? Arishar legte den Hebel der Hauptenergie um und das Raumschiff erlosch.

Im Grunde wussten sie alle drei, dass der Occabellar keine Zukunft bot. Die Energie-Bohrungen mussten immer tiefer angesetzt werden, um das Occtan zu gewinnen. Der Planet war aus dem Gleichgewicht. Er war krank. – Genauso krank wie die ewig kämpfenden Könige. Arishar war zu bockig, um sich all dies offen einzugestehen. Er stapfte in seine Gemächer und legte sich auf sein hartes Holzbett. Zu viel Denken bekam ihm nicht, stellte er fest. – Am nächsten Tag würde er Luzifer mal richtig sein Schwert vor die Brust knallen.

Solutosan hatte den kleinen Anlegesteg mit dem wartenden Squali-Weibchen wiedergefunden. Tervenarius und er glitten ins Wasser und ließen sich von dem treuen Tier die Richtung zurück zu Venas Behausung weisen. Die Squali schwamm vor ihnen her. Vena war immer noch nicht zurückgekehrt. Sie war scheinbar nur mit Tan unterwegs, denn die anderen Squali dümpelten unterhalb ihrer Wohnung.

Solutosan blickte aus dem kleinen Fenster und sah, wie Tervenarius sich behutsam dem größten Weibchen näherte. Er sprach mit ihr, streichelte sie, zog sie auf den Steg und molk dann Milch in eine Holzschüssel. Die Milch vorsichtig balancierend kam er in die Wohnung zurück und raspelte etwas Kefirpilz fein von der Handfläche, mit der er die Milch versetzte. Sie hatten nicht die Zeit zu warten, bis der Kefirpilz die Milch von sich aus umgesetzt hatte. Solutosan hoffte, dass die Nahrung mit dem Pulver allein schon gut genug aufgeschlossen würde, um sie für ihn genießbar zu machen. Er trank gierig. Sie warteten gemeinsam, schweigend, einfach nur froh, sich gefunden zu haben. Solutosans Magen reagierte freundlich. Er entspannte sich langsam.

»Ich wage kaum zu fragen, wie es dir ergangen ist, Terv«, begann er leise. »Es tut mir so leid.«

»Wir sind beide mit nichts auf Sublimar angekommen, Soluto-san. Und trotzdem sitzen wir jetzt hier und sind noch heil. Jedoch wird mir das Herz unglaublich schwer, wenn ich an David denke.«

»Er ist zu den Bacanis aufs Land gezogen, Terv. Dort ist er unter Freunden und wird aufgefangen.«

Er berichtete Tervenarius von der Tierstation in Vancouver. Sie blickten sich an. Vancouver! Wann war das gewesen? Wo war das gewesen? Erde – Duonalia – Sublimar. Was kam noch?

Solutosan erzählte ihm von seinem Zusammentreffen mit seinem Vater, von dessen Forderung und seiner Prophezeiung. Es gab inzwischen keinen Zweifel mehr an ihrer beider Herkunft.

»Ich halte es für unklug, dass du Pallasidus begegnest, Terv«, meinte Solutosan abschließend. »Vielleicht hat er vor, den ganzen Klan des Sumpffürsten auszurotten.«

Er sah Tervenarius an, nahm dessen trauriges Gesicht in seine Hände. In diesem Moment tat sich die Tür auf und Vena trat ein. Ihr fiel vor Entsetzen der große Korb aus den Händen, den sie getragen hatte.

»Du, du, du - «, sie fand keine Worte. »Kaum bin ich fort, treibst du es mit einem Falbalan!«

Tervenarius stand auf und verbeugte sich mit unbewegtem Gesicht.

»Du täuschst dich, Vena«, bemerkte Solutosan trocken. »Das ist der Freund, von dem ich dir erzählt habe. Er ist ebenfalls Duonalier.« Dann schwieg er. Nein, es stimmte ja nicht mehr. Sie waren Auraner, alle beide. Hybriden, aber Auraner. Es war unklar, wie sie nach Duonalia gekommen waren.

»Ich habe bei meinem Arbeitgeber noch ein anderes Gewand«, sagte Tervenarius gedämpft, »und auch etwas Serica. Vielleicht können wir das gegen eine Wohnung eintauschen.«

»Nein«, ließ sich Vena nun vernehmen. »Ihr braucht nicht zu gehen. Ich werde morgen wieder in die Mangroven zurückkehren. Bleibt, solange ihr wollt.« Sie starrte auf Tervenarius' bleiche Pilzhaut, die weiß-silberne Mähne und seine goldenen Augen.

Die Begegnung mit Tervenarius hatte ihn erschüttert. Er brauchte dringend Ruhe. Seinem Freund erging es nicht anders. Beide gingen sie an die Wand in Venas Wohnung gelehnt in den Ruhemodus. Sein Magen würde die Nahrung wahrscheinlich in einer Ruhepause besser verdauen. Erschöpft schlief er ein.

Er hatte die ganze Nacht geruht. Erst als das Tageslicht zaghaft durch das winzige Fenster schimmerte, öffnete er wieder die Augen. Er hatte sich nicht übergeben. Solutosan hob die Hand. Sie zitterte nicht mehr. Er seufzte erleichtert auf und blickte sich um.

Vena lag zusammengerollt in einer Ecke und schlief. Wie sollte er ihr nur für all ihre Hilfe und Freundlichkeit danken? Kurz dachte er an einen Kuss oder Ähnliches, aber er empfand für Vena Freundschaft und nicht mehr. Außerdem war er noch nicht bereit nach Aiden ein weibliches Wesen in sein Leben zu lassen. Aiden.

Sie war so eine wunderschöne Frau gewesen mit ihrem langen, roten Haar, den grünen Augen und der milchweißen Haut. Das Sternenkind ähnelte ihr. Halia. Ob sie wohl litt? Konnte er es verantworten, sie zu Pallasidus zu schicken? Was wollte der Sternengott von ihr? Er hatte versprochen, dass ihr kein Leid geschehen werde. Aber war ihm zu trauen? Einem Wesen, das seine eigene Frau im Affekt getötet hatte? Was war das für eine Geschichte mit irgendwelchen Königen?

Solutosan wusste, dass ihn nur seine Zustimmung Halia betreffend von Sublimar fortbringen würde. Hatte Ulquiorra erst einmal den Pfad durch die Anomalie, konnte er Terv ebenfalls zurückholen. Sein Freund hatte ihn nicht darum gebeten und Solutosan fühlte, dass er es nicht tun würde. Er betrachtete den schlafenden Tervenarius neben sich. Seine Krieger bedeuteten ein Stück Heimat für ihn. Dort wo sie waren, da war auch er zu Hause – völlig unabhängig davon, wo er geboren war. Die Milch und die Anwesenheit seines

Freundes gaben ihm neue Kraft. Sie würden später Tervs Gewand holen, um sich unbehelligt in Sublimar bewegen zu können. Nach wie vor wollte Solutosan in das Museum.

Tervenarius schlug die Augen auf, bemerkte Solutosans Blick und lächelte. Der Duocarns-Chef war bei ihm und nun würde alles wieder den rechten Weg gehen. Ob er ihn liebte? Ja, er hatte Solutosan von Anfang an geliebt – als seinen Freund. Terv hatte sich immer auf ihn verlassen und ihm vertraut. Gemeinsam waren sie auch auf Sublimar stark. Allein war es ihm in der langen, zermürbenden Zeit in dem Bordell oftmals schwergefallen, weiterhin Stärke zu zeigen. Er schloss noch einmal kurz die Augen.

Seine Ankunft in Sublimar war hart gewesen. Er war dem Ruf gefolgt – hatte in der Anomalie kaum eine andere Wahl gehabt. Er war vor Sublimar-Stadt ins Meer gefallen, nackt und ohne eine Vorstellung, wo er war. Dort hatte ihn sein Arbeitgeber gefunden und aus dem Wasser gefischt. Er hatte einige Zeit gebraucht, bis er begriff, dass dieser ein Freudenhaus besaß und dass dessen Gastfreundschaft nicht umsonst war. Eigentlich war er kein duldsamer Mann, aber was hatte er damals für Alternativen? Glücklicherweise konnte er den Kefirpilz selbst erzeugen und musste so keinen Hunger leiden. Als Exot war er bei den auranischen Männern beliebt. Es war oftmals sehr demütigend gewesen ihnen zu Diensten zu sein, aber er hatte seine intime Arbeit stoisch bewältigt und seine eigenen Gefühle verdrängt. Nur manchmal, allein in stillen Stunden, hatte er an David gedacht und geweint. Er hatte diese Tränen gesammelt. Sie waren in einer Dose in seinem Quartier im Freudenhaus. Er würde seine Sachen holen gehen und nie wieder dorthin zurückkehren.

Sie hatten das Museum gefunden. Tervenarius in einem bodenlangen, weißen Gewand trug seine Habseligkeiten in einer Serica-Tasche über der Schulter. Er wusste wohl nicht, was Solutosan dort suchte, vertraute jedoch dessen Intuition. Diese hatte die Duocarns bereits in verschiedenen, kritischen Situationen gut geleitet.

Sie schritten die hellen Steinstufen zum Museum empor. Es war angenehm kühl in dem weißen Steingebäude. Sie schlossen die großen Flügeltüren und sperrten die Hitze der Sonnen aus.

Ein älterer, auranischer Museumswärter stand vor ihnen, dessen silbrig-schuppiges Gesicht vor Neugierde fast platzte. Es schien, dass kaum Fremde nach Sublimar kamen, um dessen Sehenswürdigkeiten im Museum zu bestaunen. Tervenarius beschwichtigte das Interesse des Wärters, indem er ihm ein kleines Stück Serica in die Hand gleiten ließ. Der Mann nickte, setzte sich wieder ächzend auf einen Stuhl in der Eingangshalle und starrte vor sich hin.

Gemeinsam begannen sie ihre Entdeckungsreise durch das Erdgeschoss des Gebäudes. Es zeigte die Entwicklung Sublimars seit der Entdeckung der Serica-Spinner. Sie bewunderten die schönsten Sericas des Planeten, die wie funkelnde und matt glänzende Edelstein-Flächen wirkten. Zusätzlich zu den wunderbaren Einzelstücken, waren auch ganze, prachtvolle Gewänder in den Vitrinen ausgestellt.

Die Ausstellung der zweiten Etage präsentierte Sehenswürdigkeiten aus der Vergangenheit des Planeten. Erstaunlich, die Auraner hatten einmal eine Kultur besessen, die dem Fortschritt der Menschen ähnelte. Ebenso technologisch und zerstörerisch – aber scheinbar höher entwickelt, denn sie hatten weitgehende Raumfahrt betrieben. Davon zeugten einige Gegenstände und Bildmaterial. Irgendwann musste eine Wende eingetreten sein und man hatte sich wieder auf die eigenen, ursprünglichen Werte besonnen. Im Fall Sublimars war das die reine Symbiose mit den Squali.

Tervenarius und Solutosan schlenderten weiter. Sie entdeckten Bilder von Raumkreuzern und Schaukästen mit Leibern von Lebewesen, die die Auraner offensichtlich ermordet und dann mumifiziert hatten. Sie betrachteten die Körper der fremden, unbekannten Wesen.

Solutosan stand wie angewurzelt vor einer der Vitrinen. Er trat zu ihm. Sie starrten überrascht auf den Körper eines **Bacani**. Es war ein Männchen. Es hatte den Mund weit aufgerissen und man konnte eine verkümmerte Spiralvene unter dessen Zunge erkennen. Solutosan deutete auf das Geschlechtsteil. Auch das war deformiert.

Tervenarius las die Informationen der Vitrine.

»Dieses Wesen hat scheinbar noch eine Weile auf Sublimar in Gefangenschaft gelebt und wurde von einer Krankheit befallen, die die Verkümmerungen und dann dessen Tod verursacht haben«, flüsterte Tervenarius.

Solutosan blickte ihn gebannt an. In seinen Augen funkelten wieder Sterne. *»Das heißt, dass der Kadaver eine Krankheit enthält?«*, fragte er leise.

Er nickte.

»Wir brauchen ein Stück davon«, raunte Solutosan. *»Am besten das Stück Penis und die Spiralvene.«*

Sie entfernten sich langsam von der Vitrine und schlenderten weiter.

»Sicherheitsmaßnahmen?«, fragte Solutosan leise.

Sie blickten sich beide unauffällig um. Es waren keinerlei Auffälligkeiten zu entdecken.

»Das müssen wir riskieren. Wir brauchen einen luftdichten Behälter.«

Tervenarius überlegte. Seine gesammelten Tränen hatte er in einer Büchse verwahrt, die dicht wirkte. Sie setzten sich auf eine Bank und Tervenarius öffnete seinen Beutel, entnahm die Dose und ließ die Tränen in ein Stück Serica gleiten.

Solutosan hielt den Atem kurz an, als er die Tränen erblickte. Tervenarius spürte seine Anspannung und sah, dass die Hand seines Freundes sich stark um den Behälter krampfte, den er von ihm entgegennahm. Ja, sie hatten beide harte Zeiten hinter sich gebracht.

Aber jetzt kam es drauf an! Solutosan fasste sich sofort wieder. Er schlenderte neben den Schaukasten und entfesselte seinen Sternenstaub. Diesen ließ er unter den transparenten Deckel der Vitrine gleiten und hob damit die Abdeckung gleichzeitig an allen Seiten an. Tervenarius reichte ihm zwei kleine Stücke Serica, mit denen Solutosan die Proben vom Körper des Bacani abbrach. Sofort verstaute er die beiden Teile in der Dose und schloss sie – zog den Sternenstaub zurück und setzte den Deckel lautlos auf. Gemächlich spazierten sie mit harmlosen Gesichtern, den Museumswärter noch freundlich grüßend, aus dem Gebäude.

Sie grinsten sich an, als sie wieder in der gleißenden Helligkeit vor dem Museum standen. Solutosans Haar strahlte. Tervenarius war glücklich, den Duocarns-Chef erneut an seiner Seite zu haben. Terv liebte es, freche Aktionen wie diese mit ihm durchzuführen. Er fühlte, wie sein Lebensmut zurückkehrte, und hätte Solutosan am liebsten umarmt. Das hatte richtig Spaß gemacht!

Sie hatten höchstwahrscheinlich eine Waffe gegen die Bacani-Pest auf Duonalia gefunden. Jetzt hieß es sorgsam damit umzugehen, denn die Artefakte durften auf keinen Fall nass werden. Die Frage war, ob sie überhaupt die Gelegenheit bekommen würden, diese Waffe einzusetzen. Wie standen ihre Chancen ihre Heimat wiederzusehen?

»Hast du dich entschieden, was das Angebot deines Vaters angeht?«, fragte Terv nun doch.

Der Haupt-Kampftag war mit dem Aufgehen der rotglühenden Sonne angebrochen. Die drei Könige und ihre stark gerüsteten Gefolge versammelten sich in und an der Arena. Der rote, grobe Sand des mit Holzpflöcken eingesäumten Kampfplatzes strahlte selbst in diesen frühen Morgenstunden noch leicht die Hitze des Vortages ab.

Maurus hatte seinem Harem erlaubt, verschleiert im Schatten unter einem ausladenden Baum, die Kämpfe zu beobachten. Er überzeugte sich fürsorglich, dass es allen gutging, und schritt dann gelassen auf den staubigen

Kampfplatz. Seine lederharte, grauglänzende Silicium-Rüstung umgab ihn wie eine zweite Haut, die die wässrige Alginathaut schützte, aber seinem Körper noch genügend Spielraum ließ. Er hatte sein Achatschwert geschultert, den Kristallquarz-Wurfring an der Hüfte.

Er musterte seine Gegner. Luzifer in seiner dicken Lederrüstung mit den Kettenhemd-Stücken war schon so in Feuereifer, dass er dampfte und Funken spie. Maurus lächelte nur schief. Dieses Feuer würde er löschen. Arishar machte ihm da eher Kopfzerbrechen. Der stand, den schweren Kopf hoch erhoben, ruhig im Sand. Die goldenen Beschläge an seinen weit nach hinten gebogenen Hörnern glänzten im Sonnenlicht.

Aber zuerst würden sie die Reihenfolge der Kämpfe klären. Luzifers Adjutant war schon auf dem Weg zu ihm.

Maurus sah Slarus entgegen, der plötzlich ins Wanken geriet. Die Erde unter ihnen wurde durch einen starken Stoß erschüttert. Der Harem kreischte leise. Das war keine der üblichen Eruptionen. Der Planet vibrierte und bebte. Maurus blickte zum Himmel. Eine riesige rote Spur zog sich quer über ihn Richtung Norden. Er war der Erste, der verstand, was passierte: Sie wurden attackiert – und es war ein Angriff auf den ganzen Planeten! Occabellar wankte.

Arishar konzentrierte sich. Sie hatten schon oft gekämpft und kannten sich gut. Dennoch blieb bei jedem Kampf die Gefahr einen Arm oder vielleicht sogar das Leben zu verlieren.

»Der Planet wird angegriffen!«, brüllte Maurus. Luzifer scharrte immer noch im Boden und verstand nichts. Von der Nordhalbkugel stieg eine riesige, gelbliche Nebelwand auf.

Arishar stand wie angewurzelt da. Er starrte erst Maurus und dann den gelben Nebel an. Endlich kam sein auf Nahkampf gepoltes Gehirn in Bewegung.

Er brüllte seinen ersten Offizier an: »Hol sofort Nala und das Kind und dann zum Hangar!« Er blickte seine Feinde an. Jetzt war die Gelegenheit sie loszuwerden! Aber was war er ohne sie? Der Gedanke schoss ihm blitzartig durch den Kopf.

»Zum Raumschiff!«, schrie er zu Maurus und Luzifer.

Seltsamerweise brach keine Panik aus. Die Könige hatten ihre Leute im Griff. Maurus' Krieger hielten sich nicht mit Geplänkel auf, sondern jeder packte sich eine der verschleierten Frauen und schulterte sie. Zügig liefen sie zum Hangar. Arishar blickte auf die gelbe Wolke, die sich rasch immer weiter ausbreitete. Sein Volk würde verrecken. Die Leute im Norden waren schon tot.

Er wandte sich um und eilte zum Hangar, befahl seinen Kriegern sich in Sicherheit zu bringen und wartete selbst vor dem Raumschiff auf Nala und das Kind. Diese kam mit wehenden Schleiern angerannt, den Jungen fest an sich gepresst. Arishar nickte grimmig. Er konnte nicht länger warten, sonst würden sie alle sterben. Er schloss die hydraulischen Türen, stürmte in die Kommando-Zentrale und brachte die Energie in Gang. Das Dach des Hangars würde zerstört werden.

Nala sah ihn mit den braunen Augen ruhig an. Er verstand ihren Blick genau. Sie stand neben ihm, komme, was da wolle. Er aktivierte die Steuerungskonsole mit seinem genetischen Code, erinnerte sich an die Handgriffe und Computerbefehle. Das Raumschiff hob ab. Das Dach des Hangars zerbarst knirschend. Schon waren sie über Occabellar. Arishar schaltete den Hauptmonitor an und alle starrten gebannt auf das Bild der Zerstörung und auf das feindliche Raumschiff, von dem diese tödliche Verwüstung ausging.

»Hör zu Arishar«, flüsterte Nala neben ihm. »Lass mich das Schiff führen. Bitte nimm du den Kleinen.« Er blickte auf sie hinab. Es war ihr ernst. Sie hatte den Kreuzer bereits zur Regierungszeit seines Vaters navigiert. Sie würde es wieder können – besser als er. Es war jetzt nicht der Moment für männliche Geltungssucht. Er nickte und streckte die Arme aus. Sie reichte ihm das zappelnde Kind. Er trat zurück.

Das fremde Raumschiff bombardierte die Südhalbkugel gnadenlos. Auch dort stieg nun eine gelbe Wolke vom Planeten auf. Die Eindringlinge konnten sie im Moment nicht wahrnehmen – sie standen in ihrem Rücken, genau wie die rote Sonne von Occabellar.

Nala steuerte ihr Schiff vorsichtig, um aus dem Sichtfeld der Feinde zu verschwinden. Der Mond von Occabellar bot die einzige Deckung.

»Ihr Mörder!«, zischte Nala. Ihre zarten Finger fuhren über die Tastaturen. Arishar musterte sie mit einem Seitenblick, das Kind an sich gedrückt. Er war stolz auf sie. Klein, schlank und zäh mit einer enormen Willenskraft und Intelligenz ausgestattet, hatte sie sich an seiner Seite behauptet. Sie hatten den Mond erreicht.

Nala sandte eine Kontrollsonde aus, um das Raumschiff aus dem Versteck beobachten zu können. Sie brauchten nicht lange zu warten.

Sie sahen das fremde Schiff von der Oberfläche aufsteigen und Fahrt aufnehmen. Nala programmierte flink einen Kurs. »So!« Ihre Augen waren vor innerer Anspannung fast gelb. »Wir folgen nun automatisch ihrer Ionenspur in etwas größerem Abstand. Jetzt kommt es nur noch darauf an, wie weit unsere Energie reicht.«

Arishar nickte langsam. Er hätte Nala gerne gelobt, fand es aber vor Maurus unpassend. Also ergriff er ihre kleine Hand und drückte sie.

Er wandte sich an den Aquarianer. »Maurus, wir müssen Bestandsaufnahme machen. Wie viele von deinen Leuten sind an Bord?« Der aquarianische König überlegte kurz. Er war immer noch voll gerüstet.

»In meinem Harem sind sieben Frauen und Kinder. Von meinen Kriegern haben es acht geschafft.« Also sechszehn Aquarianer.

Arishar legte seinen schlafenden, in eine Decke gewickelten Sohn sicher auf den Boden zwischen zwei Konsolen und befahl seinem ersten Offizier die Quinari im Frachtraum antreten zu lassen. Er hatte fünfzehn Krieger retten können.

Mit sich selbst, Nala und dem Kind waren es achtzehn Quinari.

Arishar wandte sich ab und kontrollierte alle Räume. Seine Männer hatten inzwischen sämtliche Gerettete im Schiff verteilt. Verdammt! Luzifer! Er suchte ihn und musste nicht weit laufen. Der Brandgeruch schlug ihm bereits entgegen. Luzifer hatte die Verkleidungen seiner Unterkunft verschmort.

»Kannst du dich nicht ein bisschen zusammenreißen?«, brüllte Arishar ihn an. Sie würden einen feuerfesten Raum für Luzifer finden müssen. Der einzig geeignete Ort war die Isolierstation in der medizinischen Abteilung.

»Luzifer muss in die Krankenstation«, kommandierte er zwei seiner Männer. Luzifer bleckte die Zähne.

»Luzifer!« Er senkte angriffslustig den Kopf. »Entweder das oder die Luftschleuse! Such es dir aus!«

Luzifer und sein Adjutant gingen mit den beiden Kriegern, nicht ohne mit ihren Schwänzen Schmauchspuren auf dem Boden des Schiffs zu hinterlassen. Arishar folgte ihnen. Missmutig qualmend setzte sich Luzifer in den Isolierbereich und beschimpfte seinen Adjutanten. Arishar schloss die hermetische Tür.

»Wie viele Trenarden sind an Bord?«, fragte er über das Telefon des Bereichs.

»Wen siehst du denn hier?«, blaffte Luzifer zurück. »Wo fliegen wir hin?«

»Wir verfolgen die Angreifer. Wollen mal sehen, wohin uns das führt. Nala hat eine Untersuchungssonde nach Occabellar geschickt, um Messungen zu machen. Ich hoffe, sie erreicht uns noch, bevor wir zu weit weg sind.«

Luzifer qualmte durch die Nüstern und leckte sich das Maul mit der glühenden Zunge. »Und wie willst du uns alle versorgen?«, fragte er gereizt.

»Ich werde niemanden für dich abschlachten, falls du das hoffst. Du wirst Weltraumnahrung zu dir nehmen müssen oder verhungern.« Luzifers Augen glühten. Gleichgültig hängte Arishar den Hörer wieder ein. Er nahm nicht an, dass

Luzifer dem Schiff schaden würde. Er war unbeherrscht, jedoch nicht dumm.

Arishar lief nachdenklich den Weg in den Kontrollraum zurück. Sechsunddreißig Lebewesen von zwei Millionen. Wäre er dazu fähig gewesen, er hätte geweint – aber Arishar weinte nie.

Vena hatte die Squalis angespannt. Das Weibchen, das sich Solutosan angeschlossen hatte, würde ihr in die Mangroven folgen, sollte Solutosan nach Duonalia zurückkehren.

Er stand in seinem blauen Gewand neben Tervenarius. Der Abschied fiel ihm schwer. Vena war eine gute Freundin geworden – fast schon mehr als das. Die Umstände hatten ein Mehr in keiner Weise begünstigt. Solutosan sah Tränen in ihren riesigen, grünen Augen, aber sie wandte sich schnell ab und pfiff Tan einen Befehl zu. Die Squalis zogen an und bald war ihr Kanu außer Sichtweite.

»Ich werde mit der Squali zum Riff schwimmen und noch einmal mit Pallasidus sprechen, Terv.«

»Du wirst wirklich zustimmen?« Tervenarius kniff die Lippen zusammen.

»Ja, wenn er Halia will, werde ich nachgeben. Aber sie darf erst reisen, wenn sie reif genug ist. Sie soll urteilsfähig sein – gleichgültig, was er ihr anbietet. Ich kann nicht meine ganze Rasse« – und damit meinte er die Duonalier – *»ungeschützt lassen, nur weil ich Angst um meine Tochter habe. Was wir jetzt in der Hand halten, wird Duonalia retten. Ich bin mir sicher. Erinnere dich an den Eid, den wir geleistet haben.«*

Tervenarius nickte. Auch er hatte geschworen Duonalia zu beschützen, bevor er durch das Sternentor ging.

»Ich werde, sollte mein Vater sein Versprechen halten, erst wieder zurückkehren und dann den Ring aktivieren. Pallasidus soll Ulquiorra nicht zu Gesicht bekommen.«

»In Ordnung.« Terv umarmte Solutosan kurz. *»Ich warte.«*

»Wir müssen uns überlegen, wie wir die Artefakte sicher durch die Anomalie transportieren. Vielleicht reißt sie uns wieder alle Kleider vom Leib. Eventuell weiß Ulquiorra eine Lösung«, gab Solutosan zu bedenken.

Er glitt vom Steg ins Wasser und packte die Flosse der Squali. »Komm, mein Mädchen«, flüsterte er ihr ins Ohr. »Lass uns noch einmal den Sternengott besuchen.«

Die Squali quiekte und schwamm los. Schnell ließen sie die Stadt hinter sich. Solutosan genoss das pfeilschnelle Gleiten durch das glitzernde Wasser. Er umfasste die Squali fester und legte seine Wange an ihren Leib. Er fühlte, dass ihr das gefiel. Wie schade, dass er sie nicht mitnehmen konnte. Mit ihr in Vancouver zu tauchen, hätte ihm gut gefallen. Aber leider gehörte sie nach Sublimar – genau wie die hübsche, eigensinnige Vena.

Viel zu schnell erreichten sie das Riff und Solutosan stellte sich in eine der mit vielfarbigen Muscheln überwucherten Buchten. Er entfesselte seinen Sternenstaub und ließ ihn über die Wellen gleiten, machte sich einen Spaß daraus, ihn zu großen Wogen zu formen, in die Höhe zu schleudern und zerstieben zu lassen.

Pallasidus stand neben ihm. »Ich bedaure, deine Kindheit nicht miterlebt zu haben«, erklärte sein Vater mit schmerzvoller Stimme. »Hast du es dir überlegt?«

»Ja, ich werde dir das Kind geben – aber erst später.« Er würde versuchen Zeit zu gewinnen.

»Zeit spielt keine Rolle«, grollte Pallasidus. »Du wirst wirkungslos sein, bis dein Versprechen erfüllt ist!« Er legte ihm die Hand auf die Brust.

Ein Schwall Wärme strömte kraftvoll durch ihn hindurch. Pallasidus aktivierte nicht nur den Ring, sondern gab seinem ganzen Körper einen schmerzhaften Energieschub. Solutosan holte erstaunt und überwältigt Luft.

Sein Vater nahm die Hand fort und sein Bild fiel vor Solutosans Augen in sich zusammen.

Die Squali hatte das Geschehen verfolgt. Sie quiekte, erhob sich aus dem Wasser und sprang etliche hohe Sprünge in der Luft, peitschte die Gischt unter der großen Schwanz-flosse auf.

Taumelnd stand er auf dem von den Wellen mit saugen-den Geräuschen durchfluteten Untergrund. »Ist ja schon gut«, murmelte Solutosan. Er fühlte sich elend und kraftlos. »Er ist fort.« Mit zitternden Händen zog das Gewand hoch und betrachtete den Ring in seiner Brust. Er schimmerte und glänzte. Sein Vater hatte Wort gehalten. Das würde er ebenfalls tun.

Aber warum fühlte er sich so ausgelaugt? Was hatte es mit der Wirkungslosigkeit auf sich? Er entfesselte seinen Staub, schickte ihn aufs Meer, wählte die erotische Variante, um die Squali nicht zu verletzen. Keine Veränderung. Er versuchte den Sternenstaub zu beeinflussen in die härteste seiner Waffen – die tödliche, kristalline. Der Staub blieb un-verändert. Eine einfache, glitzernde Woge.

Solutosan sank auf die Knie. Sein Vater hatte ihn entwaff-net! Eiserne Verzweiflung stieg in seiner Brust hoch. Bebend betrachtete er seine nutzlosen Hände. Niemand durfte da-von erfahren! Er ließ sich in das niedrige Wasser der kleinen Bucht gleiten. Die Squali kam an seine Seite. Er umfasste ihren glatten Leib, klammerte sich an sie. »*Erzähl es keinem*«, flüsterte er ihr zu. Er lag verzweifelt und wie betäubt da. Die Wellen rissen an seinem Gewand, das sich, festgehalten durch die scharfkantigen Muscheln, immer weiter in den Untergrund verstrickte. Er spürte es kaum. Seine Gedanken kreisten. Er versuchte, sich alle möglichen Situationen aus-zumalen, die er nun ohne seine allumfassende Waffe meis-tern musste. Wie sollte er das schaffen? Er brauchte lange, um sich so weit zu fassen, damit er den Weg zurück nach Sublimar-Stadt antreten konnte.

Es war Abend geworden, als er mit der Squali an der klei-nen Wohnung ankam. Tervenarius saß auf dem Steg und ließ die Füße ins Wasser baumeln. Er strahlte, als sie ihn erreichten. Solutosan sah ihn an. Ihm war nicht nach Lachen zumute.

»Ist alles in Ordnung?« Tervenarius sah ihn forschend mit seinen von der Abendsonne rotgolden beleuchteten Augen an.

Solutosan nickte und streichelte das Squali-Weibchen, um Tervs Blick nicht begegnen zu müssen. *»Du musst jetzt wieder zu Vena und deinem Rudel. Ich werde nicht mehr mit dir schwimmen.«*

Die Squali quiekte traurig.

»Ich danke dir für alles.« Er streichelte sanft den Kopf des Tieres, das genussvoll die Augen schloss.

»Nun geh!« Gehorsam wandte sich die Squali um und verschwand im nächtlich tiefblauen Wasser.

Tervenarius ging an Solutosans Seite in Venas kleine Wohnung. Er hatte das Gefühl, dass bei Solutosan irgendetwas schief gelaufen war. Aber das Gesicht seines Freundes war verschlossen. Also musste es sich um etwas Privates zwischen seinem Vater und ihm handeln, das ihn nichts anging. Sie kannten sich schon so lange. Deshalb wusste er, dass Solutosan ihm alles irgendwann erzählen würde. Im Moment war es nur wichtig, Sublimar so schnell wie möglich zu verlassen.

Solutosan öffnete sein Gewand, legte die Hand auf den Ring und rief Ulquiorra. Der Reif unter seiner Hand kreiste wild und strahlte. Die Luft in Venas kleinem Zimmer bewegte sich und Ulquiorras großer Kreis erschien. Es dauerte eine Weile, bis sich das Innere so weit verdichtet hatte, dass die Anomalie sichtbar wurde.

Ulquiorra machte einen Schritt aus dem Ring. Er blieb wie angewurzelt stehen, bis er begriff, dass sie beide lächelnd vor ihm standen. Er schlug die Hand vor den Mund und stürzte dann zu Solutosan, um ihn zu umarmen. Er drehte sich, um auch ihm freudig um den Hals zu fallen.

»Ihr seid es wirklich!« Er konnte überhaupt nicht mehr aufhören zuzudrücken, bis Tervenarius sich lächelnd löste. *»Ich*

habe euch nicht verloren! Den Göttern sei Dank! Wo sind wir?« Er blickte um sich.

»Auf einem Planeten namens Sublimar. Bitte bring uns nach Duonalia«, bat Solutosan.

Terv sah Solutosan an, der seinen Blick sofort verstand.

»Nein, bitte bring Tervenarius auf die Erde und mich zu Meo und Xan. Ich habe wichtige Neuigkeiten!« Er holte die kleine Büchse hervor und reichte sie Ulquiorra. *»Wir müssen das hier unversehrt transportieren.«*

Ulquiorra nahm die Dose. *»Das ist kein Problem mehr. Schau!«* In der Tat war seine Kleidung intakt. *»Ich weiß inzwischen, wie man unbeschadet reisen kann. Ich werde sie zur Sicherheit trotzdem selbst verwahren.«* Er schob den Behälter in die Tasche seines Gewandes.

»Ich komme gleich wieder«, verkündete Ulquiorra. Er nickte. Jetzt war alles gut – er wartete gerne. In wenigen Minuten würde er in Davids Armen liegen. Er konnte heimkehren. Endlich!

Der Esel stand in seiner Box und zitterte. Die Misshandlungen hatten ihm schwer zugesetzt. Die Tierärztin hatte ihn versorgt. Nun konnte man nichts mehr für ihn tun – jetzt hieß es abwarten. David gab dem Tier Wasser in seinen Behälter und Heu in seinen Trog. Dann streichelte er ihn vorsichtig.

Der Esel war eines der vielen Tiere, die die Station inzwischen aufgenommen hatte. Vor zwei Tagen hatte ihnen jemand sogar eine Boa Constrictor gebracht.

Chrom war dabei, die Glasplatten für das große Terrarium zu setzen. *»Hilfst du mir mal bitte, David? Wir müssen sofort Silikon um die Kanten ziehen – sonst fällt es vielleicht wieder auseinander.«*

David nickte. Seit Tervenarius Weggang sprach er nicht viel – eigentlich gar nicht mehr. Er hatte in keiner Beziehung mehr viel gemacht. Sein Haar war strähnig und es war ihm gleichgültig, ob er rasiert war oder was er anhatte. Er übernahm alle Arbeiten, die man ihm gab, schweigend. Wenn er abends mit den anderen am Tisch saß, trug er wenig zur Unterhaltung bei. Nicht, dass das sonderlich aufgefallen wäre, denn Pan und Frran waren lebhaft, zappelten und schnatterten ununterbrochen.

Er besaß noch seine Wohnung mit den Pflanzen und den Aquarien, hatte jedoch einen Bekannten gebeten, sich um die Tiere zu kümmern. Er hatte es nicht übers Herz gebracht sich ganz von ihnen zu trennen, schaffte es aber auch nicht, die Energie aufzubringen, regelmäßig nach Vancouver in die Stadt zu fahren.

Da Chrom seine Hilfe beim Terrarium nicht mehr benötigte, ging David langsam zu den Hundezwingern. Die Hunde begrüßten ihn schwanzwedelnd. Er öffnete den beiden Pudeln und dem Schäferhund die Boxen und spielte ein wenig mit ihnen.

Er ließ die Hunde im Freigehege und suchte in der Vorratskammer ein kräftiges Seil. Wie an Schnüren gezogen öffnete er die Klappe zum Dachboden, zog die schmale Leiter herunter und kletterte hinauf. Oben lehnte er sich mit der Stirn an die rau verputzte Wand. Er konnte nicht mehr. Er hatte sein Lebensziel und seine Lebensfreude verloren. Er war tot, lief nur mechanisch herum.

Fast vier Jahre waren vergangen, seit Tervenarius verschwunden war. Er hatte gedacht, dass er die Trauer überwinden würde, aber dem war nicht so. Jetzt war er einfach nur müde. Er wollte nicht mehr.

David schlang den Strick um den Dachbalken, verknotete ihn und machte an der anderen Seite eine Schlaufe. Er sah sich um. War da kein Hocker oder eine Kiste? Am Ende des schummrigen Raumes entdeckte er einen alten Stuhl und ging, um ihn zu holen. Ohne aufzublicken, zog er ihn zu dem baumelnden Strick.

»Was machst du da?«

David zuckte zusammen. Er hatte Tervenarius' Stimme gehört. Er hatte Halluzinationen. Er stellte den Stuhl in Position und schaute zu dem Seil hoch. Wie in Trance wollte er das Bein heben, um auf den Stuhl steigen, als ihn starke Arme von hinten umschlangen. Sie hielten ihn fest. Er fühlte einen Kopf auf seiner Schulter. Spürte einen Mund auf seinem Hals. David stand da und zitterte.

Kräftige Hände drehten ihn um und er blickte in ein paar goldene Augen. Tervenarius sah ernst aus, aber die Liebe strahlte aus seinem Blick. Er nahm seinen Kopf in beide Hände und küsste seine Stirn, die Lider, seine Wangen, blieb heftig und fest auf seinem Mund, streichelte mit der Zunge seine aufgesprungenen Lippen – löste langsam seine Erstarrung. Er war zurückgekommen!

David weinte. In Strömen flossen die Tränen aus seinen Augen. Tervenarius küsste sie von seinen Wangen. »Es ist gut«, flüsterte er. »Alles ist gut. Ich bin bei dir. Ich liebe dich!«

Tervenarius nahm ihn auf die Arme wie ein Kind – nein, so wie er ihn auch getragen hatte, als sie sich zum ersten Mal begegneten. Er trug ihn aus dem staubigen Dachboden nach unten. Terv lief mit ihm in den kahlen Raum, in dem er hauste, schubste mit dem Fuß die Tür hinter sich zu und setzte ihn auf dem Bett ab. David starrte ihn an. Tervenarius trug ein weißes, glänzendes Gewand wie ein Engel, der soeben aus dem Himmel zu ihm gekommen war.

Er schob sich neben David und nahm seine Hand. Sanft drehte er die Handfläche nach oben und ließ dann eine große Menge goldene Tränen in seine Hand rieseln.

»So ist es mir ergangen ohne dich«, flüsterte Terv.

David drückte verkrampft die Faust mit den Tränen an seine Brust. Er war immer noch wie versteinert.

Tervenarius begann ihn zu entkleiden. Ganz langsam und vorsichtig. David fühlte seine weichen Hände auf seinem abgemagerten Körper, auf dem eingefallenen Bauch.

Tervenarius seufzte und zog sein Gewand raschelnd über den Kopf. Er schob die Bettdecke weg und legte sich mit

David auf das Bett, eng an ihn gedrückt, zog er die dünne Decke über sie beide. Er streichelte seine mageren Lenden, küsste das verschmutzte Haar, seine unrasierten Wangen. Er hielt ihn fest umschlungen.

Langsam ging seine Wärme auf David über. David taute auf und betastete ungläubig seine weiche Haut. Niemand hatte so eine unendlich zarte Pilzhaut wie Tervenarius. Er war wirklich wieder da!

David ließ die goldenen Tränen aus der Hand gleiten. – Er wusste nicht wo er anfangen sollte Terv zu streicheln und zu fühlen. Seine Starre löste sich und wich einer warmen Flut, die sofort eine ungeheure Wollust beinhaltete. Wie lange war es her? Tervenarius war wieder da und er war so ausgehungert. Hungrig und ausgezehrt in jeder Hinsicht.

Tervenarius küsste ihn, als wolle er ihn verschlingen. Er fühlte den wahnsinnigen Drang, mit dem Terv ihn begehrte – und auch er wollte nichts anderes, als mit ihm vereinigt zu sein. David umschlang Tervenarius mit seinen Beinen und nahm ihn ganz in sich auf. Ja, er war wieder da. Jetzt spürte David ihn richtig. Terv war da und liebte ihn! Alles war wieder gut.

Eine berauschende Woge der Freude und Lust schwemmte sie mit sich fort. Das karge Zimmer duftete intensiv nach Marzipan und Veilchen.

Es war schon seltsam, dass die Zeit auf Duonalia raste, während sie auf Sublimar fast stillgestanden hatte. Solutosan hatte es aufgegeben zu versuchen, sie überhaupt noch zu messen. Wie viel Zeit auf Duonalia vergangen war, sah er an Halia. Sie hatte sich weinend auf ihn gestürzt, ihn abgeküsst und nach Kräften umarmt, aber saß nun doch wieder auf einem Stuhl neben ihm und hielt seine Hand. Die kleine Halia wäre weiterhin auf seinem Schoß herumgeklettert. Das hübsche, grünäugige Mädchen an seiner Seite nicht mehr. Er hasste es, die Jahre mit ihr verpasst zu haben.

Halia, die anfangs mit den anderen Duonaliern ins Fundamentum gegangen und dort nach kürzester Zeit unterfordert gewesen war, hatte schnell den Wechsel ins Silentium zum Studium geschafft. Sie wirkte fast schon wie eine junge Frau. Sie lächelte ihn an und sah dabei aus wie Aiden, mit dem Unterschied, dass sie einen Becher Dona in der Hand hielt. Aiden hätte zur Feier des Tages eher ein Glas Sekt getrunken und wäre dann sehr fröhlich geworden.

Selbst Xanmerans Schwiegermutter hatte es sich nicht nehmen lassen, in die Duocarns-Karateschule zu kommen und einen Donakuchen mitzubringen. Ihre blitzenden Augen mit den winzigen Fältchen musterten Solutosan.

Maureen erzählte ihm, wie viele Duonalier sie bereits im Karate ausgebildet hatte. Sie war begeistert von deren Enthusiasmus. Meodern und Xanmeran grinsten ihn nur ohne Unterlass an. Sie waren überglücklich und froh ihn wieder in ihrer Mitte zu haben – verstanden auch, dass Tervenarius auf direktem Weg zur Erde gereist war.

Am glücklichsten war Ulquiorra. Er hatte keinen seiner Reisenden verloren. Er lief ununterbrochen strahlend durch die große Gemeinschaftsküche der Karateschule und war nicht zu überreden, sich hinzusetzen.

Nachdem sich alle ein wenig beruhigt hatten, packte Solutosan die Dose auf den Tisch, zeigte die Artefakte und erklärte den anderen, wie er dazu gekommen war. »Ich weiß nicht, ob der Bacani auf Sublimar definitiv an der Krankheit gestorben ist. Tatsache ist, er hatte einen Virus, der ihn steril und seine Spiralvene unbrauchbar gemacht hat. Ich denke, ich reise morgen zur Erde und bringe Patallia die Proben. Wenn er sie genau untersucht und eventuell den Erreger herauskristallisiert hat, werden wir diesen gegen die Bacani einsetzen.«

»Es könnte sie alle umbringen, Solutosan. Bist du sicher, dass du hier auf Duonalia ein Massensterben willst?«, fragte Maureen. Mit diesem Satz brachte sie das Problem auf einen Punkt.

Ulquiorra setzte sich endlich zu ihnen an den großen, runden Küchentisch. »Ich finde, sie hat recht. Die Bacanis haben enormen Schaden angerichtet, aber es sind zu viele geworden, um sie noch aus der duonalischen Gesellschaft wegzudenken. Es sollte für sie Regeln geben, an die sie sich halten müssten, um mit ihnen leben zu können. Ein Virus wäre zumindest ein gutes Druckmittel, um diese Gesetze auf den Weg zu bringen.« Er machte eine nachdenkliche Pause. »Ich denke, ich bin fähig ein Konzept für eine gemischte Duonalier/Bacani-Gesellschaft zu entwerfen«, überlegte Ulquiorra laut. »Lasst uns erst einmal abwarten, ob das Virus hier einsetzbar wäre. Wenn ja, werde ich bei Marschall Folderan vorsprechen, beziehungsweise die vier großen Bacani-Clans mit zum Gespräch bitten.«

»Das wirst du aber nicht ohne den Schutz der Duocarns tun«, grollte Solutosan, »und zwar von allen.«

Xanmeran rieb sich die roten Hände, was ihm Maureens Seitenblick einbrachte.

»Wie wäre es mit ein bisschen Holz hacken für den Winter?«, fragte sie ironisch.

»Auf Duonalia gibt es doch gar keinen Winter«, antwortete Xanmeran verblüfft.

»Das nicht. Aber es gibt ihn in Vancouver und Patallia freut sich bestimmt über Brennholz!« Alle lachten.

Solutosan blickte in die Gesichter der Wesen, die er liebte. Was würden sie sagen, wüssten sie von seinem Zustand? Nein, er wollte sie damit nicht belasten. Sie brauchten ihn als der, der er gewesen war – vor seinem Besuch auf Sublimar.

Wieder in Kanada reichte Solutosan Patallia die Artefakte, der sie mit gespanntem Gesicht entgegennahm.

»Kranke Spiralvene und Bacani-Pimmel?« Smu rümpfte die Nase. »Wasch dich nur gut, bevor du ins Bett kommst.« Er stieß Patallia grinsend an, der fast die Dose fallengelassen hätte.

»Smu! Du führst dich auf wie eine Ehefrau!« Aber Pat musste doch lachen.

Pat und Smu erzählten ihm, dass sie im Kampf gegen die Bacanis nicht wirklich weitergekommen waren. All ihren Bemühungen zum Trotz wurde Bars Swinger-Imperium immer größer. Er hatte bereits den vierten Club eröffnet – dieses Mal in Portland. Bar war inzwischen so stark mit der menschlichen Wirtschaft verwoben, dass ihm kaum noch beizukommen war.

Solutosan vernahm nachdenklich ihren Bericht. »Zu diesem Thema wird mir garantiert etwas einfallen, Jungs«, sagte er. »Lasst mich erst einmal ankommen.«

Er lief in sein Zimmer, durchstöberte seinen Kleiderschrank und fand eine Jeans. Die sollte genügen. Er wollte ans Meer. Es rief ihn regelrecht, trotz der bitteren Kälte. Würde sein Sternenstaub reichen, um ihn davor zu schützen? Er rannte los, baute die Staubschicht um seinen Leib auf und stürzte sich in die eisigen Fluten. Ja, die Schutzschicht war da. Er atmete erleichtert auf, schwamm weit hinaus und tauchte ab. Er genoss die Stille unter Wasser. Wieso war er nicht wütend auf seinen Vater? Er ließ sich von den grauen Wellen an den Strand ziehen. Pallasidus wollte ihn ständig daran erinnern sein Versprechen zu halten, das war klar. Er war entwaffnet – auf sich selbst beschränkt – auf sich, als einfacher Mann. Und nun?

Sie hatten Glück. Sie konnten die Sonde an Bord nehmen, bevor das fremde Raumschiff auf Sol beschleunigte und sie folgen mussten. Allerdings wussten sie nun mit den Sondendaten nichts anzufangen, da keiner der Krieger etwas davon verstand.

Maurus trat zu Arishar. »Ich habe eine Frau, die Kenntnisse in Chemie und Physik besitzt. Möchtest du, dass sie hilft, die Daten der Sonde auszuwerten?«

Arishar blickte ihn an. Da standen sie nun, die hochgerüsteten Männer. Alle auf Nahkampf geschult und unfähig etwas anderes zu tun. Er nickte nur und Maurus winkte einem seiner blauen Krieger, die Frau zu bringen.

Arishar war es unangenehm, die Aquarianerin um diese Gefälligkeit zu bitten. Waren es wirklich die Frauen, die sie nun so oft aus kritischen Situationen retten mussten?

Er überwand sich und gab ihr den Datenkristall. »Könntest du ihn bitte auswerten? Da drüben steht ein geeigneter Computer.«

Die verschleierte Frau lächelte mit ihren glitzernden, kristallinen Augen, wehte mit ihren Schleiern zu dem angewiesenen Platz.

»Sie haben beschleunigt«, keuchte Nala in diesem Moment.

»Wie schnell sind sie? Können wir ihnen folgen?«

»Ihre Spur ist deutlich – ich denke schon.« Nala programmierte den Antrieb neu und beobachtete gespannt die Anzeigen der Computer.

Sie nickte. »Sie sind auf Sol7, das schaffen wir auch.« Nala setzte das Schiff auf Autopilot.

Der kleine Junge in der Ecke war wach geworden und hatte Hunger. Nala nahm ihn auf den Arm, lächelte Arishar zu und verschwand. Er hätte nicht geduldet, dass sie sich vor den anwesenden Männern entblößte und stillte.

Arishar setzte sich zu Maurus auf einen der Drehsessel.

Der starrte vor sich hin. »Warum haben sie uns angegriffen?«

»Ich weiß es nicht, Maurus.«

»Hat dein Vater damals vielleicht mit dem Raumkreuzer eine Exkursion unternommen, die einen Gegenschlag hätte auslösen können?«

Arishar schüttelte bedächtig den Kopf. Er war inzwischen gewöhnt, sich mit seinen mächtigen Hörnern in dem Raumschiff vorsichtig zu bewegen. Dennoch – sie stellten das Zeichen seiner Königswürde dar. Quinari ohne Hörner wurden als am Rang niedrigsten angesehen. Auf Occabellar ungeheuer wichtig, waren sie auf dem engen Schiff zur Qual für ihn geworden.

»Wie sieht es mit der Verpflegung aus?«, fragte Maurus.

»Wir haben Proteinwürfel an Bord. Alle Flüssigkeiten werden ständig wieder aufbereitet.«

»Proteinwürfel, Recycling«, antwortete der Aquarianer tonlos.

Arishar verstand, was das für ihn und seine Leute bedeutete. Er war vom Wasser und den Algen abgeschnitten. Ein Dilemma. Er brauchte Kontakt mit Silizium oder Kieselsäure – einer Materie, die in keinem Raumschiff vorhanden war.

»Ich kann nur hoffen, diese Reise dauert nicht zu lange«, seufzte Maurus. »Was ist mit Luzifer? Wird der nicht ohne frisches Fleisch durchdrehen?«

Arishar grollte tief in der Brust. Er selbst war ein Allesfresser, bevorzugte aber ebenfalls Fleisch und trank mit Vorliebe Blut. »Wir müssen uns alle einschränken. Immerhin haben wir überlebt. Es wird mir ein Vergnügen sein, ihn in seine Schranken zu weisen!«

»In einem Raumschiff?«, fragte Maurus zweifelnd.

Arishar fuhr sich mit der Klaue durch das lange, weiße Haar. Maurus hatte recht. Sie konnten sich unmöglich in dem Raumschiff prügeln.

»Ich lege mich eine Weile hin. Nala hat das Schiff auf Autopilot gestellt. Bitte wecke mich sollte irgendetwas sein.«

»Gut«. Maurus sah zu seiner Frau, die noch immer die Daten auswertete.

Arishar stapfte in eine der drei Kabinen, die er den Königen freigemacht hatte. Luzifer brauchte ja keine, also hatte er Maurus und den Harem in zweien untergebracht. Die Krieger schliefen im Frachtraum.

Nala lag bereits in einer der Kojen, das Kind in Decken auf dem Boden. Das Bett war zu schmal um nebeneinander zu liegen, deshalb zog Arishar die Frau auf seinen Bauch.

Sie hatten schon oft so gelegen und geschlafen nach ihren Vereinigungen. Damals waren sie in Sicherheit. Jetzt war alles anders. Sie waren Flüchtlinge, ohne Heimat – ein Gefühl, das er erst langsam realisieren musste.

Nala kraulte den seidigen Haaransatz zwischen seinen Hörnern. Nur ihr gestattete er eine solch intime Berührung. Arishar schloss die Augen. »Sie fliegen zu irgendeinem Planeten, das ist klar«, flüsterte sie. »Wir werden sie nicht verlieren. Wichtig ist nur, dass unsere Energie genau so lange reicht wie ihre.«

Arishar streichelte behutsam ihren schmalen Rücken und brummte. Sie kannte ihn, seine Geräusche und Stimmungen sehr gut. Nala rutschte etwas höher und bot ihm ihren Hals dar.

Er umfasste ihre Schultern und ritzte vorsichtig ihre Halsvene mit seinen Reißzähnen. Das süße Blut strömte hervor und ein genussvolles Knurren entrang sich seiner Brust. Er legte den Mund an ihren Hals und trank. Er hielt sich zurück und nahm nur wenig. Auch sie war jetzt auf ein Minimum an Wasser und Proteinwürfel angewiesen. Er würde ihr nicht schaden. Sanft leckte er die Wunde um sie zu verschließen und glitt in den Schlaf.

Er wusste nicht, wie viel Zeit verstrichen war, bis das Hämmern an der Tür zu ihm durchdrang. Arishar hob die schlafende Nala vorsichtig neben sich und schob sich aus der Koje.

Maurus stand vor der Tür und musterte ihn kurz in seiner grauen Lederhose und dem mit Blutzeichnungen bedeckten Oberkörper. Die kristallinen Augen blitzten. Arishar konnte seinen Gesichtsausdruck nicht deuten.

»Bitte komm mit. Marana ist mit der Auswertung der Sonde fertig.«

Arishar eilte an Maurus' Seite in den Kommandoraum und ließ sich in einen Sessel fallen.

Marana trat näher und reichte ihm einen Block mit Daten.

»Was besagen diese Ergebnisse?« Arishar studierte das Datentablett. Er konnte leidlich lesen, war jedoch nicht gebildet.

»Diese Zahlen bedeuten, dass in den Bomben, die Occabellar getroffen haben, chemische sowie atomare Kampfstoffe verwendet wurden. Die chemischen Wirkstoffe haben die Bevölkerung schlagartig ausgelöscht – erstickt. Die atomaren Stoffe haben den Planeten verseucht. Das heißt, dass Occabellar in den nächsten Tarranien keinerlei Landwirtschaft betreiben kann, da Wasser und Boden verstrahlt sind«, zwitscherte Marana.

Sie neigte demütig den Kopf und wurde von einem Krieger wieder zum Harem geleitet.

Maurus und Arishar blickten sich an. Selbst Maurus hatte nun seine weißen, ebenmäßigen Zähne gefletscht. Sie konnten nicht mehr zurück. Zumindest für lange Zeit nicht. Der Drehsessel war zu klein für Arishar. Er wäre sonst in ihm zusammengesunken.

Patallia saß in der Küche, hielt ein Glas Kefir umklammert und grinste Solutosan an. *»Deine Artefakte waren ein Volltreffer. Ich möchte weitere Tierversuche durchführen, aber kann jetzt schon sagen, dass es nur die Bacani-Physiognomie angreifen wird. Gib mir noch ein paar Tage.«*

»Glaubst du, es ist zu früh den Bacanis mit dem Virus zu drohen?«, fragte Solutosan neugierig.

»Nein, keinesfalls. Ich denke Ulquiorra braucht nichts zu behaupten, das nicht stimmt.«

»Bestens! Dann werde ich morgen Ulquiorra rufen. Heute bleibe ich noch hier und besuche Chrom.«

Solutosan trank ein Riesenglas Kefir und machte sich auf den Weg zur ehemaligen Militärbasis.

Kaum war er aus dem Porsche gestiegen und durch das große Eingangstor getreten, löste sich ein grauer Schatten hinter einem der Gehege, sprang ihn an und warf ihn fast um. Die Wölfin Lady hatte ihn als Erste entdeckt. Solutosan lachte, die Wange an ihren dicken Kopf geschmiegt und kraulte sie.

»Na dann komm, zeig mir, wo die anderen sind!« Wedelnd rannte sie voraus.

Er staunte nicht schlecht über die vielen, neuen Gebäude auf dem sonst kargen Grundstück. Die Bacanis hatten ihre Möglichkeiten genutzt und eine Station für artgerechte Tierhaltung aufgebaut. Suchend lief er den Hauptweg entlang.

Chrom ließ seinen Futtereimer fallen und eilte ihm in einem blauen Arbeitsoverall strahlend entgegen, die Fangzähne vor Aufregung ausgefahren. Psal folgte ihm lächelnd. Sie hielt sich ihr kleines Bäuchlein, über dem eine grüne Gärtnerschürze spannte. Chrom wurde noch einmal Vater.

Es war nicht mehr so, dass er Chroms Chef war. Sie waren nun Freunde – das spürte er. Die Begrüßung war so herzlich, dass Solutosan sich sofort wie zu Hause fühlte. Stolz führten die beiden ihn herum und Solutosan musste alle Tiergehege bewundern.

Als die Aufregung sich gelegt hatte und sie am Tisch im neu gebauten Wohnhaus saßen, lächelte Chrom: »Stell dir vor, Psal ist sogar Nahrungsmutter geworden!«

Solutosan wusste, was das für die befreundeten Bacanis bedeutete. Die Eier des Rudels wurden artgerecht versorgt und das ganze Rudel nahm die Milch der Mutter zu sich, die genau auf es abgestimmt war. Selbst Pan und Frran tranken zu ihrem Katzenfutter inzwischen die Milch.

»Seitdem ist Pan viel ausgeglichener«, lächelte Psal. Die Schwangerschaft stand ihr gut.

»Und wo sind Tervenarius und David?«

Chrom grinste breit. »Tervenarius kam hier an, hat ihn gesucht und offensichtlich auch gefunden. Danach habe ich die beiden nur ein Mal gesehen – und da haben sie den Kühlschrank leergeräumt.«

Terv und David mussten seine Stimme gehört haben, denn sie kamen eng umschlungen die Treppe in die große Wohnküche hinab. Selten hatte er derartig glückliche Wesen gesehen. David war entsetzlich abgemagert, aber beide Männer strahlten. Es hatte sich gelohnt mit Pallasidus den Handel einzugehen, so schmerzhaft der für ihn auch geendet hatte. Allein dieser Anblick war das Ganze wert gewesen. Er hatte richtig gehandelt. Solutosan umarmte die beiden herzlich.

»Können wir gleich mal mit dir sprechen?«, fragte Terv.

»Natürlich.« Solutosan lächelte Chrom entschuldigend zu und verließ mit David und Terv den Raum.

Sie spazierten gemächlich zum neuen Terrarium, in dem eine monströse Boa Constrictor träge an einem Ast hing.

»Wie sollen wir anfangen?« Tervenarius blickte zu seinem Geliebten.

Solutosan schwieg.

»Wir wollen nicht, dass so etwas jemals wieder passiert«, begann Terv. »David wollte sich umbringen. Wäre ich einige Minuten später gekommen, stünde er jetzt nicht hier. Wir möchten nie mehr in so eine Lage kommen. Und wir wollen nicht noch einmal getrennt werden. Keiner soll auf den anderen verzichten müssen.«

Solutosan schwieg weiterhin.

»Ich will durch das Sternentor gehen«, führte David Tervs Rede zu Ende.

Das war ein ungeheuerliches Ansinnen – unabhängig von dem, was ihnen passiert war. Er erlebte täglich am eigenen Leib, was Unsterblichkeit bedeutete. Sie war wahrlich ein zweischneidiges Schwert. Er würde versuchen, die beiden zum Umdenken zu bewegen. Mit starrer Miene blickte er die beiden Freunde an. »Ihr wisst, dass das Sternentor nur auf die duonalische Genetik anspringt?«

Tervenarius wiegte den Kopf. »Nicht unbedingt, Solutosan. Erinnere dich, dass wir beide ursprünglich Auraner sind. Wir wissen nur, dass es nicht Bacani kompatibel ist. Wir wollen es versuchen.«

Er war nicht überzeugt. »Warum fragt ihr mich danach? Ich bin nicht der Wächter des Tores«, versuchte er nochmals mit gerunzelter Stirn den Eifer der beiden zu bremsen.

»Wir möchten, dass du dabei bist und auch die anderen Unsterblichen. Es ist ein Ritual. Nur mit allen zusammen wird es perfekt sein.« Tervenarius ergriff Davids Hand.

Das verstand er. David sollte in ihre Mitte aufgenommen werden. Aber er war ein gewöhnlicher Mensch. Auf der anderen Seite – niemand wusste, was das Sternentor aus ihm machen würde.

»Ist euch klar, dass das Sternentor David vielleicht verändert? Und ist dir auch bewusst, David, dass dich das Tor für immer an diesen Körper bindet? Weißt du was das bedeutet?«, fragte er eindringlich.

»Das wissen wir.« David nickte.

Solutosan dachte an Aiden. Wäre sie unsterblich gewesen, hätte Halia sie bei der Geburt nicht töten können und sie wäre noch an seiner Seite. Er verstand den Wunsch der beiden nach einer gemeinsamen, immerwährenden Zukunft. Tervenarius und David schienen entschlossen und waren reif genug, selbst zu entscheiden. Er nickte langsam. »Meinen Segen habt ihr. Bitte sprecht ebenfalls mit Patallia, Meodern und Xanmeran.«

»In Ordnung, das werden wir.« Sie strahlten und Tervenarius legte den Arm um Davids Schultern. Er sah die beiden Männer an. Einen kurzen Augenblick beneidete er sie um ihre Liebe.

Solutosan fuhr zurück zum Hauptquartier. Patallia und Smu hockten immer noch im Labor und diskutierten, wobei Smu in einem enganliegenden, blauen Overall auf Patallias Schoß saß – die Arme um dessen Hals geschlungen.

Solutosan setzte sich auf einen der runden Laborhocker und drehte sich spielerisch. »So, jetzt erzählt mal im Detail.«

Patallia schob Smu von seinem Schoß. Der setzte sich achselzuckend auf den nächstbesten leeren Labortisch und berichtete. Es wurmte beide ungemein, dass sie an der Bax-Front nicht weiter gekommen waren.

Solutosan saß eine Weile mit zusammengezogenen Augenbrauen und lauschte ihrem Bericht über die vergeblichen Bemühungen, Bar das Handwerk zu legen. Er grinste, als er von Smus frechem Streich hörte, eine Spiralvene mit einem simplen Knoten lahmzulegen.

»Ich sage euch mal was«, er hob den Blick. »Ich werde, was Bar angeht, einen frontalen Kurs versuchen. Ich glaube, dass der Kerl von der wirtschaftlichen Seite angreifbar ist, denn seine Bax-Produktion ist diffizil und leicht zu zerstören.«

»Was hast du vor?« Patallia blickte ihn neugierig an.

»Ich werde ihn besuchen.«

»Was?«

Solutosan nickte. »Und zwar allein. Ich möchte dich bitten«, er wandte sich an Smu, »Bar den Termin für ein Treffen mitzuteilen. Sag ihm, ich will ihn morgen um zehn Uhr abends sehen.« Er machte eine Pause und sah zu dem Mediziner. »Ich habe so die Nase voll davon. Wir haben Wichtigeres zu tun, als uns um diesen Emporkömmling zu kümmern. Patallia, ich brauche dich auf Duonalia, falls wir das Virus doch noch freisetzen müssen.« Smu schnaufte.

Solutosan drehte sich zu ihm. »Komm ruhig auch mit. Du gehörst sowieso schon zur Familie.«

Daisy staunte nicht schlecht, wer da plötzlich im Club auftauchte. Diesen Wahnsinnigen kannte sie doch.

Der gepiercte Kerl grinste sie an. »Ich habe eine Message für deinen Boss!«

Daisy verzog die Lippen. Was bildete der Typ sich ein?

Er hob den Finger. »Erst zuhören, dann urteilen, Süße. Richte ihm aus, dass der Chef der Duocarns ihn sprechen will, und zwar morgen Abend hier um zehn. Okay?«

Daisy sagte der Name nichts, aber so wie der Kerl sich aufspielte, schien es wichtig zu sein. Der war auch schon wieder zur Tür hinaus. Daisy nahm ihr Handy und wählte Bars Kurzwahl.

»Ja?«, blaffte er.

»Hier war eben so ein bunter Vogel und hat eine Nachricht für dich hinterlassen.« Sie wiederholte die Worte. Stille.

»Bist du sicher, dass er Duocarns gesagt hat?«

»Ganz sicher!« Bar legte einfach auf. Daisy betrachtete das Handy mit gerunzelter Stirn. Was kam denn da auf sie zu?

Was da auf sie zukam, sah Daisy am nächsten Abend. Er erschien allein – in unauffälliges Schwarz gekleidet, auf dem Rücken einen hüftlangen, goldenen Pferdeschwanz.

Er baute sich in eindrucksvoller Größe vor ihr auf und grinste. »Sag Bar Bescheid, dass ich da bin. – Bitte«, fügte er noch hinzu.

So jemanden wie ihn hatte sie noch nie gesehen. Wie paralysiert betrachtete sie seine blitzenden Zähne und bekam weiche Knie. Mit ihm eine Nummer zu schieben, musste das Himmelreich sein! Sie riss sich zusammen. Was waren denn das für Gedanken?

Sie setzte ihr Pokerface auf und ging mit wiegenden Hüften in Bars Büro.

»Dein Gast ist da.« Bar und Krran fuhren hoch. Buddy auf dem Bürostuhl in der Ecke rieb sich die Hände, bis Bars scharfer Seitenblick ihn traf. Der gleiche Blick galt auch Daisy, die sofort den Raum verließ.

Solutosan betrachtete die illustre Runde. »Ich bin gekommen, um endlich einmal Klartext zu sprechen«, sagte er auf Englisch. Bar deutete auf einen Stuhl. »Danke, ich stehe lieber.« Kurze Pause.

»Ich habe eine kleine Reise hinter mir, die mir etwas in die Hände gespielt hat, das den Bacanis schaden kann. Nun, ausrotten würde es wohl eher treffen. – Ich habe andere Probleme, als mich mit deiner Bax-Produktion herumzuärgern und schlage deshalb vor, dass du sie augenblicklich einstellst.«

Krran zog die Luft ein und Bar lachte keckernd. »Und wenn nicht?«

Solutosan kam Bar recht nah. Buddy in seiner Ecke brummte, aber Bar deutete ihm zu schweigen.

»Wenn nicht, werde ich als Erstes mit meinen Leuten in deine sämtlichen Läden marschieren und die Bacanars hinter ihren Spiegeln hervorzerren. Das Ganze am besten in Anwesenheit der hiesigen Presse. Sollte das nicht genügen, werden wir deinem Clan den Garaus machen. Die Erde wird nicht ausreichen, um dich zu verstecken. Aber vielleicht hast du ja eine Möglichkeit nach Duonalia zurückzukehren«, setzte er noch lauernd hinzu. »Ich sage dir wie wir das machen: Morgen kommt ein Van und holt deine ganzen Bacanars ab. Ich werde dafür sorgen, dass sie gut untergebracht sind. Hüte dich, neue zu zeugen! Das würde dann dein letzter Zeugungsakt gewesen sein!«

Bar starrte ihn mit bleichem Gesicht an. »Psal«, stieß er hervor.

»In der Tat ist deine ehemalige Navigatorin eine gute Freundin von mir«, nickte Solutosan. »Du weißt, was mit einem Spiel ist, wenn ein Spieler alle Asse hat und der andere keine.«

»Soll ich den Kerl vermöbeln?«, blaffte Buddy.

»Verschwinde, Buddy! Raus mit dir!«, zischte Bar.

Buddy fiel die Kinnlade herunter, aber er tapste zur Tür und schloss sie sogar noch leise von außen.

Bar überlegte kurz. »Willst du da wirklich drauf eingehen?«, flüsterte Krran auf bacanisch, nicht wissend, wie scharf Solutosans Gehör war und dass dieser die Bacani-Sprache verstand.

»Wir könnten die Mafia endlich los werden und die Bacanars nerven mich schon länger. Presse wäre ruinös«, zischte Bar zurück. Er wandte sich an Solutosan.

»In Ordnung«, bestätigte er zähneknirschend.

»Ach so!« Solutosan, der sich eben zum Gehen gewandt hatte, drehte sich noch einmal um. »Keine leer gefressenen Menschenköpfe mehr!«

Bar schluckte, nickte dann aber.

»Ich werde zu gegebener Zeit überprüfen, ob du dich an unsere Abmachung hältst.«

»Willst du mir wieder den bunten Vogel schicken?« Bar versuchte, das Ganze aufzulockern.

Solutosan verzog keine Miene. »Sicher nicht. Mach deine Geschäfte einfach nur legal und lass die Menschen leben. Mehr verlange ich nicht.« Er verließ den Raum, Bar und Krran blieben stumm zurück.

Solutosan stieg im Parkhaus in den Porsche und zog das Haargummi in einem Rutsch vom Pferdeschwanz. Er knurrte. Diese enervierende Sache war hoffentlich endgültig erledigt. Wie einfach es im Grunde gewesen war. Keine Toten und Verletzte – ohne Waffen! Natürlich hatte er geblufft. Niemals hätte er die menschliche Polizei oder Presse zu so einer Aktion hinzugezogen. Aber Bar hatte ihm geglaubt. Das war gut.

Er zückte sein Handy und wählte Chroms Nummer. Nur die Mailbox antwortete. »Chrom? Dein Tierasyl wird Zuwachs bekommen. Ich hoffe, du hast noch Platz für einige Bacanars. Ich habe sie endgültig aus Bars Fängen befreit. Wenn du mehr Geld brauchst, gib Bescheid. Ich danke dir.«

Solutosan fuhr ins Hauptquartier und legte sich auf sein Bett unter dem großen Fenster. Er blickte in den Sternenhimmel und hatte Bar und seine Machenschaften sofort vergessen. Er dachte an Sublimar, das warme Wasser, an Vena und die lieben Squalis und glitt langsam in seinen Ruhemodus.

»Wir wissen nicht mehr, wie wir ihn bändigen sollen!« Zwei Quinari-Krieger standen mit missmutigen Gesichtern in der Kommandozentrale. »Er tobt, weil er Fleisch will. Er würde sicherlich jeden anfallen, der kleiner und schwächer ist als er.« Die Rede war natürlich von Luzifer, der in seiner Isolierstation durchdrehte.

Arishar lief mit gesenktem Kopf auf und ab. Luzifer konnte zur Gefahr für sie alle werden.

Maurus, an die Kommunikationskonsole gelehnt, sah ihn mit nachdenklicher Miene an. »Ich spreche mit ihm«, teilte er Arishar mit.

Er sah den Aquarianer zweifelnd an. »Das Einzige, das mir zu Luzifer einfällt, wäre, ihm eventuell die Blutkonserven der Krankenstation zu überlassen. Vielleicht beruhigt ihn das.«

Maurus lächelte vielsagend.

Bei Arishar klickte es sofort. »Du meinst, die Blutkonserven mit einem Beruhigungsmittel zu versetzen, wäre eher die Lösung?«

Maurus nickte. »Ich erledige das. Ich werde sie ihm schmackhaft machen.«

Arishar betrachtete ihn. Maurus versuchte mit ihm zusammen die Probleme zu bewältigen, dabei sah er selbst nicht sonderlich gesund aus. Seine Haut war milchig und eher hellgrün anstatt des gewöhnlichen straffen, wasserblauen Aussehens. Er wusste, dass Maurus' Frauen jeden Tag von ihrem Halbedelstein-Schmuck Staub abschliffen, den Maurus und sein ganzes Volk mit ein wenig Wasser zu sich nahmen. Nach dem Schmuck musste Maurus wohl sein Achatschwert opfern. Ein toter König brauchte keine Waffen.

Arishar war nicht gläubig, aber nun betete er doch heimlich und inständig, sie mögen bald irgendwo ankommen. Die Reise wurde mehr und mehr zur Qual für alle Reisenden an Bord.

Maurus lief, begleitet von zwei Kriegern, zur Krankenstation und suchte nach den Blutkonserven und dem Beruhigungsmittel, das Arishar ihm beschrieben hatte. Er fand zehn Blutbeutel und den starken Tranquilizer. Er löste das Medikament in ein wenig Wasser auf und verteilte es gleichmäßig mit einer Spritze auf die Beutel. Einen nahm er mit zum Isolierraum, dessen transparente Scheiben inzwischen von innen fast völlig geschwärzt waren.

Luzifer saß dampfend in einer Ecke. Sein Adjutant hockte so weit weg von ihm wie möglich. Seine Augen glühten ebenfalls, aber er hatte sich im Griff.

Maurus aktivierte die Kommunikationsanlage der Isolierstation. »Luzifer, du solltest dich zusammenreißen, solange wir gezwungen sind, hier auf engem Raum zu leben.«

Luzifer fuhr hoch. Seine Rüstung hatte er in eine Ecke geschleudert. Sie musste ihm Schmerzen verursacht haben, denn seine schwarze Haut war mit roten, teilweise geplatzten, Blasen bedeckt. Er schlug wild mit dem Schwanz.

»Du hast gut reden, du Wasserfrosch! Ich werde noch wahnsinnig. Ich will hier raus!« Seine Zunge fuhr flammend aus dem Maul in Maurus Richtung.

Er zuckte nicht, sondern heftete seinen Blick fest auf den tobenden Trenarden. »Ich habe mit Arishar gesprochen. Du kannst pro Zyklus einen Beutel Blut bekommen. Mehr haben wir nicht.«

»Blut?« Luzifers Augen flammten auf. »Gib es her!«

»Nur wenn du dich bemühst, die Isolierstation nicht komplett zu zerstören!« Maurus blickte auf einige Kabel, die Luzifer vor Wut aus der Wand gerissen hatte.

Luzifer hechelte. »Einverstanden! Aber gib her!«

Maurus schob ihm den Blutbeutel durch die Klappe der Isolierstation. Luzifer krallte ihn und trank das Blut hastig aus. Natürlich hatte er nicht einen Augenblick an seinen Adjutanten gedacht, der ihn mit glühendem Blick beobachtete.

Wie ein wildes Tier, dachte Maurus und lehnte sich geschwächt an die Wand des Labors. Er betrachtete Luzifer. Der war merklich ruhiger geworden. Maurus nickte und verließ den Raum. Er wollte nach seiner jüngsten Tochter schauen, die nur noch lag und sich kaum bewegte. Eins war klar, sollte das Kind sterben, würde er sich an den Angreifern rächen – obwohl, das hatte er in jedem Fall vor.

Arishar wurde bei seinem Eintritt in ihre kleine Unterkunft von einem jämmerlichen Weinen begrüßt. Nala saß zusammengesunken mit dem Kind auf dem schmalen Bett und versuchte es zu beruhigen.

»Er hat Hunger, Arishar, aber ich habe kaum noch Milch.« Nala blickte ihn mit übergroßen Augen an. Arishar hatte sie niemals so müde und verzweifelt gesehen. Sie hielt eine Hand an die Brust, die er sanft fortnahm. Die Brustwarze war blutig und zerbissen. Er schüttelte langsam den Kopf. Auf keinen Fall durfte der Junge jetzt schon Blut trinken. Er würde sonst in einen Blutrausch verfallen.

Nala versuchte einen Proteinwürfel mit ein wenig Wasser an das Kind zu verfüttern, aber der Kleine strampelte nur und wimmerte.

Er nahm sie sanft in den Arm. »Nicht weinen, Nala«, sagte er leise. »Du darfst keine Flüssigkeit verlieren. Halte durch! Wir werden bestimmt bald landen.«

Die harte Zeit an Bord hatte sie einander näher gebracht. Er bewunderte ihre Zähigkeit und hoffte, dass sie noch durchhalten würde. Er musste sie unterstützen.

Kurz entschlossen riss er sich mit den Zähnen das Handgelenk auf und hielt es Nala an den Mund, die dankbar trank. Er nährte sie und streichelte ihr dabei zart das lange, dunkle Haar.

Wann waren ihre Angreifer endlich am Ziel? Ihre Energie war zu zwei Drittel verbraucht. Nicht mehr lange, dann würden sie todgeweiht hilflos im Weltall treiben.

Aber noch war es nicht so weit. Er biss die Zähne zusammen. Er musste kämpfen, solange ein Funken Leben in ihm war – und er wollte Nala beistehen. »Ich kümmere mich um den Kleinen. Geh in die Kommandozentrale und schau, ob es etwas Neues gibt – vielleicht eine Kursveränderung.« Er nickte ihr ermutigend zu.

Sie leckte ihm über das Handgelenk um es zu versiegeln und sah ihn dankbar an. Sie reichte ihm das unruhige Kind und verschwand durch die Tür.

Die Energie war zu fünfundneunzig Prozent verbraucht, als das fremde Schiff den Kurs änderte und langsamer wurde. Arishar, der mit dem erschöpften Knaben in der Zentrale gesessen hatte, damit Nala ein wenig schlafen konnte, ließ sie sofort durch einen Krieger wecken und schickte einen Aquarianer zu Maurus.

Der Hauptschirm zeigte ein Planetensystem. Arishar, Maurus und Nala blickten auf einen milchzarten Planeten mit einer gelben Sonne und vier fast gleich großen Monden. Zwischen den Monden schwebten vielfarbige Schleier. Sie betrachteten die Anordnung des Planetensystems genau.

Das Schiff der Angreifer flog zum westlichen Mond, auf dem man schon von Ferne eine Raumbasis erkennen konnte.

»Ich halte an«, flüsterte Nala aufgeregt. »Wir müssen ungesehen landen.«

Arishar deutete auf den nördlichen Mond.

»Genau dort«, nickte Nala und gab den Kurs ein. Dieser Planet hatte eine Atmosphäre, schien jedoch nicht so fruchtbar und belebt zu sein wie die anderen Monde.

Nala landete das Schiff in einer Steppenlandschaft auf dem sandigen Boden und machte sich an die Messungen. »Die Luft ist dünn, aber wir können atmen«, seufzte sie und stoppte die Maschinen endgültig.

Arishar sprang aus dem Raumschiff. Endlich! Er atmete die dünne, klare Luft tief ein und warf dabei den Kopf in den Nacken. Was für eine Erlösung den Schädel ungehemmt bewegen zu können! Was für eine Erleichterung wieder echten Erdboden unter den Füßen zu fühlen! Er zog die Stiefel seufzend aus und grub die Füße in das harte Gras der dürren Steppe. Seine Krieger fühlten wie er, sie schüttelten die Glieder und scharrten im Boden. Die Zeit der Unbeweglichkeit war vorbei.

Maurus und seinen drei Männern ging es weniger gut. Ihr Leid war noch nicht zu Ende. Ihre Haut hatte tiefe Risse und sie bewegten sich langsam. Sie brauchten dringend Wasser.

Arishar trat zu dem Aquarianer. »Lass uns die Männer aufteilen. Wir suchen in alle Richtungen.« Er wandte sich zu den Quinari. »Sucht nach Wasser und Fleisch!« Seine Männer nickten und liefen los. Die aquarianischen Krieger warteten auf Maurus Bestätigung, der sie mit einer müden Handbewegung entließ.

»Wir sollten warten, Maurus.« Arishar warf sich auf den trockenen Boden und stützte den Kopf in die Hand. Er atmete tief durch. Der lauwarme Wind strich ihm über die Haut, zerrte an seinem Haar. Wie sehr er den Aufenthalt in dem Raumschiff gehasst hatte! Sich nicht bewegen zu können, war die reine Folter gewesen für ihn, der sein Leben lang ununterbrochen trainiert und gekämpft hatte. Luzifer war immer noch eingesperrt. Der tobte bestimmt inzwischen wieder in seinem Gefängnis. Aber wenn sie ihn jetzt freiließen, würde er, hungrig, wie er war, zur Gefahr für alle. Zuerst musste Fleisch für ihn her. Es blieb ihnen im Moment nichts anderes übrig, als auf die Rapporte der Späher zu warten und das Schiff in den Tarnmodus zu setzen.

Der erste Krieger aus dem Westen war zurück und berichtete. Er hatte eine kleine Gruppe Einheimische beobachtet. Das Erstaunliche an diesem Bericht war, dass es in dem Rudel anscheinend zweibeinige und vierbeinige Geschöpfe gegeben hatte. Diese Wesen verhießen das erforderliche Fleisch für alle.

Arishar zog seine Stiefel wieder an und zurrte sein zweischneidiges Schwert fester. Er überprüfte seine Dolche und sah mit einem Seitenblick, dass seine beiden Männer ebenfalls ihre Waffen griffbereit schoben. Sie brachen kleine, dürre Büsche ab und befestigten sie an ihren Hörnern. Besonders Arishar musste Zweige und Gras sorgfältig um die Goldbeschläge seiner Hörner winden, um im Grasland nicht aufzufallen.

Maurus wartete auf weitere Rapporte, während Arishar losrannte. Er lief schneller als notwendig, genoss den Lauf, füllte die Lungen endlich wieder ganz. Der Krieger in der Vorhut ging in Deckung. Arishar warf sich ebenfalls blitzschnell ins Gras. Sie robbten näher und lugten zu den Wesen, die sie noch nicht bemerkt hatten.

Das Rudel bestand aus acht Lebewesen, Männchen, Weibchen und Kindern. Sie lagerten in einer Senke, bewohnten offensichtlich ein einziges großes Zelt.

Es war klar: Diese Geschöpfe waren des Todes. Arishar blickte seine Krieger an und machte die Geste des Halsdurchschneidens. Die Männer nickten zustimmend. Ohne einen Laut stürzten sie los, die Waffen gezogen. Der Überraschungsmoment war auf ihrer Seite – die drei Männchen konnten ihnen nichts entgegensetzen. Sie töteten die ganze Herde – schnell und lautlos.

Es war so, wie der Krieger berichtet hatte. Die Einheimischen besaßen offensichtlich zwei Formen, denn sie hatten ein Männchen während seines Gestaltwandels getötet. Arishar kniete sich hin und sah sich den Leichnam genau an. Die Wesen hatten in der zweibeinigen Erscheinungsform eine glatte Haut und eine Reihe Haar, die ihnen von der Stirn bis zum Steiß lief. Bei der Verwandlung zog sich das Fell auseinander und bedeckte dann den kompletten Körper, der massiv stärker und schneller wurde. In diesem Zustand besaßen die Wesen spitze Schnauzen, lange Schwänze und Klauen. Arishar war das letztendlich gleichgültig. Er hoffte, dass ihr Fleisch genießbar war – tauchte eine Kralle in das Blut und leckte sie ab. Das Blut war in Ordnung. Es würde für Luzifer auf jeden Fall genügen.

Kurzerhand köpfte er die Wesen mit dem Schwert. Er wollte nicht weiter in deren tote Augen blicken. Zügig luden die Quinari die kopflosen Kadaver auf Zeltbahnen und zogen sie zum Schiff. Er befahl zwei Krieger zu sich, die die Leichen abziehen und grob auseinandernehmen sollten. Die Männer machten sich sofort an die Arbeit. Die Zeit drängte. Luzifer war inzwischen höchstwahrscheinlich in einem Zustand, vor Hunger das Raumschiff zu entzünden.

Arishar ging, um den Trenarden zu befreien. In der Tat konnte er ihn kaum noch durch die rußgeschwärzten Fenster der Isolierstation sehen. Er betätigte den Türmechanismus und gab Luzifer einen heftigen Faustschlag, als dieser aus der Station stürzte. »Dein Fleisch ist draußen vor dem Schiff! Raus mit dir!« Der Trenarde blickte ihn mit irre flammendem Blick an. Arishar schubste ihn Richtung Ausgang, dankbar dafür, dass sein Adjutant Slarus über mehr Selbstkontrolle verfügte. Der folgte Luzifer in einigem Abstand, der sich wie ein Wahnsinniger auf das Fleisch stürzte. Völlig ausgehungert und gierig stopften sich die beiden Fleischfetzen ins Maul, die sie von den Knochen rissen.

Arishar sah den Widerwillen in Maurus' verhärmtem Gesicht, der das Schlachtfest betrachtete und sich dann angewidert abwandte. Der Abscheu des Aquarianers war ihm in diesem Moment gleichgültig. Sie waren am Leben. Luzifer bedeutete keine Gefahr mehr. Wenn die Wandler als Einzige diesen Mond bewohnten, würde ihre Invasion auf keinerlei Widerstände treffen. Er atmete tief durch.

Der Kundschafter aus dem Osten tauchte auf. Er berichtete ihnen von weiter Steppe, aber auch von einem kleinen See. Er brachte eine Wasserprobe mit, die Maurus unverzüglich in Augenschein nahm.

»Ich werde meine Leute sofort zu dem Wasser bringen«, erklärte der Aquarianer und mobilisierte offensichtlich seine letzten Kräfte. Er winkte seinen Kriegern, die den Harem in östliche Richtung begleiteten. Zwei verschleierte Frauen konnten schon nicht mehr alleine laufen und mussten getragen werden.

Der Späher, der in den Norden geschickt worden war, berichtete Arishar von einer kleinen Siedlung, in der weiße Wesen wohnten. Der Krieger aus dem Süden dagegen erzählte von weiteren Rudeln Wandler. Vielleicht wurden die Wandler von den weißhäutigen Dorfbewohnern als eine Art Vieh gehalten, mutmaßte Arishar. Er erkundigte sich nach der Größe der Siedlung und machte sich mit zwei Kriegern sofort auf in Richtung Norden.

Der vollgefressene und nun ruhig wirkende Luzifer schloss sich ihnen an. Zuvor befahl er dem Adjutanten die Futterreste aufzuräumen. Jetzt zeigte sich sogar bei ihm eine Art von schlechtem Gewissen.

Den Späher in der Vorhut schlichen sie sich an das Dorf heran. Die fünf kleinen Gebäude bestanden aus einem weißen Gestein. An eines der Häuser gelehnt stand ein zerborstener Behälter. Arishar beäugte ihn. Er sah aus wie eine Art Kondensator. Warum war er zerstört?

Das Dorf lag ruhig. Arishar sah zu den Monden, die in endloser Langsamkeit eine große Menge rosafarbener Schleier verschoben. Er hatte keine Ahnung, welche Tageszeit auf dem Planeten herrschte und was die Einheimischen in diesem Moment taten.

Sie schlichen geduckt an das erste der weißen Häuser heran. Arishar schmetterte mit einem Tritt die Tür auf, dicht von Luzifer gefolgt. Die alte Frau im Inneren des Hauses kam nicht dazu zu schreien. Luzifer tötete sie mit einem Schlag seines dornenbewehrten Schwanzes. Arishar hoffte, dass der Stoß gegen die Tür im Nachbarhaus nicht gehört worden war. Die fünf Männer hockten sich kurz auf den Fußboden und horchten. Nein, es war weiterhin still im Dorf.

Arishar schickte die drei Quinari zum übernächsten Haus, um die Bewohner schneller liquidieren zu können. Gefolgt von Luzifer machte er sich lautlos auf den Weg. Im nächsten Gebäude überraschten sie einen Mann und eine Frau beim Trinken einer weißen Milch. Die Milchschüssel fiel zu Boden und mischte sich mit dem Blut der Wesen.

Arishar betrachtete sie. Die Bewohner waren Zweibeiner, weißhäutig, mit langem Haupthaar und offensichtlich hilflos. Was waren das für Geschöpfe? Er riss den beiden die Kleider vom Leib. Der Mann hatte einen Penis und die Frau eine Vagina und Brüste, was er als Zeichen für lebendgebärende Säuger deutete. Arishar kratzte sich nachdenklich mit der Kralle zwischen den Hörnern. Diese Wesen passten nicht zu den Wandlern in der Steppe. Auch schienen diese hier nicht in Rudeln zu hausen.

Er warf die Milchschüssel nach Luzifer, der begonnen hatte, der toten Frau zwischen den Schenkeln zu lecken. »Lass das sein, Luzifer!«

Der zog seine flammende Zunge ein und grinste. »Wenn sie leben, lassen sie mich ja nie«, meinte er.

Arishar schüttelte unwillig den Kopf. Luzifer war und blieb ein Problem.

Die drei Krieger hatten indessen ganze Arbeit geleistet und die restlichen Bewohner der Häuser umgebracht. Die Ausrottung war ohne einen Laut vonstatten gegangen. Aber Arishar war nicht stolz darauf - er hasste solche Aktionen. Sie waren seiner nicht würdig. Zivilisten umzubringen, Frauen und Kinder - das war keine Heldentat. Wenn es jedoch um das Überleben seines Volkes ging, fackelte er nicht lange. Sie waren Invasoren und mussten sich nehmen, was sie brauchten.

Er betrachtete seine blutverschmierten Waffen. Wasser! Irgendwo im Dorf musste Wasser sein. Er verließ das Haus. Luzifer hatte den Brunnen bereits gefunden, den Wassereimer hochgekurbelt und sich das Wasser über den schwarzen Leib gekippt. Arishar tat es ihm nach. Beim Sol, das hatte er vermisst! Er übergab den Eimer an einen der Krieger.

Sie mussten die Leichen entfernen, um die Häuser in Besitz zu nehmen. Arishar lief los um die Körper einzusammeln und stapelte sie in einem winzigen, verrotteten Schuppen, der etwas abseits lag. Er dachte nicht darüber nach, was er da tat. Luzifer und er arbeiteten Hand in Hand. Wenn der Trenarde satt war, klappte die Verständigung mit ihm ohne Worte. Blutverschmiert standen sie vor dem Stall, den Luzifer mit seiner Lava in Brand setzte.

Gemeinsam starrten sie in die Flammen. Ob Luzifer auch so eine dumpfe Schwermut empfand? Hatte er überhaupt Gefühle? Arishar war sich nicht sicher. Er war müde und auf eine seltsame Art frustriert. Dabei gab es eigentlich keinen Grund dafür, sagte er sich. Sie hatten überlebt, was ein echtes Wunder war – aber dieses Überleben hatte einen schalen Beigeschmack.

Er befahl den Kriegern Nala und den Rest der Quinari aus dem Schiff zum Dorf zu bringen und das Schlachtfleisch nicht zu vergessen. Er durchstöberte das Domizil des Pärchens nach Essbarem, fand aber nur eine Art Milch in einer in die Hauswand eingelassenen Kühlkammer. Er schöpfte von der Milch in einen Becher und setzte sich abgekämpft auf die Bank vor dem Haus.

Luzifer schob sich neben ihn. »Schmeckt die Milch?«, fragte er. Arishar nahm einen großen Schluck und grunzte. Er würde an seine Leute Wasser und Fleisch verteilen lassen. Sie hatten es sich wahrlich verdient. Seit ihrer Flucht von Occabellar hatte keiner von ihnen auch nur ein Wort der Klage laut werden lassen. Sie hatten ihm vertraut und alles still ertragen. Er war stolz auf seine Männer. Sie mussten sich erholen. Dann würden sie sich die Mörder ihrer Rasse vornehmen.

Er blickte Nala entgegen, die mit dem wimmernden Kind auf ihn zukam, und gab ihr seinen Becher. Es tat ihm weh sie so abgezehrt zu sehen – die sonst strahlenden Augen trüb. Sie tauchte einen Zipfel ihres Gewands in die Milch und ließ das Kind daran saugen.

»Es klappt«, flüsterte sie erleichtert. Der Junge nahm die Nahrung gierig auf. »Ihr Götter! Welch ein Glück!«

Arishar legte den Arm tröstend um ihre Schulter.

Die drei Planeten warfen schwarze Schatten auf den nördlichen Mond und es wurde dunkler. Das Kind war eingeschlafen. Arishar begleitete Nala in das Haus des Pärchens, lief zurück und bestimmte die Wachposten. Einen Krieger schickte er in den Osten, um Maurus über ihren Aufenthaltsort zu informieren, den restlichen Männern befahl er, sich in die übrigen Häuser zur Ruhe zu begeben. Inzwischen war auch er am Ende seiner Kraft. Er stiefelte in das Haus, warf seine Axt und sein zweischneidiges Schwert auf den blutverschmierten Tisch, löste seinen Brustpanzer und zog sich aus bis auf seinen Lendenschurz. Dann sank er erschöpft auf das Bett des ermordeten Pärchens. Er sah Nala mit dem schlafenden Kind im Arm noch mitten im Raum stehen, bevor ihm die Augen zufielen.

Maurus lag mit seinem Harem im Wasser des kleinen Sees, als Arishars Krieger zu ihnen stieß, um sie über den Verbleib der Quinari zu informieren. Maurus nickte zufrieden und war Arishar dankbar für seine Umsicht. Sein ehemaliger Feind verhielt sich kooperativ. Ob das ein gutes Omen war?

Der Quinari-Krieger starrte auf seine Frauen, die nun unverschleiert in Wasser trieben. Maurus wusste, die Nymphen mit den weichen, filigranen Körpern und dem im Wasser wehenden Haar waren außergewöhnlich schön. Aber ihr Anblick war nicht für andere Männer bestimmt!

Er erhob sich aus dem See und legte die Hand an sein Schwert. Der Krieger bemerkte seinen Unmut, drehte sich zur Seite und zog sich, eine Entschuldigung murmelnd, zurück.

Seine vier Frauen waren wirklich bezaubernd. Er war überglücklich, sie wieder in ihrem Element zu sehen und gesellte sich erneut zu ihnen. Er würde sie an den Rand des Sees zusammenrufen und seinen acht Kriegern, die die ganze Zeit mit gesenkten Köpfen über sie gewacht hatten, gestatten, das Wasser zu betreten. Sie hatten gut durchgehalten und eine Belohnung verdient.

Maurus betrachtete sein gehärtetes Achatschwert und legte es dann zur Seite. Er hatte es nicht essen müssen – dafür besaßen seine Frauen nun kaum noch Schmuck. Der neue Planet hatte genügend Silizium um ihn und die Seinen am Leben zu erhalten. Es sah wirklich so aus, als wäre die Glücksgöttin ihnen wohlgesonnen. Maurus streichelte seine kleine Tochter, die er auf dem Schoß hielt und die ihn vertrauensvoll mit großen, kristallinen Kinderaugen anblickte. Sein Volk hatte wieder eine Zukunft.

Es würde eine große Versammlung werden. Deshalb hatten sie das Treffen in die Trainingshalle der Karateschule verlegt. Die Übungsmatten lagen zusammengerollt verteilt und dienten als Sitzplätze. Ulquiorra lächelte, als er die ihm liebgewordenen Männer und Frauen der Reihe nach anblickte. Solutosan und Halia, Tervenarius und David, Patallia und Smu, Xanmeran und Maureen, sowie Meodern hatten sich auf den Matten verteilt und unterhielten sich leise.

Smu schien noch etwas blass um die Nase. Die Reise durch die Anomalie und die Impfung mit den Übersetzermikroben waren ihm nicht gut bekommen. Maureen hatte lachend erzählt, dass er eine Tüte Gummibärchen mitgebracht, und er ihr grinsend überreicht hatte. Ulquiorra konnte nur ahnen, was Gummibärchen waren.

Er zückte sein Datentablett. »Wenn es in Ordnung für euch ist, werde ich beginnen. Ich habe einige Gesetze ausgearbeitet, die ich für elementar halte, und die Dinge, wie Töten, Zerstören fremden Eigentums, Vergewaltigung und Folter unter Strafe stellen. Da den Duonaliern solche Verbrechen weitgehend unbekannt sind, werden sich diese Vorschriften erstrangig an die Bacanis wenden, jedoch als allgemeingültig zu betrachten sein.«

Er setzte sich auf eine der gerollten Matten und strich das dunkle Haar nach hinten. »Ich habe mich informiert. Die vier dominanten Rudel leiten im Moment unter Vorschieben von Marschall Folderan die Geschicke des Planeten. Der restliche Duonat ist längst verschollen oder ermordet. Die Rudelführer heißen Eon, Rarak, Orrk und Sarrn. Ich befürchte allerdings, wir werden vor ihren Augen ein Exempel statuieren müssen, um diese Anführer zu einer Kooperation zu bewegen.«

»Was meinst du mit Exempel?«, erkundigte sich Solutosan.

»Ich denke daran, den Häuptlingen das Virus und seine verheerende Wirkung vorzuführen.«

»Du bist also der Ansicht«, fragte Xanmeran gedehnt, »wir sollten vor ihren Augen erst einmal einen Bacani töten, um den Druck zu erhöhen?« Er streckte die langen, roten Beine unter seinem Gewand hervor.

Ulquiorra blickte ihn durchdringend an. »Es ist zu befürchten, dass das nötig sein wird, deshalb sollten wir vorbereitet sein.«

Die neben ihm sitzende Halia flüsterte kurz mit Solutosan und erhob sich. Sie nickte allen zu und verließ die Halle, hinterließ einen matten goldenen Schimmer.

Ulquiorra blickte ihr einen Augenblick lang nach und fuhr dann fort. »Die Frage, die sich stellt, ist – wer wird dafür sorgen, dass die Gesetze auch befolgt werden und eventuelle Täter bestrafen?«

»Diese Aufgabe können keinesfalls die Duonalier übernehmen, denn das wird böses Blut geben«, meinte Solutosan.

Patallia, der die ganze Zeit gebannt zugehört hatte, stimmte ihm zu. »Ich denke, das sollten die Führer der Bacanis selbst machen, allerdings immer mit ein oder zwei duonalischen Vorsitzenden in ihrem Gericht. Nicht, dass ein Mörder plötzlich mit einigen Gebeten davonkommt.«

Alle nickten.

»Ich denke«, Solutosan ergriff wieder das Wort, »das muss noch weiter ausgearbeitet werden. Dazu kommt das Wichtigste: eine neue Regierungsbildung. Erst wenn wir ein Konzept haben, können wir mit den Bacani-Rudelführern verhandeln.«

Ulquiorra steckte sein Datentablett in die Hülle. »Ich kümmere mich darum. Verbleiben wir so. Wir treffen uns in drei Tagen hier um diese Zeit wieder.« Damit war die Versammlung aufgehoben.

Nein, Politik war nichts für sie. Sie musste sich um ihr Studium kümmern. Halia war, mit ihrem Energiebrett unter dem Arm, auf dem nördlichen Mond angekommen. Die Studenten hatten die Aufgabe, ein Herbarium mit möglichst vielen verschiedenen Ödlandpflanzen zu erstellen. Halia hatte sich schlaugemacht. Auf der Steppenlandschaft des Mondes wuchsen die schönsten und seltensten Gräser.

Sie schlug ihre Schleier fest um sich und stieg auf das Brett. Es war neu und richtig schnell. Sie glitt über die Steppe – genoss den Wind, der an ihren Schleiern riss, und fuhr eine Weile einfach drauf los. Sie konnte sich nicht verirren. Das Energiebrett besaß einen eingebauten Kompass und sie hatte sich die Richtung des Hafens gemerkt.

Sie hielt an, denn in einer flachen Senke standen die Gräser besonders dicht. Halia überlegte noch, ob es sinnvoll war die Wurzeln auch mit auszugraben, als sie aus den Augenwinkeln an der Seite der Kuhle eine Gestalt rennen sah. Sie hob den Kopf. Ein Bacani war an ihr vorbeigeeilt. Er wurde verfolgt.

Halia blinzelte. Eine große, schwarze Kreatur mit einem dicken Schwanz war ihm auf den Fersen, hatte den Bacani erreicht und ihm blitzschnell mit einem Hieb seines flammenden Schwertes das Haupt abgetrennt. So entsetzlich das Geschehnis auch war, so bizarr erschien es ihr gleichzeitig. Ein brennendes Schwert, schoss es Halia durch den Kopf – so etwas gibt es doch überhaupt nicht.

Während sie noch starrte, löste sich ihr Kopfschleier und flog in Richtung des schwarzen Wesens. Das hob den Kopf und blickte sie aus glühenden Augen an.

Ein Teufel, dachte sie, oder ein Dämon. Das Herz schlug heftig bis zum Hals. Halia konnte sich vor Schreck nicht rühren.

Der Teufel stierte sie weiterhin unverwandt an und fing mit seiner Klaue ihren Schleier auf. Eine lange, feurige Zunge löste sich aus seinem Mund und leckte sich über die Lippen. Er bewegte sich auf sie zu, den Schleier in der Hand. Ein schwarzes, nacktes Muskelpaket. Lediglich zwischen seinen Beinen trug er ein Stück Kettengewebe.

Sie erwachte aus ihrer Erstarrung. Sie musste sich wehren. Halia hob die Hände und entließ eine große Menge Sternenstaub in seine Richtung. Der Staub hüllte ihn ein. Sie versuchte sich zu entsinnen, was ihr Vater ihr beigebracht hatte. Hatte er sie die tödliche Variante überhaupt gelehrt? Ja, vor langer Zeit. Sie konnte sich nicht mehr so richtig daran erinnern. Hatte sie den Sternenstaub scharfkantig genug gemacht, um ihn zu töten?

Luzifer nieste. Was war denn das für eine Wolke? Sie drang in ihn ein und versuchte sein Feuer zu löschen, aber er war durch das viele Fleisch des Planeten in Bestform. Er ließ das Schwert fallen und rieb sich die Augen. Er nahm das Mädchen mit den rotgoldenen Locken nur noch schemenhaft wahr und blinzelte. Jetzt sah er sie schon wieder klarer. Grüne Augen funkelten ihn an. Die vollen, roten Lippen glänzten halb geöffnet. Luzifer fühlte, wie sich sein Glied sofort aufrichtete. Die Schleier umwehten sie wie eine Göttin. Er stapfte noch zwei weitere Schritte auf sie zu. Sie stand erneut in einer goldenen Staubwolke. Er streckte ihr den Kopfschleier entgegen. Wie sollte er ihr klarmachen, dass er sie nicht töten wollte? Er fiel auf die Knie, den Kopf gesenkt, hielt den Schleier hoch.

Der wurde ihm aus der Klaue genommen. Er hob den Kopf und betrachtete sie. Sie war so wunderschön! Warum schaute sie ihn so entsetzt an? »Ich tue dir nichts, bitte lauf nicht weg«, stammelte er auf occabellar.

Das Mädchen holte tief Luft, drehte sich um, schnappte sich ihr Brett von der Wiese und schwang sich darauf. In hoher Geschwindigkeit floh sie vor ihm – flog eilig über die dürre Steppe. Luzifer kniete immer noch – sogar als sie längst verschwunden war.

Als Halia auf den östlichen Mond zurückkam, war sie sich fast schon nicht mehr sicher, ob sie das schwarze Wesen wirklich dort gesehen hatte. Nein, sie täuschte sich nicht. Auch das Blut war echt gewesen. Er hatte den Bacani getötet und ihr den Schleier gebracht. Sie entdeckte ein kleines Loch, wo er ihn mit seiner Kralle gefangen hatte. Außerdem würde sie seinen Blick niemals vergessen. Wieso hatte ihr Sternenstaub ihn nicht getötet? Er hatte nur geniest. Die Sprache, die er benutzte, war ihr gänzlich unbekannt. Sie suchte Solutosan.

»Er hat einen Bacani umgebracht?«, staunte Solutosan. »Bist du sicher, dass es kein Tier war?«

»Ganz sicher, Daddy, er hatte eine Art brennendes Schwert. Auch hat er mit mir gesprochen, aber ich habe ihn nicht verstanden.«

»Ich werde Meo schicken, um dem nachzugehen. Er ist am schnellsten.«

»Er soll dem Mann nichts tun, bitte.« Halias Gesicht nahm einen Ausdruck an, den Solutosan noch nie an ihr gesehen hatte.

»Nun ja, wenn er Bacanis jagt, kann uns das nur recht sein«, grinste Solutosan schief. »Aber wir müssen prüfen, womit wir es hier zu tun haben.«

Meodern war hocherfreut über den Auftrag, denn er hatte Langeweile. Er schnallte sich ein Brusthalfter um und steckte zwei Dolche in dessen Scheiden. Er hatte es geschafft, die Waffen durch die Anomalie zu bugsieren, ohne dass sie ihm weggerissen worden waren. Im Grunde brauchte er sie nicht, da er allein mit den Vibrationen seiner Hände Gliedmaßen abtrennen konnte. Auch war er zu schnell, um überhaupt wahrgenommen zu werden. Aber er liebte blitzende Metallwaffen und nahm sie zumindest gerne mit.

Er katapultierte sich zum Hafen und benutzte dann ein Windschiff. Die Schleier waren zu energiegeladen, um sie ungefährdet zu überwinden. Das war ihm zu mühsam. Er hätte sich im luftleeren Raum zwischen den Monden bewegen können, aber das Reisen auf dem atmosphärischen Schiff war weitaus komfortabler. Vom nördlichen Hafen aus konnte er seinen Vibrationen freien Lauf lassen. Er dosierte sein Tempo, um seine Kleidung nicht zu zerstören und überflog die öde Steppe des Mondes. Alles sah völlig normal aus. Einige weiße Dörfer, zwei herumstreunende Bacani-Rudel.

Er durchstreifte die Gegend um einen kleinen See und stutzte. In dem Wasser war etwas. Er konnte nicht erkennen, was es war. Er setzte in der Nähe auf und robbte auf dem Bauch über die Steppe in Sichtweite.

Im und um den See lagerten grün-blaue Lebewesen. Er konnte die größeren Männchen gut von den Weibchen unterscheiden. Auch kleine Kinder befanden sich bei den

Wesen. Meo zählte acht nackte Männer, mit kurzen Schwertern bewaffnet, einen mit einer Art Gewand bekleideten schlanken Mann, dessen langes, grünes Haar auffällig um ihn wehte. Die filigranen Frauen mit den hüftlangen blauen Haaren scharten sich um ihn. Der Anführer, kein Zweifel. Die Sippe machte einen ruhigen und friedlichen Eindruck. Meo beobachtete sie eine ganze Weile. Es war kein schwarzer Teufel zu sehen. Er beschloss, Solutosan Bericht zu erstatten, kroch langsam zurück und machte sich auf den Rückweg.

»Was, zum Vraan?« Solutosan hörte sich Meos Schilderung an. Der nördliche Mond galt als tot und unbewohnbar und plötzlich tauchten dort alle möglichen Lebewesen auf? Nicht mehr lange bis zur Wende der Monde. Dann würde es auf dem Nord-Planeten dämmrig werden, wenn auch nicht ganz dunkel. Deshalb entschied er augenblicklich. »Xanmeran und Patallia, kommt bitte mit mir. Nehmt Barretts wegen der Passagiere!«

Solutosan überlegte kurz, ob er sich bewaffnen sollte. Meodern war der Einzige, der geeignete Metallwaffen besaß. Nein, er würde Meo nicht danach fragen. Sein Geheimnis sollte gewahrt bleiben. Es war das erste Mal, dass er sich unbewaffnet in eine vielleicht kritische Situation begab. Sein Staub konnte lediglich verhüllen und blenden. Er war nicht mehr wert als der Staub zu seinen Füßen. Ein schweres Gefühl legte sich auf seine Brust wie ein Stein. Nein, er wollte Halia nicht nach Sublimar schicken. Gleichgültig, was mit ihm war und was aus ihm wurde. Er dachte daran, die Führung der Duocarns einem der anderen Krieger zu übertragen, hatte jedoch noch keinen Plan, welche Begründung er dafür anführen sollte.

Er ging in das Zimmer, das er während des Aufenthalts auf Duonalia bewohnte, und betrachtete das blaue, wunderschöne Serica-Gewand an dem Wandhaken. Das würde er tragen. Wieso hatte er die Ahnung, dass es angebracht war?

Xanmeran und Patallia musterten ihn, als sie losgingen, sagten aber nichts. Kurz darauf standen sie auf dem Windschiff. Die Luft war angenehm mild. Das Schiff entzündete in der Dämmerung seine energetischen Lichter, die die metallisch wirkenden Segel auf wundersame Art beleuchteten. Solutosan, der dieses Schauspiel schon lange nicht mehr gesehen hatte, blickte gebannt. Nun wusste er, dass Duonalia nicht seine Heimatwelt war, aber die Vertrautheit dieses Anblicks rührte ihn. Versunken betrachtete er die schillernden Segel. Duonalia, die Erde, Sublimar – wo war er nun eigentlich zu Hause? Seine Gedanken wurden unterbrochen, denn das Schiff legte am Hafen des nördlichen Mondes an und sie gingen von Bord.

Es war nicht weit bis zu den Koordinaten, die Meo ihnen gegeben hatte. Da lag der kleine See in einer Senke. Einige Wesen lagerten am Rand, andere lagen im Wasser. Es war, wie Meodern beschrieben hatte.

Die drei Duocarns gingen auf die Gruppe zu, hielten die Hände so, dass klar zu sehen war, dass sie keine Waffen trugen. Solutosan schritt voran.

Einer der grün-blauen Männer stürzte sich ohne Vorwarnung mit einem Wutschrei und gezücktem Schwert auf Solutosan. Der wich dem Schlag aus und entfesselte seinen Sternenstaub, der den Angreifer in einer Wolke einhüllte.

»Xan, nimm ihn!«, zischte Solutosan, »aber nicht töten!« Xanmeran schlang augenblicklich seine Dermastrien um den fremden Krieger, der sich nicht mehr bewegte.

Der nächste Fremdling nahte mit einem Kampfschrei, das Schwert erhoben. Ein Ruf ertönte, laut und durchdringend. Der blaue Krieger brach seine Attacke ab.

Fasziniert betrachtete Solutosan den Mann, der nun aus der Gruppe hervortrat. Schlank und hochgewachsen, mit breiten Wangenknochen, kristallinen Diamant-Augen und einer bläulich schimmernden, halbtransparenten Haut. Er war in ein dunkelblaues Gewand gehüllt, das seine nackten Füße knapp bedeckte. Langes, waldgrünes Haar reichte bis auf seinen Hüften. Er trug einen blitzenden Wurfring an der Seite, wie Solutosan ihn noch nie gesehen hatte. Er musterte den Duocarns-Chef mit durchdringendem Blick und hob beschwörend beide Hände.

Es war Abend. Des Kriegers Haar war golden und aus seinen Händen löste sich Sternenstaub. Die Prophezeiung! Der vierte König war da! Maurus starrte den Mann in dem blauen, irisierenden Gewand an. Er hatte nie so recht an die alten Überlieferungen geglaubt. Jetzt stand der Fremde vor ihm. Maurus hob beschwichtigend die Hände, verbeugte sich höflich.

Der Sternenstaubkrieger musterte Maurus aus dunkelblauen, blitzenden Augen. Er ließ seinen intensiven Blick zu seinem Harem und zu den Kriegern schweifen, die sich nun langsam aus dem Wasser erhoben hatten.

Maurus sprach in der Hoffnung verstanden zu werden: »Der Abend wird sich senken mit Sternenstaub. Die vier Könige werden vereint. Friede und Glück werden Kampf und Krieg für immer beenden!«

Der goldene König wandte sich an den bleichen Gefährten neben ihm. Der glatzköpfige Mann trug ein weißes, bodenlanges Gewand mit halblangen Ärmeln. An den unbedeckten Stellen seines Leibes entdeckte Maurus mit Interesse eine fast transparente Haut, die den Blick auf pulsierende Organe in der Tiefe freigab. Der durchsichtige Besucher schien ihn als Einziger verstanden zu haben und übersetzte, was er gesagt hatte. Der Sternenkrieger wich mit einem überraschten Laut zurück und starrte Maurus an. Er fasste sich sofort wieder und gab seinem riesigen Begleiter einen kurzen Befehl. Dieser zog seine ungewöhnlichen Haut-Fesseln zurück und entließ so den aquarianischen Krieger, der sie angegriffen hatte. Innerhalb weniger Augenblicke stand der rote Mann mit intakter Haut neben dem goldhaarigen König. Er musterte Maurus weiterhin mit finsteren, schwarzen Augen.

Maurus drehte sich zu einem seiner Leute, gab per Handzeichen den Befehl, sich um den befreiten, nun geschwächten, Aquarianer zu kümmern und wandte sich wieder dem Sternenstaub-König zu.

Dieser sprach mit dem durchsichtigen Mann, der sich zu ihm umdrehte und anhob in occabellar zu sprechen. »Ich bin Patallia, der Übersetzer. Neben mir steht der Führer der Duocarns, Solutosan. Der rote Krieger ist Xanmeran. Wir möchten euch in Frieden grüßen und fragen, wieso ihr hier seid. Des Weiteren will Solutosan wissen, woher du die Prophezeiung kennst.«

Maurus atmete erleichtert auf. Eine Konversation war möglich.

»Ich bin Maurus, König von Occabellar«, stellte er sich vor. »Unsere Heimatwelt wurde bombardiert und verseucht. Wir haben die Feinde bis auf diesen Planeten verfolgt.« Er zeigte in Richtung der Raumbasis des westlichen Mondes.

Seine Krieger hatten sich im Halbkreis hinter ihn und sein Harem gestellt. Patallia übersetzte.

Der Sternenkrieger zischte etwas, offensichtlich wütend, doch Patallia erwiderte ruhig. »Eure Angreifer nennen sich Bacanis. Die Bacanis haben diesen, unseren Planeten Duonalia, besetzt und tausende unserer Landsleute abgeschlachtet. Wir sind ebenfalls hinter ihnen her.«

Als Patallia übersetzt hatte, nickte Maurus zustimmend. »In diesem Fall haben wir einen gemeinsamen Feind. Wir haben während der Reise sehr gelitten und möchten uns hier erst einmal erholen. Gibt es auf Duonalia Salzwasser?«

Solutosan verneinte, aber verbeugte sich leicht. »Seid willkommen.« Nachdem die Übersetzung bei ihnen angekommen war, entspannten sich seine Krieger merklich und auch der rote Xanmeran gab seine Kampfhaltung auf.

»Wo ist euer Schiff?« Der Sternenstaub-König blickte auf die immer dunkler werdende Steppe.

Maurus zeigte in eine unbestimmte Richtung. »Im Tarnmodus.«

»Ist es defekt?«, fragte er.

»Nein.« Er stockte kurz. »Es hat nur noch wenig Energie.«

»Du sprachst vorhin von einer Prophezeiung. Wieso glaubst du, ich sei ein König?«

Solutosan stand dem außergewöhnlichen Wassermann gespannt gegenüber. Hier war auf eine seltsame Art eine Verbindung zwischen den Welten entstanden. Wieso kannte dieses Wesen von einem fremden Planeten die Worte seines Vaters?

Maurus winkte einen seiner Krieger herbei und gab ihm halblaut einen Befehl. Sofort rannte der Mann los.

»Ich werde es euch am besten zeigen. Bitte geduldet euch einen Moment.« Der Wassermann deutete auf den Boden und setzte sich. Seine Sippe tat es ihm nach. Sie warteten eine Weile schweigend.

Von Ferne flackerte etwas, kam langsam näher. Solutosan traute seinen Augen kaum. Zwei Männer kamen auf sie zu. Einer mit grauer Haut und Muskeln wie Xanmeran. Er hatte gewaltige nach hinten gebogene, mit Gold beschlagene Hörner sowie gelbe, durchdringende Augen. Neben ihm stapfte der Teufel, den Halia beschrieben hatte. Beide waren gerüstet, der Gehörnte mit einer mächtigen Streitaxt und einem zweischneidigen Schwert – der Schwarze mit einem Flammenschwert und einem glühenden Wurfring. Xanmeran sprang auf.

»Bitte ruhig bleiben«, bat Maurus und Pat übersetzte. »Darf ich vorstellen: König Arishar und König Luzifer von Occabellar.«

Nun bemerkte Solutosan eine große Menge gehörnter Krieger, die geräuschlos aus der Dämmerung schritten.

Solutosan erhob sich, Patallia und Xanmeran an seiner Seite. Die drei Könige aus der Prophezeiung waren da!

Maurus übernahm auch die Vorstellung der Neuankömmlinge. »Bitte bleibt ruhig«, mahnte er Luzifer und Arishar. »Darf ich bekanntmachen: der Sternenstaub-König von Duonalia.«

Die Männer musterten sich eingehend.

Luzifer spuckte ein wenig Lava auf den Boden. »Interessant«, grinste er. Als er gerufen wurde, hatte er gehofft, dass das wunderschöne Mädchen wieder da war und nach ihm verlangte. Aber wenn das der Sternenstaub-König war ... Luzifer kratzte sich am Ohr. Das Mädchen hatte goldenen Staub von sich gegeben.

»Hast du eine Tochter?«, fragte er gerade heraus.

Der durchsichtige Mann übersetzte.

Der Sternenstaub-König bleckte die Zähne. »Allerdings«, knirschte er.

»Ich will sie heiraten«, erklärte Luzifer. Die Übersetzung erfolgte sofort.

Der goldhaarige König blickte ihn verblüfft an und begann lauthals zu lachen. Es dauerte eine Weile, bis die Übersetzung bei den Anwesenden angekommen war. Dann lachten alle Männer auf der nächtlichen Steppe, gleichgültig von welchem Planeten.

Nun war Luzifer beleidigt. Maurus hatte auf ihn eingeredet, zum nächsten Treffen zu kommen, das am darauf folgenden Tag vereinbart worden war.

Luzifer scharrte sich mit den Füßen zum Schlafen ein Loch in den Boden der Steppe. Na ja, vielleicht würde er hingehen. Allein weil er neugierig war, ob der goldene König nicht doch noch seine Tochter mitbrachte.

Er klopfte an der Tür von Tervenarius' und Davids kleinem Zimmer, in dem sie während ihres Aufenthalts auf Duonalia untergebracht waren. Nur David lag auf dem Bett.

»Darf ich reinkommen?«, fragte Solutosan.

»Sicher.« David blickte ihn erwartungsvoll an.

»Wir haben unerwartet Besuch bekommen auf Duonalia – viele Gäste.« Er berichtete David kurz von den drei Königen. »Da diese Sache dringend ist, möchte ich gern das Ritual am Sternentor verschieben.«

David schluckte, aber dann nickte er. »Was ist schon Zeit, Solutosan? Die Ewigkeit erwartet mich.«

»Hast du dir das wirklich gut überlegt? Ein unsterblicher Körper kann auch zum Gefängnis werden.«

»Ja, Solutosan.« Davids Miene war entschlossen.

»Gut, ich gehe jetzt mit den anderen auf den nördlichen Mond zu dem Treffen.«

Solutosan verließ David und stieß in der Trainingshalle zu den anderen Duocarns und Ulquiorra, die sich Karateanzüge anzogen, denn das war, außer den wallenden Gewändern, die einzig verfügbare Kleidung auf Duonalia. Maureen hatte eine Menge Anzüge aus der milchweißen Donafaser schneidern lassen. Für die Fahrt zogen alle Gewänder darüber und Baretts, um nicht allzu sehr aufzufallen, was in Xanmerans Anwesenheit schon mehr als problematisch war.

Sie nahmen das Windschiff und ließen die Gewänder und Hüte am Hafen. Der laue Wind war angenehm, drückte die losen Karateanzüge an ihre Körper, als sie durch die Weiten der kargen Steppe zu dem kleinen See wanderten.

Zufrieden betrachtete Solutosan die Männer an seiner Seite. Es war ewig her, dass sich alle fünf Duocarns das letzte Mal zu einer vereinten Aktion zusammengeschlossen hatten. Er fühlte sich so wohl wie schon lange nicht mehr. Er blickte kurz zu Ulquiorra. Für ihn gehörte der große Torwächter inzwischen ebenfalls zu den Duocarns. Ulquiorra erwiderte seinen Blick und lächelte aufmunternd. Ja, er war ein Freund geworden.

Die Quinari-Krieger sahen bei Tageslicht weitaus beindruckender aus als am Abend zuvor, denn nun konnte er die Hörner in den unterschiedlichen Längen und die roten

Zeichnungen auf ihren grauen Körpern im Detail erkennen. Die Quinari-Kämpfer, ein zweiter Trenarde, sowie die aquarianischen Krieger hatten sich im Halbkreis um die Frauen und Kinder versammelt, während die drei Könige ein Stück weiter vor ihnen Platz genommen hatten.

Die Occabellarner musterten die Duocarns eingehend und Solutosan stellte alle vor. Er bot den Fremdlingen Übersetzermikroben an. Arishar winkten einen der gehörnten Krieger heran und Patallia setzte ihm die Spritze an den Hals. Der Krieger gab keinen Schmerzenslaut von sich und zuckte nicht, als er abdrückte und die Mikroben injizierte. Er sah Patallia forschend an, der ihn in duonalisch ansprach – antwortete dann in der gleichen Sprache.

Arishar nickte und ging zu Patallia, um sich die Mikroben ebenfalls verabreichen zu lassen. Selbst Luzifer hielt seinen schwarzen Hals hin, fauchte, als die Mikroben in ihn drangen.

Patallia blickte Maurus fragend an. Der zögerte.

Der Mediziner sprach leise mit ihm. Dann ließ auch er sich die Druckpistole an den Hals setzen.

»Ich danke euch für euer Vertrauen«, begann Solutosan, der den Königen am nächsten saß.

»Gewiss kocht die Rache in euren Herzen – genau wie in den unseren.« Er berichtete den Königen, was die Bacani-Pest den Duonaliern angetan hatte. »Wir sind im Besitz eines Virus', das die ganze bacanische Bevölkerung auf einen Schlag ausrotten könnte.«

»Dann solltet ihr das machen«, grunzte Luzifer.

»Die Bacani-Population beträgt schätzungsweise zweihunderttausend. Duonalier existieren nur noch in etwa zwanzigtausend«, antwortete Solutosan. »So groß unser Hass auch ist – uns ist klar, dass die meisten der Bacanis unschuldig sind. Aus diesem Grund haben wir ein Konzept mit allgemeingültigen Gesetzen für die Bacanis und die Duonalier erarbeitet.«

Maurus, der aufmerksam zugehört hatte, hob den Kopf. »Euch käme ein Feldzug unsererseits ungelegen, zumal ihr eine diplomatische Lösung des Problems anstrebt.«

Solutosan blickte ihn mit gerunzelter Stirn an. »Selbst dem Dümmsten müsste einleuchten, dass eine Handvoll Krieger nichts gegen so viele Bacanis ausrichten kann. Auf der anderen Seite verstehe ich eure Wut vollkommen. Ich bin der Meinung, dass ein paar Bacani-Köpfe rollen müssen – jedoch die Richtigen. Zum Beispiel sollten wir herausfinden, wer den Angriff auf euren Planeten befohlen hat und dann ihn und die Crew bestrafen. Das wäre der erste Akt die neuen Gesetze umzusetzen, aber Ulquiorra, der sie geschrieben hat, kann euch mehr darüber sagen.«

Ulquiorra rückte näher an die Könige heran, die seine fehlende Hand musterten. »Wir wollen ein Treffen mit den Bacani-Rudelführern, da sie die duonalische Regierung infiltriert haben und diese somit handlungsunfähig geworden ist. Wir werden unsere Forderung nach den Gesetzen mit Hilfe des Virus durchdrücken. Vielleicht wird eine Machtdemonstration nötig sein. Wir dachten an einen isolierten Raum, in dem wir das Virus freisetzen. Ein Bau ist geplant.« Er musterte die Könige mit seinen ernsten, dunklen Augen. »Auch ich verstehe eure Rachegedanken. Jedoch – ich denke, ich spreche im Sinne aller hier anwesenden Duonalier, wenn ich sage, dass wir nicht dulden werden, dass unser Land durch einen Vergeltungs-Feldzug verwüstet wird. Solltet ihr verlangen, dass die Verantwortlichen für den Anschlag auf euren Planeten auszuliefern und zu bestrafen sind, sind wir damit einverstanden und werden dies mit auf die Liste unserer Bedingungen setzen.«

Die drei Könige blickten sich nachdenklich an. Solutosan wartete gespannt. Ihre Völker waren fast völlig ausgerottet worden. Selbstverständlich wollten sie zurückschlagen. Aber sie würden nun mit den Duocarns kooperieren müssen, oder sich diese zum Feind machen. Wie besonnen waren die Könige?

Arishar hatte mit gesenktem Kopf zugehört. Nun blickte er mit seinen leuchtenden Augen in die Runde. »Es wird nicht nötig sein einen Isolierraum zu bauen. Ich stelle euch den Raum in der medizinischen Abteilung meines Schiffs zur Verfügung. Er ist wohl im Moment etwas verschmutzt«, er musterte Luzifer kurz, »aber um das Virus zu demonstrieren, wird er genügen.«

Solutosan sah zu Ulquiorra, der nachdenklich nickte. »Das ist ein sehr freundliches Angebot, das wir gern, sollte es nötig sein, annehmen werden.«

»Was mich interessieren würde«, mischte sich nun Xanmeran in das Gespräch ein, »ist, was ihr in Zukunft plant. Wollt ihr auf Duonalia bleiben?«

Die Könige sahen sich an.

»Was haben wir für Alternativen?« Arishar blickte finster. »Die Quinari haben nach wie vor ein großes Ernährungsproblem. Wir essen alles, aber die Gegend hier gibt wenig her.«

»So wie ich das verstanden habe«, übernahm Solutosan wieder das Wort, »seid ihr aus unterschiedlichen Völkern mit völlig gegensätzlichen Bedürfnissen.«

Maurus lächelte kurz und deutete auf sich. »Wasser.«

Er zeigte auf Luzifer. »Feuer.« Er blickte zu Arishar. »Erde.«

Stille. Solutosan kratzte sich nachdenklich am Kopf.

»Ich bin der Meinung«, begann Ulquiorra erneut, »dass wir eins nach dem anderen regeln sollten. Im Moment sind alle einigermaßen gut untergebracht. Wir müssen das Problem mit den Bacanis zuerst lösen, um Ruhe auf Duonalia zu schaffen. Dann kann jeder entscheiden, wo er bleiben will.«

Maurus blickte zu dem Trenarden. »Luzifer frisst Bacanis. Das ist bei diesen diplomatischen Verhandlungen nicht gerade förderlich.«

Meodern ergriff das Wort. »Auf dem östlichen Mond in der Region Mala lebt ein dicker Pflanzenfresser namens Warrantz. Man kann ihn einfach züchten. Wie wäre es einige Warrantz herzubringen? Natürlich darf Luzifer die Zuchttiere nicht essen, sondern nur deren Nachkommen.«

»Warrantz?«, Luzifer züngelte mit seiner feurigen Zunge. »Hört sich lecker an.«

Die Gespräche erstarben. Bedrückende Stille machte sich im Raum breit. Jetzt kam es drauf an! Über den nach wie vor wichtigsten Punkt war noch keine Einigung erzielt worden.

Solutosan straffte den Körper und sah Xanmeran an, der seinen Blick erwiderte. Beide wussten, wie kritisch die Situation war. Die drei Könige waren Krieger durch und durch. Allerdings sah er ihnen an, dass die Flucht und der lange Flug sie geschwächt hatte. Wie stark waren ihre Rachegelüste? Wenn es sein musste, war Solutosan bereit, sich mit konventionellen Waffen auszurüsten und gegen die Könige zu kämpfen.

Gespannt sah er wie der Aquarianer sich erhob. Seine kristallinen Augen blickten klar und ernst. »Wir haben lange Zeit damit verbracht, uns gegenseitig zu bekämpfen. Nun ist nur noch eine Handvoll von jedem unserer Völker übrig. Es ist das erste Mal, dass wir gemeinsam, so wie heute, zusammengesessen haben, ohne uns die Schädel einzuschlagen. Fast glaube ich, dass wir wirklich den vierten König gefunden haben.« Maurus verneigte sich vor Solutosan. »Ich für meinen Teil werde nicht zu Felde ziehen, verlange aber, dass die Könige an dem Treffen mit den Rudelführern teilnehmen. Wir wollen die für das Massaker verantwortlichen Bacanis überstellt bekommen, um sie zu bestrafen.«

Arishar sah Maurus an. Er erhob sich ebenfalls. »Die Wut und der Hass kocht in den Herzen der Quinari, aber Maurus hat gut gesprochen. Ich will mein Volk nicht weiter durch einen Rachefeldzug reduzieren. Was die Quinari brauchen, ist Gerechtigkeit und einen Neuanfang.« Er drehte sich zu seinen Kriegern. »Und meine Männer benötigen Frauen.«

Auch Luzifer sprang auf die Beine und nickte zustimmend. Das Thema Frauen hatte ihn offensichtlich vom Gesagten überzeugt.

Die Anspannung wich aus den Gesichtern der Duocarns. Zu ihrer aller Erleichterung waren die Könige einsichtig.

Solutosan erhob sich würdevoll. »Das Treffen findet in fünf Mondzyklen im Dorf Tatra auf dem östlichen Mond statt. Die Bacani-Rudelchefs werden stark gerüstet erscheinen und Krieger mitbringen. Das Gleiche sollten wir ebenfalls tun. Wir werden ihnen keine Alternative zu unserem Vorschlag lassen.«

Damit waren alle einverstanden.

»Ich werde euch abholen und begleiten«, sagte Patallia zu Maurus. Der König nickte erfreut.

»Na dann«, beendete Luzifer das Gespräch und wandte sich zu Meodern. »Lass uns mal die Warrantz holen gehen. Ich habe Hunger! Komm, Slarus!«

Luzifer betrachtete den goldhäutigen Mann vor sich. Alle Welt interessierte sich für die verdammte Politik. Der Kerl mit dem Stachelkopf, Meodern, schien der Einzige zu sein, der verstand, dass sein Gehirn nur mit vollem Bauch funktionierte. Ob diese Warrantz besser schmeckten als die Bacanis? Die Wandler waren eher harte Kost, denn ihr Fleisch war sehnig und bitter.

»Wir müssen zum östlichen Mond«, teilte Meodern ihm mit. »Fragt sich nur wie.« Er betrachtete Luzifer, als sähe er ihn zum ersten Mal.

Der grunzte. »Da sind doch diese Schiffe.«

»Nein!« Meodern schüttelte den Kopf. »Unmöglich! Die Leute springen über Bord, wenn sie euch sehen.«

Luzifer züngelte – er wusste, wie er aussah.

Meodern sah nur einen Weg. »Ich werde Ulquiorra bitten, euch zur Kampfschule zu geleiten. Es ist wohl ungewöhnlich innerhalb der Monde, aber wird sicher möglich sein.«

Das war Luzifer recht. Er blickte Meodern hinterher, der mit dem großen, schlanken Duonalier sprach. Ulquiorra war einverstanden.

Luzifer folgte Ulquiorra eine Weile über die Steppe und staunte, als der Mann einen goldenen Ring einfach aus dem Nichts entstehen ließ. »Halte dich an mir fest, Luzifer, aber verbrenn mich nicht«, befahl er.

Mutig machte Luzifer zusammen mit dem Torwächter einen Schritt in die vor ihnen liegende Dunkelheit.

Sie traten im Hof der Kampfschule aus dem Ring auf den staubigen Boden. Luzifer war fasziniert, aber in keiner Weise geängstigt.

»Ich gehe nun Meo und Slarus holen. Bitte warte hier.« Ulquiorra verschwand.

Luzifer sah sich um. Er lief im Innenhof umher und schaute in alle Fenster. Sein Herz machte einen Satz: Da saß das Objekt seiner Begierde an einem Tisch und tippte auf eine Art Tablett. Es war, als würde ein zarter, goldener Schein um sie schweben. Luzifer presste die Nase an die leicht milchige Scheibe.

Das Mädchen blickte auf und fuhr zusammen. Luzifer grinste. Ihre Schultern fielen herunter. Wut breitete sich auf ihrem feinen Gesicht aus. Sie eilte zum Fenster und riss es auf. »Was machst du hier? Wieso glotzt du in mein Zimmer?«

»Wohnst du hier?« Luzifer sah sich neugierig im Raum um.

»Ja, was denkst du denn?«

»Ich wohne auch bald in der Karateschule«, stellte er fest.

»Das kann ich mir nicht vorstellen!« Das Mädchen löste wieder Sternenstaub aus den Händen.

»Nein! Bitte nicht! Ich sage die Wahrheit!«, flehte Luzifer.

Sie zog den Staub zurück.

»Wieso kannst du neuerdings meine Sprache?«

»Dein Vater hat mir Übersetzerdinger gegeben.«

»Mikroben«, verbesserte sie ihn.

Er legte den gehörnten Kopf auf seine Unterarme auf das Fensterbrett und strahlte sie an. Was für ein tolles Weib! Seine flammende Zunge züngelte in ihre Richtung.

»Kannst du mal bitte weniger Feuer von dir geben?«, herrschte das Mädchen ihn an. »Du zündest hier noch alles an!«

Luzifer zog die Zunge in den Mund und entließ sie dann ohne Flammen.

»Was bist du überhaupt für eine Spezies?«

Er richtete sich stolz auf. »Ich bin König Luzifer vom Volk der Trenarden auf Occabellar!«

»König?« Sie lachte und zog ihr Gewand über den Brüsten zusammen. Wahnsinn, dachte Luzifer und konnte den Blick nicht abwenden.

»Weiß du nicht, dass es unhöflich ist, jemanden anzustarren?«, empörte sich das Mädchen.

»Ich bin unhöflich?«

»Ja!«, fauchte sie erbost.

»Und du willst nur einen höflichen Mann?«

»Ganz genau«, zischte sie. »Eigentlich will ich gar keinen Mann, denn ich bin Schülerin und viel zu jung um zu ...« Sie wollte noch mehr sagen, aber wurde von Ulquiorra unterbrochen, der eben mit Meodern ankam.

Der Torwächter musterte Luzifer stirnrunzelnd. »Alles in Ordnung, Halia?«, fragte er sie.

Ihr Name war Halia! Luzifer war restlos begeistert!

Halia nickte nur. »Finger weg, sonst klemme ich sie dir ein!« Rasch zog Luzifer die Klauen vom Fensterbrett, konnte es aber nicht seinlassen, Halia mit der Zunge kurz über die Hände zu lecken.

Sie schaute auf ihre Handrücken. Er war blitzschnell gewesen. Sie schlug das Fenster zu.

»Ich bin unhöflich«, verkündete Luzifer, als er mit Meodern zu einer Lagerhalle stapfte.

»Dachte ich mir schon«, grinste Meo. »Hat sie das gesagt?« Er deutete mit dem Daumen hinter sich in Richtung von Halias Zimmer.

Luzifer nickte. Darüber musste er nachdenken. Aber zuerst die Warrantz.

Nachdem Slarus eingetroffen war, machten sie sich unter Meos Anleitung daran, aus Brettern Boxen zu bauen und diese in der leerstehenden Halle aufzustellen.

Meo grinste zufrieden. »Ich mache mich dann mal auf den Weg, um die Warrantz zu kaufen. Die werden normalerweise nicht gegessen, sondern als Streicheltiere gehalten. Ich hoffe, ich bekomme für das Dona genügend Tiere, damit wir eine Zucht beginnen können.«

»Streicheltiere?« Er stieß seinen Adjutanten heftig in die Seite. Sie lachten keckernd.

»Bin heute Abend wieder da!« Meo lud sich zwei Donasäcke auf den Rücken und ließ Slarus und Luzifer einfach stehen.

Solutosan entschied, dass Tervenarius Ulquiorra begleiten sollte, um dem Duonat die Aufforderung zu dem Treffen zu überbringen. Das war eine heikle Aufgabe. Dazu mussten sie in die Höhle des Löwen.

Ulquiorra war mit seinem Begleiter ausgesprochen zufrieden. Er kannte Tervenarius als ruhig, diplomatisch und ausgeglichen.

Sie trafen sich am Hafen. Tervenarius war pünktlich und stand bereits, in ein helles Gewand gekleidet, an der Kaimauer, das silbern-weiße Haar wallte offen über die Schultern. Sie nickten sich kurz zu. Ihre Aufgabe war klar.

Sie nahmen das Windschiff und dann das Laufband ins Duonat. Ulquiorra spekulierte darauf, dass Marschall Folderan sich daran erinnerte, ihn einmal um Hilfe gebeten zu haben. Da sie nicht angekündigt waren, mussten sie lange warten.

Endlich ließ man Tervenarius und ihn in das Besuchszimmer des Marschalls. Es hatte sich nicht verändert. Das einzige Mobiliar bestand aus einem mit wertvollen Einlegearbeiten verzierten Schreibtisch. Den großen Raum dominierten die riesigen Fenster, mit Blick auf den westlichen Mond, der in diesem Moment von türkisfarbenen Schleiern verhangen war. Angespannt, wie er war, hatte Ulquiorra in diesem Augenblick keinen Sinn für die Schönheit Duonalias.

»*Ulquiorra!*« Marschall Folderan eilte ihnen entgegen und streckte die Hände nach ihm aus. Entsetzt blickte er auf seinen Armstumpf. »*Was ist geschehen?*«

Ulquiorra sah ihn mit unbewegter Miene an. »*Nichts, was jetzt von Interesse wäre.*«

Im Grunde war es nicht seine Art so zu sprechen. Aber Folderan war mit verantwortlich für die Dezimierung der Duonalier. Er war die Höflichkeit nicht wert.

Allerdings setzte seine schroffe Antwort Folderan sofort in Alarmbereitschaft, was Ulquiorra an seinem Gesicht ablesen konnte. Aber auch das war ihm gleichgültig.

Der Marschall musterte Tervenarius. *»Wollt Ihr mir nicht Euren Begleiter vorstellen?«*

»Entschuldigt, selbstverständlich. Das ist Tervenarius, ein Krieger der Duocarns.« Tervenarius verbeugte sich höflich.

Folderan erbleichte. *»Ihr habt es geschafft, die Duocarns zurückzuholen?«* Er schlug die Hände vor den Mund. *»Wir können hier nicht sprechen! Folgt mir bitte.«* Mit wehendem Gewand lief er voran durch etliche Gänge in eine Art Labor. *»Hier sind wir sicher.«*

»Sicher vor wem?« Ulquiorra sah ihn missbilligend an. Er musterte den älteren Mann in dem violetten Übergewand, das seiner Marschallswürde entsprach. Ihm gebührt dieses Gewand nicht, dachte er verächtlich. Ich werde versuchen, diese Begegnung abzukürzen.

Folderan starrte ihn an, fasste sich jedoch schnell wieder. *»Warum möchtet Ihr mich sprechen?«*

»Ich will Euch und Euren Bacani-Rudelführern eine Einladung zu einem Treffen mit den Duocarns und Freunden überbringen. Ein Termin, den diese nicht verpassen sollten. Im Fall des Fernbleibens werden wir alle Bacanis auf diesem Planeten vernichten.«

Marschall Folderan starrte ihn an. Dieser Satz hatte seine Wirkung nicht verfehlt. Das war eine massive und ernste Drohung. Folderan sah von ihm zu Tervenarius, der ihn abschätzend musterte.

»Bitte überbringt Eon, Rarak, Orrk und Sarrn diese Nachricht.« Ulquiorras Ton war eisig.

»Seid Ihr sicher, dass Ihr euch mit den Bacanis anlegen wollt?«, fragte der Marschall mit gerötetem Gesicht.

Ulquiorra bändigte mit Mühe seinen Groll. *»Selbstverständlich! Es ist ja wohl offensichtlich, dass unsere Führung nicht die Stärke hatte, sich der Ausrottung der eigenen Rasse entgegen zu stellen. Jemand muss etwas tun, um das zu beenden.«*

Marschall Folderan zog die Schultern ein. »*Sie haben alle Mitglieder des Duonats umgebracht. Ich musste ihren Befehlen gehorchen, sonst hätte mich dieses Schicksal ebenfalls ereilt!*«

Immer und überall hörte man die gleiche Ausrede der Schwachen und Opportunisten. Ulquiorra würdigte ihn keines Blickes mehr. Er zog einen Datenkristall aus seinem Gewand und legte ihn auf einen Tisch im Labor. Auf dem Kristall waren alle Daten für das Treffen verzeichnet.

Wortlos, mit unbewegten Gesichtern, wandten Tervenarius und er sich ab und verließen das Gebäude.

Meo hatte geplant, bis zum Abend zurück zu sein. Aber die langsame Gangart der sechsbeinigen, feisten Tiere vereitelte seine Pläne. Er fluchte und trat das vor ihm laufende Warrantz in seinen gut gepolsterten Hintern. Diese Viecher waren unglaublich störrisch und dazu noch bissig. Bei seiner Schnelligkeit hatte sie natürlich keine Chance seine Waden für einen herzhaften Biss zu erwischen.

Er hatte sich vom Verkäufer eine Pflanze ihres Lieblingsfutters mitsamt der Wurzel geben lassen. In der einen Hand ließ er diese Pflanze nun wachsen. Mit der anderen verteilte er die Blätter an die Warrantz, um sie vorwärts zu locken.

Es war schon dunkel, als er die alte Donafabrik erreichte. Er lockte die fünf Warrantz in den Innenhof und schloss schnaufend die Tür. Als er die Halle mit den geplanten Ställen betrat, musste er trotz seiner Übellaunigkeit lachen. Luzifer und Slarus saßen aneinander gelehnt in einer Ecke und schliefen. Luzifer hatte sogar noch einen Holzhammer in der Klaue, dessen Griff bereits schwarz verschmort war.

Sie hatten die Boxen tatsächlich fertigbekommen. Meo trieb die grunzenden Warrantz in eine der neuen Stallbuchten.

Luzifer schnupperte im Schlaf, schlug die glühenden Augen auf und war sofort auf den Beinen. Sein dicker Schwanz wand sich aufgeregt. »Wahnsinn!«, stieß er hervor und betrachtete die fetten, hässlichen Tiere. »Ich habe so einen Hunger!«

Slarus stand wie aus dem Boden gewachsen neben ihm. Beide sahen Meo mit flackernden Augen an.

Meodern überlegte. Er hatte zwei Männchen und drei Weibchen gekauft. »Wenn ihr eines der Männchen fresst. – Was machen wir, wenn das andere unfruchtbar ist?«

»Das und unfruchtbar?« Luzifer lachte meckernd und deutete auf die riesigen Hoden des Tieres.

»Na, meinetwegen«, seufzte Meo. »Nehmt euch das zweite Männchen.« Das war ein Satz, den er auf der Stelle bereute.

Schneller als er schauen konnte, war Luzifer in dem Koben und schlug dem Tier die Klauen in den Hals. Das Blut spritzte. Er riss es mit sich, die Reißzähne bereits in dessen Bauch verbissen. Die restlichen Warrantz stieben quiekend auseinander.

»Luzifer!« Meo schaffte es gerade noch ihn mitsamt dem Tier aus der Box zu bugsieren, und überließ die beiden Trenarden dann ihrem blutigen Festmahl.

Halia hatte gesagt Luzifer wäre unhöflich. Wenn sie das jetzt gesehen hätte! Meodern kicherte in sich hinein.

Patallia hatte mit Solutosan, Xanmeran und den beiden Königen noch lange im windgepeitschten Gras der Steppe gesessen.

Er wollte gern mehr über den Aquarianer erfahren, deshalb lud er Maurus ein, mit ihm eine kleine Runde um den See zu gehen. Er empfand den ruhigen Wassermann als seelenverwandt, ein Eindruck, der durch ihr Gespräch bestätigt wurde. Konzentriert lauschte er den Worten des außergewöhnlichen Königs, blickte tief in dessen kristalline Augen, als dieser ihm von dem Angriff auf seinen Planeten und den Strapazen der Flucht berichtete.

Maurus interessierte sich sehr für seine Forschung und hörte gebannt zu. Patallia hatte noch nie ein Wasserwesen wie ihn getroffen. Auch Maurus' Ernährung mit Silizium faszinierte ihn. Er hatte so viele Fragen. Patallia hoffte, dass die Aquarianer auf Duonalia bleiben würden, denn der Spaziergang war zu kurz um all seine Neugierde zu befriedigen. Sie waren bereits wieder am Lager der Aquarianer angekommen.

Maurus stellte ihm seine Ehefrauen vor. Patallia, der gesehen hatte, wie beschützend Maurus sein Harem behandelte, empfand dies als große Ehre. Er begrüßte die verschleierten Frauen mit freundlichen Worten, sah ihre kristallinen Augen über den zarten Schleiern lächeln und freute sich, dass er sogar Maurus jüngste Tochter auf den Arm nehmen durfte, die ihre blauen Ärmchen um seinen Hals schlang. Maurus lächelte zufrieden – er war ein Familienwesen durch und durch. Patallia stellte die Kleine auf den Boden, die zu ihrer Mutter zurückrannte. Gemeinsam setzten sie die gemächliche Wanderung fort.

»Wie hast du es nur so lange ausgehalten mit den beiden anderen zu kämpfen?« Patallia sprach aus Höflichkeit immer noch occabellar.

»Ich hatte wenig Alternativen«, entgegnete Maurus. »Sie hätten sonst mein Land besetzt, beziehungsweise meine Wasseradern, was schlimmer gewesen wäre. Ich habe nie so recht an den vierten König geglaubt. Aber es scheint zu funktionieren. Wir kämpfen nicht mehr. Nicht einmal Luzifer.« Er lächelte. »Hast du denn auch eine Frau?«

Patallia schaute ihn an. Was sollte er jetzt sagen? »Ich habe einen Partner.«

Maurus musterte ihn mit forschenden, blitzenden Augen. »Einen Mann?«

Patallia nickte.

»Mit ihm kannst du dich doch nicht vermehren!«

»Das stimmt, aber das ist uns gleichgültig.«

Das war für Maurus schwer zu verstehen. »Dann musst du ihn sehr lieben. Stell ihn mir bei Gelegenheit vor.«

Patallia lächelte und sah mit seinem geistigen Auge Smu mit Maurus sprechen. Da stießen Welten zusammen – aber warum nicht? Das passierte in der letzten Zeit sowieso andauernd.

Solutosan saß mit Arishar und Xanmeran noch lange nach dem Treffen zusammen.

Arishar blickte von ihm zu Xanmeran. Sein goldener Ohrschmuck und die Beschläge seiner gewaltigen Hörner schimmerten in der Sonne. »Ich habe bei der Versammlung vorhin nicht viel zu dem Thema gesagt, aber die Ernährung meiner Krieger macht mir Sorge. Es geht nicht nur um Luzifers Fleischbedarf. Wir jagen und essen im Moment ebenfalls Bacanis. Ich wollte auch nicht erwähnen, dass wir uns bei unserer Ankunft mit Gewalt eines der kleinen Steppendörfer angeeignet haben. Die Milch, die wir in dem Dorf vorgefunden haben, war schnell verbraucht.«

Das war schlecht und passt in keiner Weise zu den für Duonalia geplanten Gesetzen. Solutosan runzelte die Stirn. »Hattest du nicht erwähnt, dass ihr alles essen könnt? Wie ist euch die Donamilch bekommen? Würdet ihr euch davon ernähren können?«

Arishar wiegte bedenklich den Kopf. »Eine Weile sicher. Aber ich kann nicht garantieren, dass nicht irgendwann der Jagdtrieb meiner Männer durchbrechen wird.«

Solutosan verzog den Mund. »Fleisch ist auf Duonalia ein Problem. Niemand braucht es hier. Nicht, dass ich etwas dagegen habe, wenn ihr die Bacanis reduziert.« Er grinste Arishar an, der die Zähne bleckte. »Im Moment sollte das nur möglichst nicht auffallen. Es ist allerdings keine Dauerlösung, denn auch die Quinari werden, solltet ihr auf Duonalia bleiben, den Gesetzen folgen müssen, die Tötungen verbieten. Ich werde versuchen, euch Dona schicken zu lassen, in Ordnung?« Der Quinari-König nickte.

Solutosan bemerkte, dass Xan immer unruhiger wurde. Er musterte Arishar, rieb sich die roten Hände. Solutosan kannte Xanmeran gut genug, um zu wissen, dass er in dem großen, grauen Quinari mit den vielen, vernarbten Muskelpaketen einen idealen Sparringspartner witterte.

Solutosan grinste, als Xanmeran Arishar die zu erwartende Frage stellte: »Lust auf ein kleines Training?«

Arishars Augen blitzten. Er sprang auf.

»Warte, Arishar. Ich werde mich erst verabschieden«, lächelte Solutosan. »Patallia wird euch, wie abgemacht, in vier Zyklen abholen. Nehmt ruhig die Windschiffe. Die Leute sollen sich an euren Anblick gewöhnen.«

Er bezweifelte, dass die beiden Kampfhähne ihn noch gehört hatten. Solutosan schaute nach Patallia, der mit Maurus ins Gespräch vertieft war, und machte sich auf den Weg über die Steppe zum Hafen. Der milde Wind strich durch sein Haar und drückte ihm den Karateanzug an den Körper.

Er vermisste Aiden. Was hätte er ihr alles erzählen können! Sie hätte seine Hand gehalten und zu ihm aufgeblickt, während er berichtete – hätte mit ihm gelacht und geweint. Ihr hätte er sicherlich von der verhängnisvollen Begegnung mit seinem Vater erzählt. Ja, hätte …

Am Hafen angekommen, streifte er das weiße Gewand über und setzte das Barrett auf, das er am Ufer gelassen hatte. In diesem Moment schnitt das Windschiff majestätisch durch die Schleier.

David erwachte viel zu früh. Das graue Tageslicht drang nur zögernd durch das kleine Fenster ihrer Kammer auf dem östlichen Mond. Tervenarius hatte sich in die gemeinsame Decke verwickelt und sie ihm vom Leib gezogen. Aber das war ihm gleichgültig – er fror nicht. Er betrachtete seinen Geliebten, der bleich und ruhig da lag, das Gesicht entspannt und gelöst. Das silberweiße Haar verteilte sich in welligen Strähnen auf dem Kissen. Einen Moment lang hoffte David, er möge die Augen öffnen und ihn mit seinem goldenen Blick mustern. Nein, er sollte weiter schlafen. Er wollte ihn nicht mit seinen Ängsten belasten.

Der Zeitpunkt war gekommen. Sein Leben würde sich für immer verändern. Er wusste, dass auch die Möglichkeit bestand, dass ihn das Sternentor nicht akzeptieren oder vielleicht sogar töten würde.

David nahm eine Strähne von Tervenarius' weichem Haar in die Hand und streichelte sie. Er fürchtete sich nicht vor dem Tod. Er hatte lediglich Angst, seinem Geliebten Kummer zu bereiten. Er konnte sich nicht vorstellen, was das Sternentor mit ihm machen würde. Wenn es ihn tötete, wäre Tervenarius mit seiner Trauer allein. Wenn er den Durchgang nicht wagte, musste er ihn in spätestens siebzig Jahren verlassen. Sie hatten die Möglichkeit nach Sublimar zu gehen, wo die Zeit langsamer verging, aber wäre das die Lösung?

Tervs Berichte über Sublimar hörten sich an wie ein Märchen. So lange hatte sein Liebster nichts über seine Herkunft gewusst, gedacht, er wäre ein im Labor gezeugter Hybride. Es war anzunehmen, dass er der Sohn des auranischen Sumpffürsten war, was gut zu seiner fungiden Genetik passte. David fragte sich, ob Tervenarius sich durch diese neue Erkenntnis entwurzelt fühlte. Duonalia war nicht sein Heimatplanet.

Wo war Terv zu Hause? David lächelte, als er das dachte. Er wusste, was Tervenarius ihm auf diese Frage antworten würde. Er würde ihn in seine Arme nehmen und küssen. Ja, auch David fühlte sich dort zu Hause, wo sein Geliebter war. Die Erde, Duonalia, Sublimar und die neuen Erkenntnisse über einen Planeten namens Occabellar. Es gab so viele Welten mit verschiedenen Lebewesen. Sein eigener Horizont hatte sich durch Tervenarius erweitert. Aber ging dieser nun wirklich schon so weit, die Unsterblichkeit in Erwägung zu ziehen?

David lehnte sich ins Kissen zurück. Er musste sich eingestehen – er hatte Angst. Er fürchtete sich vor seinem eigenen Mut, der ihn mit Terv den heutigen Tag hatte planen lassen. Beklommenheit und Sorge legten sich wie ein graues Gespenst über ihr Bett.

Tervenarius schlug augenblicklich die Augen auf. »David?« Er drehte sich zu ihm, musterte ihn besorgt mit dunkel-goldenem Blick. »Komm her!« Terv zog ihn nah an sich heran. »Hab keine Angst«, flüsterte er und strich ihm zärtlich über das Haar.

David schmiegte sich an ihn. »Hast du dich durch das Tor verändert? Ich meine – warst du schon so, wie du heute bist?«

Tervenarius drückte Davids Kopf an seine Brust und überlegte. »Ich habe mich körperlich und geistig gewandelt. Mein Leib ist durch das Sternentor unsterblich geworden, die Zeit wurde angehalten. Ich habe mich seitdem nicht mehr verändert. Und die Seele?« Terv streichelte ihn, ohne ihn anzublicken. »Ich habe mich weiterentwickelt, denn man lernt ja weiterhin, macht Erfahrungen. Man weiß, dass das Wissen, das man sich aneignet, für immer ist. Das ist der große Unterschied zum begrenzten Dasein. Um in einem unsterblichen Körper mit einer immerwährenden Seele die Zeit zu überdauern, muss man sehr stark sein, denn die Seele ist und bleibt verletzlich. Ich will dir nicht verschweigen, dass es auch Zeiten gab, an denen ich völlig verzweifelt war und meine Unvergänglichkeit als Fluch empfunden habe. Was mir in diesem Moment geholfen hat, war die Gemeinschaft der Duocarns. Ich war nie allein mit meinem Problem. Die anderen haben mit mir gefühlt.«

David lauschte Tervs Worten – nicht nur mit den Ohren, sondern auch mit dem Herzen. »Ich will bei dir sein und dir eine ebensolche Stütze sein wie Solutosan, Patallia, Meodern und Xan. Ich bin stark. Vielleicht sogar stärker als du denkst. Ich fürchte nur das Ungewisse der Veränderung.«

»Ja, David, alles ist möglich. Das Tor ist ein Mysterium. Du musst dir klar darüber sein, dass du ein Risiko eingehst. Möchtest du es trotzdem? Noch kannst du nein sagen.«

David schüttelte den Kopf. »Ich vertraue darauf, dass das Schicksal es gut mit mir meint. Es hat dich geschickt, als ich am Ende war. Ich werde diesen Neuanfang wagen, denn es wird eindeutig ein neues Leben sein. Auch ich bin danach nicht alleine.«

Terv schlang die Arme fester um ihn. »Ja, ich bin für dich da. Ich und die anderen Duocarns.«

David küsste Tervs weiche Haut auf dessen Brust sanft, wanderte mit den Lippen höher, seinen weißen, kräftigen Hals hinauf, beendete die Erkundung auf seinem Mund. Er fühlte, wie Erregung ihn erfasste.

»Nein, David, schau es ist schon Tag.«

Terv hatte recht. Inzwischen drangen helle Strahlen durch das Fenster. »Da du dich nun endgültig entschieden hast, lass uns aufstehen. Ich möchte dich gerne vorbereiten.«

Tervenarius packte einige Dinge in eine geflochtene Tasche und streifte sein Gewand über. Er trug mit Vorliebe immer noch das weiße Serica-Gewand, das er aus Sublimar mitgebracht hatte. Er holte zwei Becher Dona aus dem Vorratsraum und ein Stück Donakuchen für David, von dem er wusste, dass er ihn mochte. David bekam kaum einen Bissen herunter und Terv drängte ihn nicht. Er hatte inzwischen wieder zugenommen und sein Körper war wohlgeformt, wie zu der Zeit, als sie sich kennengelernt hatten.

Sie traten, ohne einem der anderen Bewohner zu begegnen, aus der alten Donafabrik und wanderten die sonnenbeschienenen Steinwege bis zu einem Transportband. Tervenarius führte ihn. Sie wechselten mehrmals das Band, nahmen den schmalen Pfad, bis zu einem der kleinen duonalischen Seen. Das Wasser lag ruhig, von bunten Schleiern bedeckt. Am Rand wucherten weiß blühende Binsen.

David sah Tervenarius forschend von der Seite an. Was hatte er vor? Der lächelte nur, das Gesicht beherrscht und konzentriert, trat zu David und zog ihm sein Gewand über den Kopf. Sicher geleitete Terv ihn durch eine schmale Lücke in den Pflanzen ins Wasser. Der Untergrund war sandig und weich. Davids Füße gruben sich leicht ein. Das kühle Nass umschmeichelte seinen Leib. Terv, immer noch in seinem Serica-Gewand, führte ihn weiter, bis der Wasserspiegel an seinen Bauchnabel reichte. Das weiche Tuch, das sein Geliebter benutzte, um ihn zu waschen, glitt über seine Haut. Langsam und konzentriert ließ er ihm das Wasser sanft über den Kopf laufen. Wie bei einer Taufe, dachte David. Tervenarius zelebrierte ein Ritual und seine feierliche Stimmung floss auch auf David über. Sein Geliebter beendete die Waschung und führte ihn aus dem See.

Tervenarius tupfte seine Haut mit einem Tuch trocken und begann, ihn mit einer weichen Substanz zu salben, die er aus einem Trinkbecher strich. Er fing beim Gesicht an und rieb mit unbewegter Miene seinen ganzen Körper ein. David sog den Duft ein. Die Salbe roch nach Marzipan und Veilchen. Das war Tervenarius' Duft. Davids Herz schlug schneller. Er gab ihm seine Pilzsporen. Was hatte das zu bedeuten? Es konnte nur eines heißen: Tervenarius markierte ihn als sein Eigentum. David schluckte. Er würde von den Sporen seines Geliebten geschützt durch das Tor treten.

Tervenarius zog ihm ein frisches Dona-Gewand über den Kopf und ein zusätzliches, rotes, halb durchsichtiges Übergewand. Die Farben der Übergewänder auf Duonalia hatten einen Sinn, aber David kannte nicht alle. »Welche Bedeutung hat rot?«, flüsterte er.

Terv lächelte. »Rot wird bei Hochzeiten getragen, es ist, wie auf der Erde, die Farbe der Liebe.«

Die Waschung, die Sporen, die Liebeserklärung – das war alles ein bisschen viel. David wurde schwindelig, von seinen Gefühlen übermannt. Er schwankte. Tervenarius nahm ihn in die Arme und wiegte ihn, bis er sich gefasst hatte. Hand in Hand schritten sie den Weg zurück. Sie hatten eine Verabredung mit den anderen Unsterblichen – und natürlich mit dem Sternentor.

David sah es schon von weitem. Das Tor stand trutzig und stark auf seinem grauen Felsen und blickte in Richtung der Monde. Das magische, schmucklose Steintor strahlte eine erhabene Würde aus, die sämtliche Wesen um es herum verstummen ließ. Auch David schritt langsam und still an Tervenarius' Seite die Stufen der gewaltigen Steintreppe hinauf und ging mutig auf das Tor zu.

Sie hatten eine spirituelle Stunde gewählt – die, in der alle Monde Duonalias in einer Reihe standen und die Sonne verdeckten.

Tervenarius war zu seinen Freunden getreten, nachdem er ihm noch einmal aufmunternd die Hand auf den Arm gelegt hatte. Tervenarius trug weiterhin sein, inzwischen trockenes, weißglänzendes Gewand aus Serica, während die vier Duocarns sich in weite Gewänder aus Dona-Faser gehüllt hatten. David blickte in ihre feierlichen, ernsten Gesichter.

David stand alleine vor dem Tor. Gleich würde er den Schritt wagen. Tervenarius hatte sich auf der anderen Seite postiert. David konnte ihn durch den Torbogen sehen – blickte in seine Augen, die nun vor Anspannung tiefgolden schimmerten. Solutosan und Xanmeran auf der einen, Patallia und Meodern auf der gegenüberliegenden Seite, schlossen den Kreis.

Patallia erhob seinen schönen Bariton und sang das Lied von der Geschichte Duonalias – wie die Göttin Sanmarena sie alle geschaffen und mit zwei Gaben ausgestattet hatte. Es erzählte von den vier Monden, den Schleiern und den Windschiffen. Die anderen Unsterblichen stimmten mit ein. Ihre Stimmen schienen sich an der Steinfläche des Tores zu bündeln und zu vereinigen. Auch er, David, wollte nun ein Teil dieser Gemeinschaft werden.

David blickte Tervenarius in die Augen und machte einen Schritt nach vorne.

Er stand in seiner Wohnung auf der Erde, vor seinem Aquarium mit dem giftigen Steinfisch. Nein, es war ein anderer Behälter, denn dieser war gefüllt mit einer silbernen Flüssigkeit. War der Fisch darin? David beugte sich neugierig nach vorne, näher an die schimmernde Oberfläche. Er spiegelte sich in der sanft wallenden Materie. Nein, es war nicht sein Gesicht. Es war Tervenarius, den er sah. Der hielt die Augen geschlossen. David versank in seinem Anblick. Kam der Fläche näher. Tervenarius öffnete die Augen. Sie schimmerten silbern, wie die spiegelnde Fläche. David legte den Kopf schief. Warum waren seine Augen plötzlich silbern? Sein Geliebter schloss die Lider. David neigte sich weiter vor, um ihn zu erreichen. Er wollte Tervs Augenlider küssen. Wollte ihnen das Gold zurückgeben. Seine Lippen berührten die Oberfläche. Jemand sang. Das Lied erstarb. David stürzte nach vorn. In die Flüssigkeit? Nein, er lag vor dem Sternentor auf Duonalia. War er durch das Tor gegangen? Gestalten knieten neben ihm. Tervenarius? Es waren Patallia und Tervenarius. Er fühlte ihre Berührungen auf sich.

»Die Verwandlung ist durchgeführt«, stellte Patallia leise fest. »Das ist kein Blut mehr in seinen Adern. Es ist« – er stockte, als würde er seinen eigenen Worten nicht glauben – »Quecksilber!«

David hörte, wie Tervenarius neben ihm erstaunt die Luft ansog. »Schau mich an, David!« Seine Stimme war voller Sorge. »Bitte David, sieh mich an!« Mit Mühe hob David den Blick. Seine Lider fühlten sich schwer an, wie aus Blei.

»Ihr Götter!« Tervenarius klammerte sich an seine Hand. »Du hast silberblaue Augen! Wunderschön«, flüsterte Terv.

»Und einen silbernen Irisring«, bemerkte Patallia mit schief gelegtem Kopf. »Wie fühlst du dich?«

»Bin ich durch das Tor gegangen?«, fragte David. »Ich war auf der Erde.« Jetzt erschien ihm das Ganze ungeheuerlich.

Alle Duocarns knieten um ihn auf den Steinstufen.

»Ich habe Quecksilber in den Adern?«

Meodern half ihm sich aufzusetzen. Er wankte. Sein Körper fühlte sich taub und unwirklich an, als gehöre er ihm nicht. Er versuchte, die schweren Arme zu heben.

Patallia nickte. »Niemand von uns hat menschliches Blut in den Adern, David.«

»Was kann das Quecksilber für Folgen haben, Patallia?«, fragte Tervenarius immer noch besorgt.

»Gute elektrische- oder Wärme-Leitfähigkeit zum Beispiel, leichte Giftigkeit.« Stille.

»Ihr Götter – jetzt seid ihr einander ebenbürtig!« Meodern sah grinsend von David zu Tervenarius.

Solutosan half David auf die Beine. Der Chef der Duocarns legte feierlich die Hände auf seine Schultern. »Dein Name passt nun nicht mehr zu dir. Du wirst von heute an Mercuran heißen.« Er ließ die Arme sinken und lächelte.

Mercuran schwankte leicht und rang um Selbstkontrolle. Aber er bewegte sich nacheinander auf jeden einzelnen der Krieger zu, um ihn zu umarmen und zu danken. Zuletzt zog er Tervenarius nah zu sich und sie versanken in einem tiefen Kuss.

Meodern klatschte als Erster, dann folgten die anderen. Ihr Händeklatschen hallte an der Steinfläche des Tores wider.

Da Meodern die Betreuung der Trenarden begonnen hatte, fühlte er sich weiterhin ein wenig verantwortlich für Luzifer und Slarus. Er hatte den beiden vorgeschlagen, den freien Teil der Warrantz-Halle abzutrennen, um einen Wohnbereich einzurichten. Er hatte natürlich keine Ahnung gehabt, wie Trenarden normalerweise wohnten. Erst als er Luzifer und Slarus eimerweise Steine in diesen Bereich schleppen sah, fiel ihm auf, dass sich deren Wohnstil von seinen unterschied.

»Und wo schläfst du?«, erkundigte er sich bei Luzifer. Der deutete mit der Klaue auf eine Kuhle in den Steinen, die bereits geschwärzt war.

»Kleiderschrank?«, fragte Meo.

Luzifer zeigte auf ein paar Nägel, die er in die Wand geschlagen hatte und an denen seine Rüstung und seine Kettenhemdstücke hingen. Eines hatte er, wie immer, an einer Kette um die Hüften, zwischen den Beinen.

»Ah ja«, sagte Meo schwach.

»Wie ist es mit einer Art von Reinigung?«

»Och, das machen wir gegenseitig«, grinste Luzifer.

Meo war sich nicht sicher, ob er das im Detail wissen wollte, aber Slarus fuhr Luzifer mit flammender Zunge über den Rücken und lachte.

Jetzt musste Meo doch einmal nachfragen: »Und wo bleiben die Reste eurer blutigen Mahlzeiten?«

Luzifer deutete auf einige Haufen Kohle in der Ecke. »Kann man noch zum Heizen nehmen«, keckerte er.

Meo war baff. Die Trenarden hatten ihr Leben wirklich vereinfacht.

»Und wie sehen eure Weibchen aus?«

»So wie wir.«

»Genauso?«

»Nee, natürlich nicht. Zwischen den Beinen anders.«

Wunderte ihn das jetzt?

»Und ihr seid lebendgebärend?« Während er das noch fragte, fiel ihm auf, dass diese Art sich zu vermehren ja eine gewisse Fürsorge für den Nachwuchs mit einschloss.

»Nein, Eier. Die brauchen nur gelegt zu werden. Wenn der Trenarde schlüpft, ist er sofort fertig und will fressen. Ich sag dir, die Jungen futtern alles, das nicht rechtzeitig auf den Bäumen ist!«

»Wenn sie die Bäume nicht vorher abgefackelt haben«, grinste Slarus.

Meo kratzte sich am Kopf. »Aber du findest Halia offensichtlich gut. Was willst du denn mit ihr? Sie ist doch überhaupt nicht feuerfest.«

»Bist du dir da sicher?«, fragte Luzifer neugierig.

Nein, Meo wusste es nicht genau. Das Sternenkind – eigentlich war sie ja jetzt ein Sternenmädchen – konnte durch ihren Staub vielleicht tatsächlich hitzeresistent sein.

»Aber ich habe wohl bei ihr keine Chance«, bekannte Luzifer traurig. »Ich bin unhöflich.« Dieser Satz hatte ihm offensichtlich schwer zugesetzt.

»Luzifer, ich glaube, es liegt nicht nur an deiner mangelnden Höflichkeit, dass du bei ihr nicht landen kannst.«

»Wirklich?«

Meo nickte. »Halia legt garantiert Wert auf Bildung, sauberes Äußeres ...«

»Ich bin sauber«, eiferte sich Luzifer.

»Na ja, ich meinte damit zum Beispiel auch ordentliche Tischmanieren – du benutzt ja nicht mal einen Tisch.«

Das gab Luzifer zu denken. »Kannst du mir das nicht beibringen?«

»Nee!« Meo lachte. »Da bist du bei mir völlig falsch. So etwas wissen weibliche Wesen am besten. Bitte eine Frau darum.«

Luzifer überlegte. »Ich frage Maureen«, beschloss er.

Na, die wird sich freuen, dachte Meodern.

Maureen betrachtete den schwarzen Kerl misstrauisch, der es sich auf der seitlichen Bank der Trainingshalle bequem gemacht hatte. Sie überlegte zunächst, ob sie Xanmeran zu Hilfe rufen sollte. Aber der Teufel verhielt sich ruhig und schien auf irgendetwas zu warten. Nachdem sich ihre Schüler verabschiedet hatten, schritt Maureen mutig auf ihn zu.

»Wartest du auf jemanden?«

Luzifer nickte. »Ja, auf dich. Ich wollte dich etwas fragen.« Er erhob sich und verbeugte sich höflich. »Ich bin König Luzifer vom Planeten Occabellar!«

Maureen blinzelte. Irgendwie hatte sie sich Könige anders vorgestellt.

»Glaubst du mir?«

»Nein«, antwortete Maureen ehrlich.

»Warum nicht?«

Maureen dachte kurz nach. »Von Königen erwartet man einige Dinge, wie zum Beispiel ein gewisses Alter, Ernsthaftigkeit, distinguiertes Verhalten und Würde.«

»Und du glaubst, das besitze ich nicht?«, fragte Luzifer lauernd.

Maureen zog die Brauen zusammen. Sie wollte sich diesen Flammenteufel nicht zum Feind machen. »Ich weiß es ehrlich gesagt nicht. Du entsprichst nicht der landläufigen Vorstellung.«

Luzifer überlegte. »Ich würde gerne wie ein König wirken und auch höflich sein, aber ich weiß nicht wie. Kannst du mir nicht helfen, das zu lernen?«

»Ich?« Maureen lachte. »Ich bin Karatetrainerin und keine Lehrerin für gesittete Verhaltensformen.«

»Aber du weißt, wie gutes Benehmen geht«, bohrte Luzifer weiter.

Maureen schaute ihn an. Xanmeran hatte bereits mit ihr über das Problem Luzifer gesprochen. Aufgrund seines rüden Verhaltens wusste niemand so recht wohin mit ihm. Er würde auf jedem Planeten anecken. Jetzt kam er ausgerechnet zu ihr und war lernwillig.

In Maureen meldete sich ihr soziales Herz. Er sah sie mit seinen Flammenaugen bittend an.

»Na okay«, sie konnte ihn nicht einfach so abweisen. »Ich gebe dir ab und zu Unterricht.«

»Was heißt ab und zu?«

Maureen überlegte. »Alle drei Sonnenzyklen habe ich einen Anfängerkurs in Karate. Du darfst dabei zuschauen und lernen. Danach bringe ich dir immer etwas gutes Benehmen bei.«

Luzifer sprang strahlend auf. Sein Schwanz schlug heftig und die lange Zunge züngelte feurig. Die rote Mähne flog, als er auf sie zueilte.

Maureen nahm seine eigene Wucht, packte ihn und schmiss den überraschten Trenarden auf die Matte. »So viel Dank brauche ich nicht«, stellte sie fest.

»Du wirst nicht glauben, was heute passiert ist.« Maureen saß am Abend auf einem Polster in ihrem Wohnzimmer, eng an Xanmeran gelehnt.

»Luzifer hat mich gebeten, ihm Benimm-Unterricht zu geben, denn er will lernen, sich wie ein König zu verhalten.«

Xan grinste. »Und, wirst du es tun?«

»Ich möchte ihm und vor allem uns helfen. Wenn er versteht, was von ihm gesellschaftlich erwartet wird, sollte er kein Problem mehr sein. Egal auf welchem Planeten.«

Xanmeran nickte und streichelte ihr in dem dünnen Gewand sanft über die Brustwarzen.

»Du hast mich gezähmt, warum nicht auch ihn.«

Maureen spürte, wie sich ihre Brust automatisch seiner Hand entgegen reckte.

»Seit wann habe ich dich gezähmt?«, lächelte sie. »Ich will dich doch gar nicht zahm!«

Und schon schob sich seine große, rote Hand unter ihr Gewand und sein fordernder Mund lag auf ihrem. Das Thema Zähmung hatte sich erledigt.

Ulquiorra war zufrieden. Das Dorf Tatra, ebenfalls auf dem östlichen Mond gelegen, konnte von den Bewohnern der Duocarns-Basis leicht zu Fuß erreicht werden. Solutosan hatte diesen Treffpunkt vorausschauend gewählt. Die Duocarns bauten einen Tag vor dem Treffen ein großes, weißes Zelt in der Nähe des Dorfes auf und legten dessen Boden mit groben Donafaser-Matten aus.

Ulquiorra, die fünf Duocarns, Mercuran, Luzifer und Slarus hatten den Treffpunkt pünktlich erreicht. Ulquiorra war unabsichtlich Zeuge eines kleinen Disputs zwischen Patallia und Smu geworden. Patallia hatte den widerspenstigen Smu dazu überredet mit Maureen in der Karateschule zu bleiben. Bei dem, was nun an gigantischen Kräften versammelt war, hatte er zu Recht Angst um ihn, fand Ulquiorra. Auch ihm, dem Gelehrten, war bei einem Blick auf das Aufgebot an kampfbereiten Männern etwas unwohl.

Maurus hatte von seinen acht verbliebenen Leuten zwei an seiner Seite. Arishar war mit dreizehn seiner Krieger rund um das Zelt in Stellung gegangen. Die Quinari, wie üblich nur im Lendenschurz mit ihrer roten Körperbemalung, hielten mit finsterer Miene die Position.

Arishar, Maurus, Luzifer und Slarus waren voll und sehr eindrucksvoll gerüstet. Ihre Waffen blitzten und glänzten bei jeder ihrer Bewegungen. Die Duonalier trugen weiße Dona-Gewänder, die im Wind flatterten.

Erwartungsvoll stand Ulquiorra am Eingang des Zeltes und beobachtete die Ankunft ihrer Verhandlungspartner. Die vier Bacani-Führer erschienen, ebenfalls mit Gewändern bekleidet, in ihrer zweibeinigen Gestalt. Sie hatten um die zwanzig verwandelte, pelzige Bacani-Männer um sich geschart. Marschall Folderan, mit angespannter Miene, befand sich in ihrer Mitte.

Die Bacanis stiegen vom Transportband und musterten mit starren Gesichtern das Aufgebot an Kriegern der ihnen fremden Rassen. Gefasst schritten sie vorwärts zum Zelt. Sechs Bacanis begleiteten die Führer, während sich der Rest im weiten Kreis um das Zelt postierte. Sie betrachteten die Quinari misstrauisch.

Ulquiorra ging ihnen entgegen und geleitete sie tiefer ins Innere des Zeltes, in dem die Duocarns auf sie warteten. Eon, Rarak, Orrk und Sarrn verbeugten sich, was die Duocarns erwiderten. Eon war augenscheinlich ihr Wortführer. Er trat ein Stück nach vorne. Bevor er etwas sagen konnte, drängte sich Marschall Folderan in den Vordergrund.

»Ulquiorra, Ihr müsst uns erklären, was die vielen fremdartigen Lebewesen draußen mit unserer Sache zu tun haben.«

Eon fuhr die Krallen aus und wollte sie in Folderans Hals schlagen, als ihn Sarrn am Ärmel packte und langsam den Kopf schüttelte.

Ulquiorra tat, als hätte er ihn nicht gehört. »Ich begrüße Euch. Ich bin Ulquiorra, Atomphysiker im Silentium und Sohn des Duocarns-Kriegers Xanmeran.« Er deutete auf seinen Vater.

Jetzt erst schienen die Bacani-Rudelführer die Duocarns richtig wahrzunehmen.

»Wir haben nicht glauben können, was auf Eurer Einladung zu diesem Treffen geschrieben stand, denn allgemein gelten die Duocarns als verschollen.« Eons Stimme klang etwas unsicher.

Ulquiorra blickte ihm fest in die Augen. »Sie waren verschollen, das ist richtig, aber sind, nachdem sie von der Ausrottung ihres Volkes durch die Bacanis erfahren haben, wieder zurückgekehrt.«

Eon räusperte sich. »Ich würde es nicht als Ausrottung bezeichnen, sondern als Selektion.«

Solutosan ballte die Fäuste und mischte sich ein. »Wer hat den Bacanis die Erlaubnis gegeben, auf Duonalia ein Volk zu „selektieren“?«

Eon blickte Solutosan kalt an. »Ich würde sagen, es war das Recht des Stärkeren.«

»Nun«, ergriff Ulquiorra wieder das Wort. Er wollte sich keinesfalls provozieren lassen. »Heute ist der Tag, an dem wir dieses Recht erneut überprüfen, denn die Bacanis werden lernen müssen, dass sie es verwirkt haben.«

Die Rudelführer wechselten bedeutsame Blicke.

Er ließ sich nicht irritieren. »Ich würde vorschlagen, dass wir uns setzen.«

Eine kurze Pause entstand, in der sich die Anwesenden auf die Matten niederließen. Die Rudelführer saßen den Duocarns, Ulquiorra in der Mitte, gegenüber. Die restlichen Bacanis mit Folderan nahmen hinter den Rudelführern Platz. Die drei fremden Könige hielten sich im Hintergrund.

Ulquiorra fuhr fort. »Wir werden einer weiteren „Selektion“ unseres Volkes nicht mehr tatenlos zusehen. Wir schätzen die Bacani-Population auf zweihunderttausend, während noch etwa zwanzigtausend Duonalier am Leben sind.«

Eon wollte etwas sagen, aber Ulquiorra hob die Hand. »Wir haben ein Mittel zur Verfügung, um sämtliche Bacanis auf diesem Planeten auszulöschen. Es handelt sich um ein Virus, das die bacanische Spiralvene und die Geschlechtsorgane innerhalb kürzester Zeit mumifizieren lässt.«

Die Bacanis steckten die Köpfe zusammen und tuschelten. Eon, mit ernstem und beunruhigtem Gesicht, ergriff wieder das Wort. »Es gibt eine Überlieferung, in der von einer solchen Krankheit die Rede ist, sie gilt jedoch als ausgestorben.«

»Jetzt nicht mehr.« Ulquiorra zog die Augenbrauen zusammen. »Ihr könnt sicher sein, dass wir nicht zögern werden, das Virus einzusetzen. – Aber Massenvernichtung ist nicht, was wir wollen.«

»Was wollt Ihr?« Es war nun Orrk, der sprach.

»Gesetze! Und den Willen der bacanischen Führung, sich daran zu halten, beziehungsweise sie bei den eigenen Leuten durchzusetzen!« Die Bacanis blickten sich an.

»Wir haben eine Gesetzesvorlage erstellt, die Dinge wie Mord, Diebstahl, Entführung und Vergewaltigung unter Strafe stellt. Wir werden diese Gesetze allgemeingültig für Duonalia erlassen.« Ulquiorra sprach mit Nachdruck.

»Wagt Ihr Euch da nicht ein bisschen zu weit vor, mein Freund?«, ließ sich Folderan mit hämischer Stimme vernehmen.

Rarak drehte sich zu ihm um und zog ihm ohne Verzögerung die Klaue über den Kehlkopf. Folderan griff sich mit geweiteten Augen an die Kehle und brach zusammen. Das Ganze war in Sekundenschnelle geschehen. Keiner der Anwesenden sagte etwas – nur das verebbende Röcheln des Marschalls durchbrach die Stille. Dann war er verstummt. Ulquiorra schluckte. Er wusste, niemand würde sich für die feige Puppe der Bacanis einsetzen, geschweige denn seinen Tod verurteilen. Er selbst hätte sich allerdings gewünscht, dieser Hinrichtung nicht beiwohnen zu müssen.

Die Duocarns sahen sich an – Solutosan kratzte sich am Kopf. Die Verhandlungen wurden fortgesetzt. Zwei Bacanis schafften Folderan aus dem Zelt, hinterließen dabei eine Blutspur.

Ulquiorra stand auf und überreichte jedem der Bacani-Führer eine Ausfertigung der Gesetzesvorlage.

»Wir werden sie studieren«, nickte Eon. »Ich schlage vor, die Verhandlungen in einem viertel Zyklus fortzusetzen.«

Das war eine angemessene Zeitspanne und für die Verhandlungspartner in Ordnung.

»Bevor wir die Gesetze in Augenschein nehmen, möchte ich noch wissen, was es mit den fremden Kriegern auf sich hat«, fuhr Eon fort.

Ulquiorra erhob sich und nickte den drei Königen zu. Die marschierten waffenklirrend zu den Bacanis, die sofort aufstanden. Ulquiorra übernahm die Vorstellung der Parteien. Die Rudelführer ließen sich nieder. Die Könige hockten sich lediglich, jederzeit sprungbereit, auf die Fersen.

Arishar ergriff das Wort. »Wir sind hier um Klage zu erheben, denn Eure Leute haben unseren Planeten Occabellar angegriffen, Millionen mit Massenvernichtungswaffen getötet und den Planeten auf lange Zeit verstrahlt. Wir wollen die Verantwortlichen überstellt bekommen und über sie richten.«

Nun entstand Unruhe bei den Bacanis. »Wir müssen uns einen Moment beraten.« Sie standen auf, zogen sich in eine Ecke des Zeltes zurück, und diskutierten dort heftig aber leise.

»Nein!«, brüllte Sarrn. Die anderen Rudelführer redeten beschwörend auf ihn ein. Sarrn gestikulierte – Panik im Gesicht.

Eon winkte vier Bacanis, die Sarrn sofort flankierten. Die drei Führer kamen zur Zeltmitte zurück und nahmen Platz. Ihre Blicke irrten immer wieder zu Sarrn.

»Sarrns Sohn Pak leitet die Raumstation. Wie es aussieht, hat er sich über den Willen seines Vaters hinweg gesetzt und ist losgeflogen, um eine neu entwickelte Bombe zu testen«, klärte Eon sie auf.

»Wir wollen diesen Pak und die Raumschiff-Besatzung, samt ihren Familien«, ließ sich Arishar zähnefletschend vernehmen. Luzifer neben ihm knurrte und schlug mit dem Schwanz.

»Das werden um die einhundert Personen sein«, antwortete Eon tonlos.

»Wirklich?«, fragte Arishar sarkastisch. »Alternativ könnt ihr das Virus um die Ohren bekommen oder sofort eure Köpfe verlieren!« Seine gelben Augen funkelten bedrohlich.

»Wir werden die betreffenden Personen herbeischaffen lassen. Dafür brauchen wir einen halben Zyklus.«

»Wir haben Zeit«, zischte Arishar und Luzifer nickte. Maurus betrachtete die ganze Szene mit ungerührtem Gesicht.

Solutosan stand auf, näherte sich den Königen und setzte sich neben sie. »War in dem Orakel nicht der Rede davon, dass das Morden aufhört, wenn der vierte König zu euch stößt? Die Besatzung des Raumschiffs hat ausschließlich Befehle befolgt.«

Maurus, Arishar und Luzifer blickten sich lange an, wechselten ein paar kurze Sätze auf occabellar. »Wir verzichten auf die Familien, werden die Crew lediglich bestrafen, aber bestehen auf den Tod des Befehlshabers!« Maurus sah die Bacanis an.

Arishars Kampfbereitschaft und Ernsthaftigkeit gepaart mit der Fremdheit seines Wesens, ließ Eon schlucken. »So sei es! Wir werden den Gesetzentwurf prüfen und Pak und die Besatzung des Raumschiffs in einem halben Zyklus überstellen.«

Ulquiorra, der seine Hände um sein Datenbrett gekrampft hatte, atmete hörbar auf. Maurus drehte ihm das zartblaue Gesicht zu und nickte. Seine Kristallaugen glitzerten.

Nachdem die Bacanis sich vor das Zelt zurückgezogen hatten, um ihre Dinge zu regeln, nahm Solutosan Ulquiorra zur Seite. »*Ich habe den Gesetzentwurf gelesen. Aber wie stellst du dir die zukünftige Regierung vor?*«

Ulquiorra setzte sich auf die Matte. »*Das Duonat sollte wieder eingesetzt werden. Dieses Mal bestehend aus drei Duonaliern* und drei Bacanis. *Das Duonat wird dann einen Marschall aus den eigenen Reihen für eine gewisse Amtszeit bestimmen.«*

Solutosan nickte. Das hörte sich gut an.

Ulquiorra fuhr fort. *»Auf irgendeine Art brauchen wir einen Neustart. Wir müssen Wahlen organisieren, um das Duonat vom Volk wählen zu lassen. Ich glaube, dass wir im Silentium genügend fähige Leute haben.«*

»Das klingt nach Demokratie und einer Menge Arbeit«, gab Solutosan zu bedenken.

»Warum fragst du? Möchtest du dich mit einbringen?«

Solutosan lachte. *»Nein, ich kenne meinen Platz. Die Duocarns werden dem Duonat als eine Art Krisenmanagement zur Verfügung stehen. Unser Schwur, Duonalia zu schützen, steht - auch wenn wir nicht erwartet hätten, dass Duonalia einmal hauptsächlich von Bacanis bevölkert wäre.«*

Ulquiorra nickte bedächtig. *»Und von Quinari - vergiss sie nicht. Da sind jetzt fünfzehn neue, unverheiratete Männer auf Duonalia.«*

»Ich weiß nicht, ob sie hierbleiben werden, Ulquiorra.«

Ulquiorra strich sich mit dem Armstumpf über das lange, schwarze Haar. *»Wo sollen sie denn sonst hin? Auf der Erde würde man sie höchstwahrscheinlich als Aliens sezieren. Auf Sublimar können sie nur schwer leben, denn ein Wasserplanet ist kaum das Richtige. - Nein. Ich hatte die Idee, dass man sie vielleicht als eine Art Gesetzeshüter auf Duonalia einsetzen könnte. Sie sind trainierte Kämpfer und wären gewiss, nach Einführung in die Rechtslage, fähig, diese Gesetze zu schützen.«*

»Dafür müssen sie aber erst einmal ihren Hass auf die Bacanis überwinden«, gab Solutosan zu bedenken.

»Die Bestrafung der Besatzung sowie der Tod des Befehlshabers werden dazu beitragen, Solutosan.«

»Und unsere Rache? Wo bleibt die?«

Ulquiorra blickte ihn prüfend an. *»Sind wir nicht eigentlich darüber hinaus, uns rächen zu wollen? Wir sind klug genug zu wissen, was Rachegefühle anrichten. Sie schaden nur der eigenen Seele.«*

Das war die Antwort, die er von seinem Freund erwartet hatte. Solutosan reichte Ulquiorra die Hand und drückte sie. *»Ich werde dich in das Duonat wählen.«*

»Danke, Solutosan. Ich werde deine Unterstützung brauchen.« Sie lächelten sich an.

Solutosan schlenderte aus dem Zelt und gesellte sich zu Tervenarius und Mercuran, die sich nicht weit davon auf der Grasfläche niedergelassen hatten.

Solutosan setzte sich zu ihnen. Er sprach laut, damit Mercuran ihn verstehen konnte. »Ich hätte nicht erwartet, die Bacanis so diplomatisch zu erleben. Waren sie nicht die ganze Zeit eine Energie saugende, unkontrollierbare Bande?« Interessiert beobachtete er Xanmeran und Arishar, die in einer flachen Senke die Wartezeit für einen kleinen Ringkampf nutzten.

»Ich denke, wenn sie sich auf ihre eigenen Werte besinnen«, wandte Tervenarius ein, »ist bei ihnen ebenfalls die Harmonie wiederhergestellt. Mit eigenen Werten meine ich hauptsächlich die Nahrungsmütter. Wenn ein Rudel samt der Mutter intakt ist, fehlt ihm nichts und die Ausgeglichenheit ist da. Sie werden begreifen müssen, dass sie nun mit Gesetzen leben, die ihnen verbieten den Duonaliern zu schaden und deren Energien zu saugen.«

»Und was ist, wenn sie dagegen verstoßen?«, fragte Mercuran.

»Ich kenne die Gesetzesvorlage noch nicht im Einzelnen«, antwortete Solutosan, »aber ich denke, es sind Strafen vorgesehen, die ein weiteres Saugen verhindern – wie zum Beispiel Amputation der Spiralvene.«

»Eigentlich bräuchten sie die Energien der Duonalier nicht zum Leben, oder?«, fragte Mercuran. »Sie sind also für die Bacanis eine reine Droge – ein Genussmittel.«

»Ja, sie sind ein Genussmittel, Geliebter«, antwortete Tervenarius mit einem rauen Unterton in der Stimme.

Solutosan blickte von einem Mann zum anderen. Er sah deren sehnsüchtige Blicke und war sich sicher, die beiden wünschten sich in diesem Moment allein zu sein – weit weg, wo niemand sie fände. Ewige Liebe, dachte er. Er gönnte sie seinem alten Kampfgenossen von Herzen. Ob das Schicksal auch für ihn noch einmal eine Partnerin bereithielt? Solutosan drückte Tervenarius kurz den Arm und erhob sich.

Arishar hatte sich einige Zeit im Gras liegend gelangweilt, und sich dann entschlossen, den roten Duocarn zu einem Ringkampf herauszufordern, um so die Wartezeit zu verkürzen. Eine Herausforderung, die Xanmeran grinsend angenommen hatte. Arishar streifte die Rüstung ab und stand Xanmeran nun in seinem Lendenschurz gegenüber, der ihn mit lauerndem Blick umkreiste. Er würde dem glatzköpfigen Kämpfer sicherlich keinen Angriffspunkt geben. Der Mann, der ihn auf den Rücken werfen konnte, musste erst noch geboren werden. Nun gut, so ganz stimmte das nicht. Der Ausbilder der Quinari, Arinon, hatte ihn schon einmal besiegt. Einem fremden Krieger würde das nicht gelingen.

Er wollte Xanmeran überlisten. Eine Finte war gut. Arishar sah blitzschnell, wie unabsichtlich, für einen Sekundenbruchteil in Richtung des Zeltes. Es klappte wie erhofft. Xanmeran war kurz unaufmerksam und folgte seinem Blick. Das nutzte Arishar, um sich auf ihn zu stürzen und den rechten Arm unter seine Achsel zu schieben. Er wollte ihn ausheben. Aber Xanmeran war zu schwer und nur kurzzeitig abgelenkt. Er hielt dagegen, presste ihm den Arm mit seinem Bizeps schmerzhaft zusammen. Arishar gab all seine Kraft hinein, schob den Arm bis zur Schulter unter Xanmerans Achsel, um so einen kürzeren Hebel zu bekommen. Sinnlos.

»Es geht weiter«, keuchte der rote Krieger.

War das ebenfalls eine Ablenkung?

»Arishar, das ist kein Witz«, schnaufte der, ließ abrupt los und schubste ihn von sich.

Jetzt sah er, dass es stimmte, was Xanmeran behauptete. Die Bacanis waren zurück.

»Das setzen wir noch fort«, knurrte er.

»Jederzeit!« Xanmerans Zähne blitzten.

Arishar bückte sich um seine Rüstung aufzuheben, legte aber nur den Waffenrock wieder an und band das rote Tuch um seine Mitte. Zügig schulterte er seine Waffen und winkte den Quinari-Kriegern den schwarzen, verdorrten Baum zu umrunden, den er ausgesucht hatte. Er war der Einzige seiner Art auf dem Grasland. Mannshoch, bizarr und blattlos bildete er den idealen Ort, um die geplante Bestrafung vorzunehmen. Als er sich dem Gewächs näherte, sah er aus den Augenwinkeln, dass sich auch die anderen Männer in Bewegung setzten.

Die Duocarns, Mercuran und Ulquiorra blieben am Rand des Kreises. Maurus und Luzifer traten an seine Seite. Die pelzigen, vierbeinigen Bacani-Wächter stellten sich zwischen den Quinari auf, während die Bacani-Führer die Gefangenen in die Mitte brachten. Fünf der Männer trugen weiße Overalls, einer eine helle Uniform. Es war schon an der Kleidung ersichtlich, wer der Befehlshaber Pak war.

Eon trat vor die verhafteten Bacanis und las von einem Datentablett: »Hört nun die offizielle Anklage: Es wird euch zur Last gelegt, den Planeten Occabellar ohne ausdrücklichen Befehl des Oberkommandos überfallen und zwei Millionen Lebewesen auf dessen Oberfläche vernichtet zu haben. Da die Besatzung des Raumschiffs Befehlsempfänger sind und ein wichtiges Mitglied der duonalischen Gesellschaft für sie Fürbitte geleistet hat, werden sie lediglich von den betroffenen Königen abgestraft, aber haben ihr Leben nicht verwirkt. Kommandant Pak wird vom Oberkommandierenden Sarrn gerichtet. Beschluss Sternzeit 3.90.28Sol13.«

Das war das amtliche Urteil – und eigentlich war es Arishar gleichgültig, was der Bacani vorlas. Vor ihm standen die Mörder seiner Rasse, seiner Familie, seiner Verwandten. Er blickte Maurus an, der mit Augen wie Felsgestein die Zähne fletschte, sah kurz zu Luzifer, der verächtlich Lava auf den Boden spie. Sie empfanden genau wie er, da war er sicher. Die Rache loderte in ihnen – selbst in dem sonst so beherrschten Aquarianer.

Alle seine Krieger sahen zu. Er würde seinem Volk nun bestmögliche Genugtuung verschaffen.

Luzifer blickte ihn mit glühenden Augen an und reichte ihm seine Flammenpeitsche. Zwanzig Schläge damit waren tödlich, das wusste er.

Zwei seiner Krieger brachten den ersten Bacani zu dem Gewächs, fesselten ihm die Arme um den Stamm und rissen seinen Overall am Rücken auf.

Arishar holte aus und schlug dem Crewmitglied fünf Mal mit aller Kraft auf den Rücken. Die Haut des Mannes platzte auf. Es war ihm egal. Leid! Er wollte, dass er litt! Der Mann brüllte. Wie würden die Männer, Frauen und Kinder seines Volkes gelitten haben, als das Giftgas der Bacanis sie erstickte!

Maurus trat vor. Er wirkte nicht mehr wie aus Wasser gemacht, sondern aus Eis. Traf ihn nicht gerade ein eiskalter Hauch, als Maurus an ihm vorüberging? Mit unbewegtem Gesicht gab dieser dem Bacani ebenfalls fünf Schläge. Der Verurteilte schrie lauter. Maurus schritt zurück und übergab Luzifer seine Peitsche, der sie durch die Luft zischen ließ. Er war eindeutig am skrupellosesten. Die Hiebe noch anzukündigen war schiere Folter. Er stützte sich auf seinem Schwanz ab und gab dem Mann die letzten fünf Schläge, dessen Gebrüll erstarb. Ohnmächtig und blutend hing er in den Fesseln.

Luzifer übergab ihm mit grimmiger Miene erneut die Peitsche. Mit eiserner Faust wiederholte er die fünf Schläge bei vier weiteren Mitgliedern der Crew. Alle hatten sie zugesehen, wie sein Planet zerstört worden war. Er hasste sie. Keiner von ihnen hatte sich den mörderischen Befehlen widersetzt. Sie hatten geduldet, dass Millionen elendig verreckten. Im Grunde war es ihm gleichgültig, ob auch die ausgepeitschten Männer starben. Arishar drehte sich zu seinen Kriegern – blickte jedem Einzelnen ins Gesicht. Deutlich war die Befriedigung in ihren Zügen abzulesen.

Er wandte sich Luzifer zu, der ihm zunickte und sich mit der erloschenen Peitsche in den Klauen neben ihn stellte. Maurus hatte sich wieder im Griff. Seine Miene war ruhig wie gewöhnlich.

Nun war der Befehlshaber an der Reihe. Wie gerne hätte Arishar ihn selbst gerichtet. Aber er hielt sich an den Hinrichtungsbefehl der Bacanis. Dieser bedeutete eine härtere Strafe.

Der weiß gekleidete Pak wehrte sich verzweifelt, als er zu dem blutbespritzten Gewächs geführt wurde. Fassungslos starrte er seinen Vater Sarrn an, der sich ihm langsam näherte. Er zerrte an den Fesseln.

»Das kannst du nicht. Das darfst du nicht«, stammelte er.

Sarrn schritt weiter vor, das bleiche Antlitz wie aus Stein gehauen. »Ich habe dir das Leben gegeben – und nun werde ich dir das Leben nehmen«, stieß er heiser hervor. Schwarze Tränen strömten aus seinen Augen, als er mit der Kralle den Hals seines Sohnes aufriss. Er ging nicht zur Seite, als das Blut aus der Wunde schoss und sein Gewand befleckte. Röchelnd rutschte Pak mit klaffender Kehle zu Boden. Sarrn stand vor ihm und beobachtete, wie Pak sein Leben aushauchte. Die schwarzen Tränen liefen über sein Gesicht, mischten sich mit dem Blut auf seinem weißen Gewand.

Arishar trat vor ihn, schirmte Vater und Sohn mit seinem Rücken ab und drehte sich zu seinen Männern.

»Die uns zugefügte Ungerechtigkeit ist gesühnt worden. Unsere Völker sind und bleiben vernichtet, aber sie werden das vergossene Blut im Jenseits schmecken und wissen, dass ihnen Gerechtigkeit widerfahren ist.«

Mit diesen Worten deutete er den Quinari mit Handzeichen sich zu entfernen.

Solutosan beobachtete, wie sich die Versammlung langsam auflöste. Er sah die pelzigen Bacanis mit den gestraften Männern aufbrechen. Sarrn trug mit schleppenden Schritten den Leichnam seines Sohnes. Eon, Rarak und Orrk sprachen mit Ulquiorra. Sie würden viel zu regeln haben.

Die Duocarns waren ihren Pflichten nachgekommen. Sie hatten als gemeinsame Leistung den Frieden auf ihrem Planeten wieder hergestellt. Die Prophezeiung hatte sich erfüllt. In diesen Prozess der Friedensstiftung waren die Könige gekommen. Solutosan war sich sicher, dass deren Präsenz der Bereitwilligkeit der Rudelführer zur Kooperation nachgeholfen hatte. Der duonalische Kampf und auch die Streitigkeiten innerhalb der Könige waren beigelegt. Bar, auf der Erde, war in seine Schranken gewiesen. Ein Erfolg – ohne Zweifel.

Er betrachtete die drei Könige, die sich leise unterhielten. Sie mussten sich nun in ihrem neuen Leben zurechtfinden. Solutosan blickte auf seine Hände. Für ihn war es an der Zeit an sich selbst zu denken, und seinen zukünftigen Lebensweg zu beschreiten.

Er trat auf die Könige zu, die erwartungsvoll die Köpfe hoben. »Ich möchte gern mit dir sprechen, Arishar. Würdest du mit mir ein Stück laufen?«

Arishars Gesicht zeigte Erstaunen. »Selbstverständlich.« Er befahl den beiden Kriegern, die ihn begleiten wollten, mit einem Handzeichen zurückzubleiben. Gemeinsam mit dem Quinari lief er langsam durch die grüne Ebene. Der schwieg und wartete.

»Es ist vielleicht ungewöhnlich«, begann Solutosan, »aber ich wollte dich bitten«, er stockte, denn der Satz fiel ihm ungeheuer schwer, »mich zum Kämpfer auszubilden.«

Arishars durchdringende Augen blitzten.

»Bevor du antwortest, möchte ich dir erklären, wie ich zu dieser Bitte komme.« Solutosan schluckte trocken. Er konnte die Wahrheit nicht aussprechen! Also sagte er stattdessen: »Ich habe mich mein ganzes Leben auf meinen Sternenstaub als Waffe verlassen, und habe versäumt, mir anderes, kämpferisches Können anzueignen. Ich kann weder mit dem

Dolch, noch mit der Axt oder dem Schwert umgehen. Du führst ein Volk von Kämpfern. Ich möchte dich bitten, mich in die Reihen deiner Krieger aufzunehmen, damit ich lernen kann.« Nun war es heraus!

Arishar legte den Kopf schief und sah ihn nachdenklich an. »Das ist dir ernst?«

»Ja.« Solutosan nickte. »Ich glaube, es wird für dein Volk von Vorteil sein, wenn ich in der Anfangsphase auf Duonalia bei euch bin. Durch euren Bacani-Verzehr ist der Frieden immer noch gefährdet. Ich möchte dir den Vorschlag machen, ebenfalls mit der Warrantz-Zucht zu beginnen, um euren Fleischbedarf zu decken.«

Arishar starrte ihn an.

»Ich weiß, was ich da empfehle. Bitte denke darüber nach. Was wird aus Kriegern, wenn kein Krieg ist? Entweder ziehen sie dem Krieg hinterher und werden Söldner oder sie ändern sich und werden zum Beispiel ...« Solutosan machte eine Pause.

»Sie werden Bauern«, keuchte Arishar entsetzt.

Solutosan kratzte sich am Kinn und setzte sich auf den Boden. Der Quinari-König ließ sich neben ihn fallen. »Ulquiorra plant die neue Staatsführung. Er hat mit mir gesprochen. Seine Idee ist es, einige deiner Männer als Gesetzeshüter auszubilden und einzusetzen. Sie sind respekteinflößend und bereits gut trainiert. Würdest du das bejahen?«

Arishar sah ihn mit nachdenklichem Blick an. Er verschränkte die starken, grauen Hände mit den gelblichbraunen Krallen. »Die Krieger sind nicht mein Eigentum. Sie dienen mir freiwillig. Wir müssen uns den Gegebenheiten anpassen. Siehst du noch mehr Alternativen als Söldner, Bauer oder Gesetzeshüter?«

»Nein«, antwortete Solutosan. »Söldner zu werden würde beinhalten, dass diese den Planeten mit eurem Raumschiff verlassen. Duonalia hat kein Interesse an bezahlten Soldaten. Die Erde hat dafür Verwendung, aber dagegen spricht euer Äußeres. Die Erdlinge akzeptieren keinerlei Außerirdische, im Gegenteil, sie leugnen sogar deren Existenz. Du solltest es realistisch sehen, Arishar. Was auf Duonalia für euch bleibt, ist, die neuen Gesetze zu schützen oder als Bauern Fleisch für eure Spezies zu produzieren.«

»Ich werde mit meinen Männern sprechen, Solutosan. Würdest du mir im Gegenzug für deine Ausbildung helfen, die Tierzucht zu beginnen? Ist mit Widerstand aus der Bevölkerung zu rechnen, wenn wir auf dem nördlichen Mond bleiben?«

»Der Nordmond gilt als unfruchtbare Steppe. Niemand beansprucht dieses Land. Es wird eine Herausforderung, dort geeignetes Futter für die Tiere zu produzieren.« Arishar sah zum südlichen Mond, der sich in diesem Moment über den Horizont erhob und bunte Schleier zur Seite drückte.

»Occabellar ist für Generationen unbewohnbar. Ich muss das Überleben meines Volkes sichern, Solutosan. Wenn das heißt, dass wir uns ändern müssen, dann sei es so. Mit deinem Auftauchen ist unser kämpferisches Dasein ins Wanken geraten. Ich weiß nicht, ob ich dich dafür hassen soll. Ich muss das alles überdenken.« Arishar erhob sich.

Solutosan betrachtete seine breite, graue Brust mit den kunstvollen Linien. Er war froh ihn gefragt zu haben. »Ich danke dir, Arishar. Ich werde in Kürze zu euch stoßen und nachfragen, wie du dich entschieden hast.« Der Quinari-König nickte knapp und stapfte dann zum Dorf, um seine Männer zu sammeln.

Solutosan blieb im Gras liegen. Arishar würde ihn nicht abweisen. Das wusste er bereits. Dafür war der Quinari zu klug. Das Schwerste stand ihm noch bevor. Er musste mit seinen Duocarns sprechen. Er erhob sich. Festen Schrittes ging er Richtung Transportband, das ihn zur Kampfschule bringen würde.

Tervenarius war mit Mercuran, Xan, Meo, Patallia, Luzifer und Slarus zurück zum Duocarns-Quartier gewandert. Sie hatten die Transportbänder gemieden. Wie die anderen Männer, brauchte er nach diesem intensiven Treffen Bewegung und genoss den Wind des östlichen Mondes, der ihnen bis auf die Knochen blies.

Mercuran und er zogen sich sofort nach ihrer Ankunft in ihr kleines, karges Zimmer zurück. Durch die Planung und Ausführung des Treffens hatten sie nach Mercurans Verwandlung noch keine ungestörte, gemeinsame Minute gehabt.

Tervenarius brauchte dringend Ruhe. Er fühlte sich aufgewühlt. »Morgen bitten wir Ulquiorra, uns nach Vancouver zu bringen. Ich will meine Forschungen zusammen mit Patallia vertiefen und möchte damit bald beginnen.« Tervenarius lag quer auf dem schmalen Lager und blickte Mercuran an.

Der kniete sich vor das Bett und stützte seine Arme auf Tervs Schenkel. »Ich weiß, andere Sachen hatten Priorität, Geliebter. Wie ich zum Beispiel.« Mercuran lächelte sinnlich. »Ich finde es schlichtweg wahnsinnig, dass ich nun als Unsterblicher auf die Erde zurückkomme. Ich habe mich, ehrlich gesagt, noch nicht an den Zustand gewöhnt. Erinnerst du dich daran, als ich dachte, ich hätte schwarze Flügel?«

Tervenarius lachte. Die Wiedergutmachung der Könige und die Verhandlungen mit den Bacanis waren ein einschneidendes Erlebnis, das ihn immer noch beschäftigte. Er war froh, seinen sanften Partner in diesem Moment bei sich zu haben. »Natürlich, denn du bist ja fast in meinen Armen gelandet – aber nur fast.«

»Das Tor hat mich auf die Erde gebracht zu meinem Aquarium. Es war mit einer silbernen Masse gefüllt. Darin habe ich dich gesehen!«

»In einem Aquarium?« Tervenarius schüttelte ungläubig lachend den Kopf.

»Lach nicht, ich sah dein Gesicht in der Flüssigkeit. Du hattest silberne Augen. Aber das gefiel mir nicht und ich wollte dir die goldenen Augen zurückgeben. Also habe ich deine Lider geküsst!«

Tervenarius fuhr sich durch die Mähne. »Wahnsinn!«

»Warum habe ich wohl dieses ganze Silber bekommen, Terv?«

Tervenarius lehnte sich zurück und schloss ermattet die Augen. »Ich weiß es nicht. Nur die Götter wissen es.«

»Ist meine Temperatur nun anders?«

Terv öffnete ein Auge und sah ihn prüfend an. Dann grinste er – neigte sich zu ihm, um seine Lippen zart zu berühren. »Kühl«, meinte er und schmunzelte, »mit der Tendenz sich zu erhitzen.« Er schnupperte. »Du riechst auch anders.« Er drückte sein Gesicht in Mercurans Halsbeuge und atmete tief ein.

»Wie denn?«, fragte Mercuran neugierig.

»Du duftest wie metallischer Honig«, brummte Tervenarius. »Sehr erregend und verführerisch.« Vertieft nahm er weiter Mercurans Geruch in sich auf. Es war genau das Pheromon, das seine Säfte in Wallung brachte. Das Sternentor hatte ihm einen kleinen Streich gespielt und Mercuran als sein persönliches Lustobjekt gebrandmarkt, dachte er halb verärgert, halb belustigt. So langsam verblasste der Eindruck des Erlebten und machte lüsternen Gedanken Platz.

Mercuran, der sich mit den Händen unter seinem wallenden Gewand einen Weg gebahnt hatte, streichelte seine Oberschenkel.

Tervenarius fuhr ihm mit den Fingern durch sein halblanges Haar, das wieder glänzte wie die Flügel eines Raben. Sein verändertes Aussehen, sein Geruch ... Er war so unglaublich begehrenswert. Er wollte ihn und hätte schreien können vor Ungeduld! Aber er sagte nur leise: »Ich bin schon sehr gespannt, wie du jetzt schmeckst. – Nein, lass mich noch warten, bis wir in Vancouver sind.«

»Muss ich auch warten?« Mercuran streichelte sein inzwischen marmorhartes Glied, zwickte zart in dessen Haut.

Terv lachte. »Ich schmecke sicherlich wie immer – obwohl ...« er konnte einen neuen duonalischen Pilz herstellen, der nach Rosen roch.

Mercuran wartete keine weiteren Erklärungen ab, sondern schob sein Gewand hoch. Zärtlich küsste er seine glatte Eichel, umrundete sie mit seiner Zunge. Aus Tervenarius' Brust löste sich ein wohliges Stöhnen, als sein Geliebter den Schaft vollends in den Mund nahm und mit den Händen seine Hoden verwöhnte. Er lehnte sich zurück. Würde er davon jemals genug haben? Würde die Ewigkeit reichen? Mercurans Mund erhitzte sich. Ein Feuer, das Tervenarius mit seinem nach Rosen duftenden Saft löschte.

»Möchtest du wieder auf die Erde, Smu?«

Smu nickte. »Wenn ich noch einen einzigen Becher Dona trinken muss, werde ich verrückt. Nein, mein Magen wird wahnsinnig! Wie hält Maureen das nur schon so lange aus?«

Patallia lächelte. »Willst du ein Beruhigungsmittel, Schätzchen?«

Smu, der damit beschäftigt war sein weißes Gewand anzuziehen, riss es sich wieder vom Leib und wollte Patallia damit fangen – versuchte, es ihm über den Kopf zu stülpen. Aber der wich ständig geschickt aus. »Ich geb's auf!« Keuchend ließ sich Smu aufs Bett fallen. »Wenn ich nur daran denke, weiterhin weiß tragen zu müssen – und wieder und wieder ... Mein optisches Gleichgewicht ist schon massiv gestört!« Er schüttelte die blonde Mähne. Sein eigenes blondes Haar war herausgewachsen und hatte eine andere Färbung, als das getönte Blond. »Außerdem muss ich zum Friseur.« Die Argumente schienen ihm nicht auszugehen.

»Ist ja schon gut, Smu. Wir gehen zurück nach Vancouver.«

Smu strahlte, seine weißen Zähne blitzten. »Hey, wir gründen mit den beiden Unentwegten eine Gay-Community!«

»Du meinst die beiden Unsterblichen«, korrigierte Pat ihn.

Smu nickte und zog das Gewand doch noch einmal an. »Unsterblich hört sich so grauenvoll ernst an.«

»Ich habe übrigens beschlossen, Chrom bei der medizinischen Betreuung seiner Tiere zu helfen, Smu.«

»Cool! Aber wir wohnen nicht in der Station?«

»Nein, ich kann zu ihnen fahren. Uns geht es doch gut in Seafair. Außerdem habe ich dort meine Forschung zusammen mit Tervenarius.«

Smu war zufrieden und streckte seine langen Beine aus, drapierte das Gewand darüber. »Irgendwie sehe ich darin aus wie Jesus – fehlt nur noch der Bart.«

Patallia lächelte. Smu würde sich nie ändern. Er war respektlos und frech. Sie waren so gegensätzlich. Ob er es wohl verschmerzen konnte, ihn irgendwann zu verlieren? Seit Davids Gang durch das Sternentor hatte Patallia öfter über ihr Verhältnis nachgedacht. Smu hatte nie den Wunsch geäußert, so zu werden wie er. Wenn er ihn gut betreute, würde er vielleicht hundert Jahre alt. Und dann erwartete Pat die Ewigkeit ohne ihn.

Aber Smu war aufmerksam. »Woran denkst du?«

»Nichts Wichtiges.«

»Wenn du lügst, wackelt deine Nase.«

»Das ist nicht wahr!«

Smu nahm ihn in die Arme. »Mach dir keine Gedanken über die Unsterblichkeit, Pat. Es kommt alles, wie es kommen muss, okay?«

Smus Feinfühligkeit war einer der vielen Gründe, warum Pat ihn liebte.

Eigentlich hatte Ulquiorra nie daran gedacht in die Politik zu gehen, aber die Ereignisse der letzten Zeit zwangen ihn regelrecht dazu. Er lehnte sich gegen die Bordwand des Windschiffs, das ihn zurück nach Duonalia-Stadt brachte. Sein Datentablett trug er in einer Umhängetasche über der Schulter.

Er hatte nicht erwartet, dass sich die Bacanis so schnell kompromissbereit zeigen würden. Vielleicht hatten sie wirklich begriffen, dass er und die Duocarns in jeder Hinsicht im Vorteil waren. Die Duocarns hatten ihm die Staatsführung quasi in die Hände gelegt, vertrauten auf ihn als Gelehrten und Mann mit scharfem Verstand.

Ihm gefiel absolut nicht, dass die Bacanis Marschall Folderan vor allen Augen exekutiert hatten. Folderan hatte langjährige Erfahrung mit der Regierung von Duonalia besessen und wäre weiterhin ein wertvolles Mitglied im neuen Duonat gewesen. Ohne ihn musste Ulquiorra alleine versuchen Mitarbeiter zu finden, um mit ihnen als ersten Schritt Neuwahlen in Angriff zu nehmen.

Ulquiorra verließ das Windschiff, das in Duonalia-Stadt anlegte, und nahm das weiße Transportband zum Silentium. Er blickte in den Himmel. An diesem Tag sah es endlich so aus, als würden sich die Schleier so weit verdichten, dass sie Regenwolken hervorbrächten. Regen war dringend notwendig. Eine Windbö trieb bereits einen sanften Nieselregen vor sich her, als Ulquiorra die weißen Steinstufen des Silentiums empor schritt.

Tadorus, einer der Biologen, kam ihm in der großen Halle entgegen, hielt ihn an und verbeugte sich kurz aber höflich. *»Ist es wahr, was die Gerüchte sagen? Marschall Folderan soll von den Bacanis ermordet worden sein! Wir sind alle in heller Aufregung. In einem Arn haben wir eine Versammlung angesetzt um Neuigkeiten auszutauschen. Weißt du mehr? Bitte komm doch und berichte!«*

Ulquiorra nickte – das traf sich gut. Er blickte nachdenklich in die weit aufgerissenen Augen des Mannes. *»Tadorus, der Wandel, in dem wir uns befinden, erfordert ruhiges Blut und besonnenes Handeln. Lass uns bitte nachher ohne Aufregung sprechen.«* Er legte die Hand beruhigend auf den Arm des Biologen.

»Gut«, Tadorus nickte. *»Bis gleich in der Aula«.*

Ulquiorra lächelte und setzte seinen Weg fort. Er wollte Trianora in ihrem Labor aufsuchen und informieren. Er brauchte sie dringend und hoffte, sie für die Regierungsbildung einsetzen zu können.

Das Silentium lag ruhig und erhaben da. Die weißen, polierten Steinfußböden spiegelten das fahle Licht, das durch die Oberlichter der Decke drang. Es hatte wirklich angefangen zu regnen, ein Laut, der durch die doppelten Lichtflächen nur als monotones, sanftes Rauschen in den stillen Gängen ankam. Er öffnete leise die letzte Tür in einem abgelegenen Flur.

Trianora saß, wie er erwartet hatte, an einem der Labortische vor etlichen Petrischalen und beträufelte diese mit einer Pipette. Über ihrem Gewand trug sie ein Überkleid aus grober Faser zum Schutz. Der lange, blonde Zopf hing ihr bis auf die Hüfte. Sie schien völlig vertieft und hob irritiert den Kopf. Dann lächelte sie und eine Röte huschte über ihre Wangen. »*Ulquiorra!*« Sie sprang auf.

»*Bleib sitzen, Triasan, ich wollte dich nicht stören. Ich bin nur hier, um kurz mit dir zu sprechen*«. Er legte ihr seine intakte Hand auf den Arm. »*In einem Arn ist in der Aula eine Besprechung mit allen Wissenschaftlern wegen der Geschehnisse auf dem östlichen Mond.*«

»*Warst du da?*«, fragte sie. »*Ich habe so lange nichts mehr von dir gehört.*«

Ulquiorra schob sich auf den Drehstuhl neben ihrem und strich sich das Haar hinters Ohr. »*Es ist viel passiert, Triasan. Folderan ist tot. Wir haben kein Duonat mehr und müssen Neuwahlen ansetzen.*«

Trianora nickte, wenig erstaunt. Sie erhob sich, brachte die Petrischalen in den Brutschrank zurück und streifte die Schutzhandschuhe von den Händen.

Sie besaß so kleine, weiße Hände. Und trotzdem waren sie kräftig und konnten zupacken. Sie kannten sich schon so lange. Sie war die Freundin, auf die immer Verlass gewesen war. Würde er sich auch in Zukunft bei ihr anlehnen können?

»*Das habe ich mir alles bereits gedacht, Ulquiorra.*« Sie blickte ihn prüfend an. »*Warst du denn endlich einmal beim Prothesenmacher?*«, erinnerte sie ihn freundlich.

»*Dazu hatte ich bisher keine Zeit, Triasan*«, meinte er leichthin. »*Ich habe mich an diesen Zustand gewöhnt.*« Das war eine Lüge, und er hoffte, dass sie ihm diese nicht ansah. »*Lass uns lieber zu dem Treffen gehen. Das ist im Moment wichtiger.*«

Sie runzelte leicht die Stirn und er wusste, sie würde nicht lockerlassen. Sie hatte sich immer um seine Gesundheit gekümmert. Ohne sie wäre er in der Zeit, in der er nach der Anomalie geforscht hatte, wahrscheinlich verhungert.

»*Na komm!*« Er erhob sich und ging zur Tür.

Trianora streifte den groben Schutzkittel ab und ordnete ihr Gewand. Gemeinsam verließen sie das Labor und durchquerten das Silentium. Der Regen hatte aufgehört, die Monde hatten sich verschoben und die sanfte und gleichbleibende duonalische Sonne erhellte die Gänge des ehrwürdigen Gebäudes. Ulquiorra hielt Trianora höflich die Tür der Aula auf.

Die Männer und Frauen in weißen Dona-Gewändern unterhielten sich bereits telepathisch. Spekulationen über die Geschehnisse flogen durch den Raum. Ihr Eintreten beendete die Gespräche. Dann stürzten die Fragen auf Ulquiorra ein. Er lächelte und hob abwehrend die Arme. Der Anblick seines handlosen Stumpfes ließ die Fragen verstummen. Die Wissenschaftler setzten sich.

»*Bitte fragt ruhig. Ich antworte euch gern.*«

Tadorus hatte sich seine Fragen zurechtgelegt. »*Stimmt es, dass Marschall Folderan von den Bacanis getötet wurde?*«

Ulquiorra nickte. »*Er war zu deren Marionette geworden und wurde auch so behandelt. Man hat ihn vor aller Augen hingerichtet. Ein Einschreiten war nicht möglich.*«

Tadorus schluckte. »*Ist es wahr, dass die Bacanis inzwischen das gesamte Duonat ausgelöscht haben?*«

»*Das stimmt*«, antwortete Ulquiorra.

Wieder flogen die Stimmen der Wissenschaftler wirr durch den Raum. Nachdem sie abgeklungen waren, holte Ulquiorra sein Datentablett aus der Tasche und suchte die richtige Datei.

»*Wir sind im Moment regierungslos. Wenn ich von wir spreche, meine ich - bitte jetzt nicht unterbrechen - einen derzeitigen Bevölkerungsstand von geschätzten zweihunderttausend Bacanis und etwa zwanzigtausend Duonaliern*«. Die Männer und Frauen starrten ihn sprachlos an.

»Was ist aus uns geworden?«, flüsterte Dana, die Chemikerin. »Wir haben hier im goldenen Käfig gelebt, während uns die Bacanis ausgelöscht haben?«

Ulquiorra blickte sie ernst an. »Das ist eine unabänderliche Tatsache. Aber eine weitere Wahrheit ist, dass die Ausrottung der Duonalier endgültig vorbei ist, weil die Duocarns wieder auf Duonalia sind und uns eine Waffe gegen die Bacanis in die Hand gelegt haben. Einen Virus, mit dem wir in deren Genetik eingreifen und sie vernichten können.«

»Dann sollten wir das tun!« Tadorus war aufgesprungen. Die Stimmen der Wissenschaftler erhoben sich murmelnd.

Ulquiorra blickte ihn verächtlich an. »Du meinst also eine Hand voller Duonalier sollten ein Zehnfaches an Bacani-Leichen verbrennen? Wir sollten unschuldige Wesen töten, die mit der Selektion der regierenden Stammesfürsten absolut nichts zu tun haben?«

Die Stille, die diesen Worten folgte, hing schwer im Raum.

»Was hast du für Alternativen vorzuschlagen?«, fragte Dana.

»Die Duocarns und ich haben mit den Fürsten verhandelt und grundlegende Gesetze durchgedrückt, die allen Duonaliern Mord, Raub, Ausbeutung und Vergewaltigung unter Strafe stellen. Das ganze Volk wird ein neues Duonat wählen, bestehend aus drei Bacanis und drei Duonaliern. Innerhalb des Duonats wird der Marschall gewählt, wie immer. Es wird eine Gerichtsbarkeit geschaffen, ebenfalls aus beiden Völkergruppen. Auf den Monden werden Gesetzeshüter eingesetzt, die auch als Schlichter und Berater dienen.« Ulquiorra hob beschwörend die rechte Hand. »Ich kann jedem die genauen Daten zur Überprüfung geben. Alle werden feststellen, dass wir auf diese Weise das Morden stoppen können und beiden Völkern in Zukunft Gerechtigkeit widerfahren wird. Dazu kommt, dass sich bitte jeder von euch überlegen sollte, ob er für das Duonat kandidieren möchte.« Er ließ die Schultern fallen. Was konnte er jetzt noch sagen? Er lud einige Datenkristalle an seinem Datentablett und verteilte sie an die Wissenschaftler.

Tadorus erhob sich. »Die Frage, die sich mir stellt, ist, wieso du dich selbst ermächtigt hast, mit den Fürsten zu verhandeln, ohne uns vorher zu konsultieren.«

Ulquiorra spürte heißen Groll seinen Rücken hinauf laufen. Er biss die Zähne zusammen. Sein Gebiss knirschte. »*Ich werde jeden, der es wünscht, in Zukunft aus seinem geschützten Silentium holen, wenn ich wieder zwischen zwei bis an die Zähne bewaffneten Krieger-Parteien stehe.*« Es war so still im Raum, dass er eine Nadel hätte fallen hören.

»*Nun denn ...*«, unterbrach Dana die Stille und räusperte sich. Sie hatte die Daten mit ihrem Datentablett kurz studiert. »*Ich, für meinen Teil, finde sehr vernünftig, was ich hier lese. Ich selbst hielt es nicht für notwendig, mich mit Politik zu beschäftigen und habe die Augen verschlossen, als immer mehr Duonalier verschwanden. Jemand musste aktiv werden. Wie ich das verstanden habe, hat Ulquiorra unter Einsatz seiner Gesundheit*«, – sie blickte zu seiner Hand, – »*unsere Krieger zurückgeholt, die uns einmal mehr gerettet haben. Ich persönlich werde Neuwahlen unterstützen und selbst kandidieren.*«

Einige der Wissenschaftler nickten zustimmend. Tadorus setzte sich mit hochrotem Kopf – er hatte dem nichts hinzuzufügen.

Ulquiorra atmete tief durch. »*Ich danke euch. Ich brauche Helfer, um die Wahlen in die Wege zu leiten. Trianora, würdest du bitte die Namen festhalten?*«

»*Und?*«, fragte Tadorus lauernd. »*Wirst du selbst auch kandidieren?*«

Ulquiorra blickte ihm fest in die Augen. »*Selbstverständlich! Ich werde nicht noch einmal zusehen, wie jemand unser Volk ins Unglück stürzt. Lieber sitze ich mit drei klauenbewehrten Bacanis an einem Tisch und kämpfe um das Wohl unseres Planeten!*«

Dana begann mit den Fingerknöcheln zustimmend auf die Lehne ihres Holzsessels zu klopfen. Leise und allein. Dann stimmten die anderen Wissenschaftler mit ein und selbst Tadorus gab sich einen Ruck und klopfte kurz. Also war die Sache beschlossen.

Ulquiorra hatte noch einige detaillierte Fragen der Wissenschaftler beantwortet, als er Trianoras Hand auf der seinen spürte.

»*Du solltest Schluss machen, du siehst müde aus*«, flüsterte sie.

»*Das bin ich auch, Triasan. Es war ein harter Tag.*«

Trianora, die sich etliche Namen von Wahlhelfern und Kandidaten notiert hatte, erhob sich. »*Komm, ich bringe dich zu deinem Quartier!*« In ihrer Miene stand eindeutig, dass sie keinen Widerspruch akzeptieren würde.

Sie liefen langsam in den Wohnflügel des Silentiums bis zu seiner kleinen Unterkunft. Trianora öffnete die Tür.

Beim Eintreten sah Ulquiorra das Zimmer mit Trianoras Augen. Sein Raum sah völlig unpersönlich aus – als hätte niemals jemand dort gewohnt. Er hatte sich nie die Mühe gemacht ihn mit Gegenständen oder Bildern auszustatten. Das war ihm unwichtig erschienen. Der Raum war dementsprechend ungemütlich.

Auch Trianora schien das so zu empfinden. »*Sehnst du dich nicht manchmal nach einem Zuhause, Ulquiorra?*«, fragte sie impulsiv.

Er hatte seine Tasche mit dem Datentablett auf den Tisch gelegt und blickte erstaunt zu ihr hinunter. Er überragte sie um Längen. Ulquiorra hatte erwartet, dass sie nach Bildern fragen würde. Aber diese Frage ging tiefer, war persönlich. Er legte sein Übergewand ab, presste die Hand kontrollierend auf seine Brust, um etwas Zeit zu gewinnen. Ein kurzes, goldenes Leuchten seiner Energie antwortete ihm. »*Was meinst du mit Zuhause, Triasan?*«

»*Frau, Kinder und gemeinsames Abendessen am Tisch.*«

Er setzte sich schwerfällig auf das Bett. Seine Augenlider waren so schwer. »*Ich weiß es nicht, Triasan. Das hat sich nie ergeben. Zumal ich als Torwächter zwischen den Welten pendle. Welche Frau würde das mögen?*« Er schloss ermattet die Augen. Er war so müde.

»*Komm leg dich hin.*« Trianora drückte ihn sanft auf das Bett, nahm die Decke vom Fußende und deckte ihn zu.

Der Schlaf kam über ihn wie weiße Flügel. Was hatte sie geantwortet? Er hatte es nur halb verstanden. Er hatte sie flüstern hören. »*Ich würde das akzeptieren, denn ich liebe dich.*« Aber das konnte ja nicht sein. Warum sollte sie so etwas sagen? Und im gleichen Augenblick hatte er es schon vergessen und war eingeschlafen.

Luzifer klammerte sich an das Holz der Warrantz-Box und starrte die Tiere an. Das Weibchen hatte leider nicht geworfen. Slarus und er würden weiter auf Frischfleisch warten müssen. Der Verzehr des dicken Warrantz-Männchens war nun schon eine Weile her. So langsam nagte der Hunger wieder an ihm. Aber er wusste, dass es unklug war, die Zuchttiere zu fressen. Er musste sich gedulden.

Er hängte seine Kettenhemd-Stücke an die Nägel in der Wand und scharrte sich in die ehemals weißen Steine, den langen Schwanz zusammengerollt. Er spuckte ein wenig Lava auf den neben ihm liegenden Slarus. Der grunzte.

»Hör mal, hast du das eigentlich mitbekommen?«

»Was denn?« Slarus öffnete ein glühendes Auge.

»Bei den Duocarns machen es die Männchen mit den Männchen! Und nicht nur die. Auf Duonalia gibt es einen Mond, wo sich Männer treffen. Du weißt schon wofür.«

Slarus öffnete auch das zweite Auge. »Ja und?«

»Fällt dir dabei nichts auf?«

»Nö!« Slarus gähnte und stieß eine Qualmwolke aus.

»Na, das geht doch gar nicht!«

»Meine Fresse, Luzifer, das soll uns doch egal sein, wie die das machen.«

Luzifer kuschelte sich in seine Steine. »Also ich finde es schöner, wenn da etwas anderes zwischen den Beinen ist ...«

Er dachte an Halia. Sie hatte wohlgeformte Brüste, volle Lippen und mit Sicherheit war ihr ganzer Körper wunderschön. Außerdem hatte sie Temperament, was er absolut klasse fand. Sie würde ihm garantiert richtig Kontra geben, ihm vielleicht sogar seine Flammenpeitsche um die Ohren hauen. Mit diesen herrlichen Gedanken schlief er ein.

Am nächsten Tag erwachte Luzifer durch ein lautes Quieken. Er wühlte sich aus seinen Steinen und machte einen Satz in den Stall nebenan. Das Warrantz-Weibchen hatte – Luzifer versuchte sie zu zählen, was bei dem Gewimmel kaum möglich war – zwölf Junge bekommen!

Luzifer jubelte und griff sich eines der Winzlinge. Es war nicht mehr als eine Handvoll Fleisch. Genau die richtige Größe für ein Frühstück.

Gierig wollte er dem winzigen Ding den Kopf abbeißen, als eine helle Stimme fragte: »Was machst du denn da?«

Luzifer fuhr zusammen. Halia stand in der Tür und ließ den Sonnenschein in den dämmrigen Stall.

»Streicheln, was sonst«, Luzifer schluckte. »Schau mal!« Er hielt Halia den winzigen, blinden Warrantz entgegen.

»Wie süß!«, quietschte Halia und nahm das gepunktete Baby, drückte es an ihre Brust. Luzifers Zunge fuhr ein Stück hervor, aber er beherrschte sich und zog sie wieder ein.

»Ich dachte, mein Vater wäre hier.«

»Nein, Halia.«

»Gehören die alle dir?« Halia trat nun weiter in den Stall, ihr zartes Gewand schleifte am Boden.

»Du machst dich schmutzig, Halia.« Gerne hätte er mit seinem Schwanz den Saum ihres Kleides aus der Einstreu geholt, traute sich aber nicht.

Sie blickte ihn an, streichelte den kleinen Warrantz. Nun hatte sie offensichtlich keine Angst mehr vor ihm.

Unter ihrem prüfenden Blick schlug Luzifer die Augen nieder. »Ich nehme jetzt Benimm-Unterricht«, stieß er hervor, »bei Maureen.«

Halia staunte nicht schlecht. »Warum das denn?«

»Weil du mir vorgeworfen hast ich wäre unhöflich – aber ich möchte dir gefallen.«

Halia stand nur da, das Warrantz-Ferkel auf dem Arm, und starrte ihn an. Hatte er jetzt wieder etwas Falsches gesagt?

»Wie alt bist du eigentlich?«

Luzifer kratzte sich mit der Klaue hinter dem Ohr, merkte aber sofort, dass das auch unerzogen war.

»Das weiß ich nicht, Halia. Ich weiß nur, dass Slarus älter ist als ich, denn er war dabei, als meine Mutter mein Ei gelegt hat. Dann hat er das Ei bewacht.«

Halia kam aus dem Staunen nicht mehr heraus. Sie setzte das Warrantz-Baby zu den anderen in die Box.

»Werden alle eure Eier bewacht?«, fragte sie neugierig.

»Nein, nur die Königseier.«

»Du bist wirklich ein König?«

Luzifer nickte. »Aber inzwischen ohne Untertanen, denn die haben die Bacanis umgebracht.«

»Oh, ihr Götter!« Halia presste entsetzt die Hände auf den Mund. »Wie groß war dein Volk?«

Luzifer überlegte. Zählen konnte er gut. »So um die einhundert ... tausend.«

Halia stand da. Fassungslos, mit hängenden Armen. Jetzt war es ihm schon fast peinlich, das Thema überhaupt erwähnt zu haben.

»Das tut mir so leid, Luzifer«, stammelte Halia.

Luzifers Augen leuchteten. Sie hatte ihn beim Namen genannt! Verdammt, was machte man mit einer Sternenstaubfrau, um ihr näher zu kommen? Er konnte sie kaum zum Essen einladen.

»Möchtest du mal zuschauen, wenn ich Benimm-Unterricht bekomme?« Er meinte es wirklich ernst. Seine Möglichkeiten waren nur sehr begrenzt.

Halia schaute ihn verdutzt an. Vor Verlegenheit wickelte er eine Strähne seiner roten Mähne um die Klaue.

»Ja sicher, warum nicht.« Sie lächelte ihn an, drehte sich um und verließ den Stall. Das Lächeln hatte ihm gegolten.

Slarus trat gähnend aus seinen Steinen an die Box.

»Wahnsinn!«, keuchte er, denn er hatte die Warrantz-Babys durchgezählt.

»Ja, finde ich auch«, schwärmte Luzifer und züngelte mit seiner Flammenzunge.

Solutosan hatte allen Männern eine Nachricht zukommen lassen, um sie am nächsten Morgen in der Küche der Karateschule zu versammeln. An Schlaf war nicht zu denken gewesen. Die Gedanken hatten ihn gequält. Er würde Halia keinesfalls nach Sublimar bringen. Er hatte beschlossen, ihr auch nichts von ihrem Großvater zu erzählen. Sie wäre vielleicht noch auf die irrwitzige Idee gekommen, zu versuchen, mit Pallasidus zu reden, um ihm seine Kräfte wiederzugeben. Nein, sie gehörte nach Duonalia. Sie war dort glücklich. Außerdem hatte er entschieden, seinem Entschluss treu zu bleiben und mit niemandem über die Sache zu sprechen. Das war eine private- und keine Angelegenheit der Duocarns.

Solutosan schritt ruhelos in seinem Zimmer umher. Er konnte es drehen und wenden, wie er wollte – ohne seinen Sternenstaub war er fast genau wie ein normaler Menschenmann, wie Smu zum Beispiel – eben nur unsterblich. Um weiterhin ein Krieger zu sein, musste er das Kriegshandwerk neu erlernen.

»Was kann er von uns wollen? Ist denn nicht alles geklärt?« Xanmeran nahm einen großen Schluck Dona und strich sich nachdenklich über die Glatze.

Tervenarius und Mercuran, die es sich in der Küche mit zwei Tellern Donakuchen gemütlich gemacht hatten, schüttelten die Köpfe.

»Keine Ahnung, Xan«, antwortete Tervenarius ratlos.

Xanmeran nickte Patallia und Smu zu, die in diesem Moment den Raum betraten. Meo folgte ihnen, steuerte sofort den kleinen Kühlraum an und holte eine Kanne Dona hervor. Er wollte sie auf den Tisch stellen, hielt jedoch inne.

Solutosan stand in der Tür. Er trug einen der Karateanzüge und hatte sein Haar kurz geschnitten. Die Kanne in Meos Hand zitterte, und er stellte sie schnell ab. Den Männern stockte der Atem. Niemand traute sich, die Stille zu durchbrechen.

Solutosan trat in den Raum und setzte sich zu ihnen an den Tisch. Das goldene Haar war kurz und strubbelig, ansonsten schien er unverändert.

Xanmeran fasste sich als Erster wieder. »Ihr Götter, Solutosan, was hat das zu bedeuten?«

Der Duocarns-Chef hob den Kopf. »Ich werde einen neuen Weg beschreiten. Die Zeit dafür ist günstig. Das Bacani-Problem ist auf dem Weg, gelöst zu werden. Duonalia ist im Moment nicht bedroht. Die Erde ebenfalls nicht. Aus diesem Grund übergebe ich bis auf weiteres die Führung der Duocarns an Tervenarius und ziehe mich auf den nördlichen Mond zum Training zurück. Dort bleibe ich bei Arishar, bis meine Ausbildung beendet ist. Ich werde den Quinari helfen, auf Duonalia Fuß zu fassen. Sie züchten ebenfalls für ihren Fleischbedarf Warrantz. Die Idee von Meodern ist ausgezeichnet.«

»Du willst Bauer werden?« Xanmeran war fassungslos.

»Nein, ich erlerne das Kriegshandwerk bei den Quinari und helfe Arishar im Gegenzug bei der Bewältigung seiner Probleme.«

»Aber warum denn nur?« Tervenarius wirkte noch bleicher als sonst.

»Ich habe mich zu sehr auf die Macht meines Sternenstaubs verlassen und deswegen andere, wichtige Dinge vernachlässigt. Außerdem möchte ich meine unbekannte zweite Gabe erforschen.« Er fuhr sich mit der Hand durchs Haar. »Es ist Zeit für eine Veränderung. Ich lasse euch natürlich nicht im Stich, sondern bin da, wenn ihr mich braucht. Ich habe nur noch die Bitte, dass sich die Männer, die auf der Erde bleiben, wegen der Platinherstellung in Zukunft an Halia wenden.« Er lehnte sich zurück. »Terv, sprich mit Ulquiorra. Du wirst einen energetischen Ring brauchen.« Er blickte in die Runde. »Ich habe dem eigentlich nichts mehr hinzuzufügen.« Er stand auf, umarmte jeden der sprachlosen Männer und verließ den Raum.

Maureen trat in die Küche. Ihr Blick irrte zu Xanmeran. In der Hand hielt sie eine dicke, lange Strähne goldenen Haares.

Das war schlimm für ihn gewesen. Aber, er schritt durch den langen Gang der Karateschule zu Halias Zimmer, nun kam die weitaus härtere Aufgabe. Solutosan klopfte an die Tür. Ihre helle Stimme antwortete und er trat ein. Halia sah auf. Sie trug das Haar hochgesteckt, so wie Aiden es oftmals getan hatte. Solutosan schluckte. Vor ihr auf dem Tisch lag ihr Datentablett. Sie studierte. Das nahm er zufrieden zur Kenntnis.

Sie sprang auf, lief ihm entgegen und umarmte ihn strahlend. »Daddy!« Sie schmiegte sich an ihn. Ihr Götter! Er war so stolz auf sie. Sie war so ein wunderschönes und warmherziges Wesen.

Er sah in ihr liebes Gesicht und seine Herzen wurden warm in der Brust. Er fasste sich. »Halia, ich muss dir etwas sagen.«

»Ja?«

Das Vertrauen in ihrem Blick berührte ihn.

»Ich werde einige Zeit fort sein.« Sie ließ die Arme sinken. »Ich bin nicht ganz weg, sondern bleibe auf Duonalia. Allerdings werde ich mich in Ausbildung begeben, was mich völlig beanspruchen wird. Deswegen habe ich die Leitung der Duocarns abgegeben. Ich gehe zu König Arishar auf den nördlichen Mond.«

Halia hatte ihm regungslos zugehört. »Darf ich dich denn besuchen?«, fragte sie schüchtern.

»Natürlich, Halia.« Er nahm ihre weichen, kleinen Hände in seine.

»Wie lang wirst du dort bleiben?« Ihr liebes Gesicht blieb sorgenvoll, jedoch hielt sie sich tapfer.

»Ich weiß es nicht. Bis ich gefunden habe, was ich suche.«

Halia schluckte. *»Was suchst du denn, Daddy?«*

Er blickte ihr fest in die Augen. *»Mich, Halia, mich.«*

Arishar hatte seine Krieger antreten lassen. Dämmerung senkte sich über die Steppe. Er hatte Nala gebeten mit ihm zu kommen, denn er hatte das Gefühl, dass er bei dem was er vorhatte, Rückendeckung brauchte. Sie saß nun ein Stückchen hinter ihm auf dem Boden in dem struppigen Gras mit den Armen um die Knie geschlungen.

»Setzt euch, ich muss mit euch sprechen!« Arishar sprach occabellar und trug selbst lediglich den gleichen Lendenschurz wie seine Leute. Die Krieger blickten ihn aufmerksam an. »Wir haben unsere Rache bekommen. Auch wenn der Zorn weiterhin in unseren Herzen kocht – Duonalia ist nun unsere Heimat und nur Dummköpfe schaden dem eigenen Planeten.« Einige der Männer nickten zustimmend.

»Wir sind Krieger, auf Nahkampf trainiert. Eine Fähigkeit, die uns in Zukunft nur noch wenig von Nutzen ist. Hier auf Duonalia wird im Moment ein Friedensvertrag geschlossen und es werden Gesetze erlassen, die diesen Frieden sichern sollen. Die duonalische Führung wird in Kürze an uns herantreten, mit der Bitte diese Ordnung zu bewachen. Das heißt, dass die Duonalier planen ein paar fähige Quinari in Staatskunde auszubilden. Diese werden dann auf den Monden stationiert, um Straftäter zu ergreifen, aber auch, um der Bevölkerung Hilfestellung zu leisten.«

Arishar holte tief Luft. Eigentlich war er kein großer Redner. Er blickte hilfesuchend zu Nala, die ermutigend lächelte.

»Nun zum zweiten Punkt. Höchstwahrscheinlich bin ich nicht der Einzige, dem die Fleischnahrung fehlt.« Die Krieger murmelten. »Wir werden in Zukunft eine Tierart züchten, die sich Warrantz nennt. Deren Haltung setzt allerdings eine landwirtschaftliche Tätigkeit voraus, denn die Tiere brauchen Nahrung. Mit anderen Worten, einige von uns werden von nun an Bauern sein.«

Das Murmeln erhob sich und wurde lauter. »Halt!« Arishar hob die Hand. »Niemandem wird eine dieser Möglichkeiten aufgezwungen. Ich werde weiterhin eine persönliche Leibgarde behalten, bestehend aus zwei Männern. Wir treffen uns morgen um die gleiche Zeit wieder hier. Ich will dann wissen, wofür sich jeder von euch entschieden hat.« Er schnaufte und erhob sich. Das war ihm schwergefallen. Er zog Nala hoch, legte den Arm um sie und führte sie langsam zu ihrem kleinen, weißen Haus.

Nala hatte das Blut der gemeuchelten Bewohner entfernt und dem Kind ein Lager vor ihrem gemeinsamen Bett gebaut. Dort schief es selig.

Arishar betrachtete seinen Sohn. Arisons schwarzes Haar ringelte sich auf dem Laken. Die kleinen Hörner lugten an der Stirn hervor. Sie würden einmal lang und groß werden, das wusste Arishar. Der Kleine hielt mit seinen Klauen ein zerdrücktes, von Nala angefertigtes Spieltier fest umklammert. Er war eine gelungene Mischung aus Nala und ihm selbst.

Arishar beugte sich über das Kind und strich ihm sanft über das Haar. Als er sich aufrichtete, fühlte er Nala nah bei sich. Sie trug ein duonalisches Gewand. Er drehte sich um und schob es hoch, um ihren nackten Leib zu genießen. Er brummte genüsslich. Er wollte viele Nachkommen. Das Haus sollte von Kindern wimmeln. Die Umstände während ihrer Flucht waren schlecht gewesen, aber nun, auf diesem Planeten, konnte und wollte er sie wieder schwängern.

Hatte Nala ähnliche Gedanken? Sie führte ihn zum Bett, streifte sich dabei das Gewand über die Schultern. Auf dem Rücken liegend, den Kopf auf den verschränkten Armen, betrachtete er sie. So mochte er sie am liebsten: Den zierlichen, grauen Körper nur in ihr langes, schwarzes Haar gehüllt, das bis zu den Kniekehlen hinabfiel. Ihre riesigen, hellbraunen Augen strahlten ihn an, die Lippen feucht und einladend. Er streckte die Arme nach ihr aus. Sie krabbelte auf seine breite Brust und begann mit dem Finger seine Blutbemalung nachzuziehen. Arishar schloss die Augen, verfolgte genießerisch die zärtliche Berührung. Nala hielt ihm ihr Handgelenk hin, in das er vorsichtig mit den Reißzähnen ritzte. Blut drang hervor. Aber sie ließ ihn nicht trinken, rutschte an ihm hinab, entfernte seinen Lendenschurz und begann seine am Bauchnabel endenden Blutzeichnungen nach unten zu vervollständigen.

Ihr blutiger Finger zeichnete Schnörkel und Kreise auf seinen Unterleib, umrundete sein hartes, graues Glied. Sie bemalte die angespannten Muskeln der Schenkel. Ein monströses Stöhnen entwich seiner Brust. Er fieberte der Berührung seines Gliedes entgegen. Aber sie ließ sich Zeit, fing bei seinen Hoden an. Arishar bemerkte, wie seine Arme zu zittern begannen. Er krallte sich in die Unterlage fest. Er wollte sie ihr Werk zu Ende bringen lassen, nicht den spannenden Moment zerstören. Endlich, endlich erhielt auch sein inzwischen pulsierendes Glied eine Zeichnung. Er spürte, wie die Matratze unter seinen Klauen zerriss. Sein ganzer Körper vibrierte. »Gnade!« Seine Stimme war nur noch ein Stöhnen.

Nala bündelte lächelnd ihr Haar. Er wusste, sie liebte es, ihn, der so viel stärker war, auf eine solche Art zu besiegen. Langsam rutschte sie wieder an ihm hoch, presste ihm das blutige Handgelenk auf den Mund und nahm gleichzeitig sein steinhartes Glied in ihrem heißen Körper auf. Er trank. Er hatte eine Belohnung verdient. Er hatte sich auf einem für ihn ungewohnten Terrain gut geschlagen. Dieses Mal nicht mit der Axt und dem Schwert, sondern mit seinem Verstand und seinem Mund, der nun durstig an ihrem zarten Handgelenk saugte, während er sich ruhig in ihr bewegte. Er leckte zärtlich über die Wunde, um sie zu verschließen und nahm ihre Hüfte fest mit beiden Händen. Führte sie hart und bestimmt, versenkte die Krallen in ihrem Fleisch. Sie war so heiß, presste ihn, pulsierte, aber er wollte weiter genießen. Er wollte, jedoch sein Körper hatte andere Pläne. Sein Leib gab ihren melkenden Bewegungen nach. Er stöhnte, seine Hände hielten sie wie in einem Schraubstock. Er überschwemmte sie, während sich eine berauschende Woge aus seiner Mitte löste, die Wirbelsäule hinauf floss und in seinem Gehirn explodierte. Nala schrie leise, wurde lauter, sie keuchte. Ihr Innerstes verkrampfte sich um sein Glied. Er spürte Blut an seinen Händen hinablaufen. Seine Klauen waren tief in ihr Fleisch gedrungen.

Vorsichtig zog er die Hände weg, nahm sie wie eine Puppe von sich und legte sie bäuchlings auf das Bett, um die Wunden zu betrachten. Er hatte ihr rechts und links jeweils fünf blutende Male zugefügt. Sanft leckte er mit der langen Zunge über ihre strammen Backen, drehte sie auf den Rücken und fuhr von vorne zwischen ihren Beinen hindurch, genoss das Aroma ihrer beider Säfte.

Der wohlige Gedanke ging ihm durch den Kopf, dass er diesen Akt von nun an so oft wiederholen würde, bis ihr Leib geschwollen war. Noch einen Sohn, und noch einen. Er würde ihnen helfen Männer zu werden.

Nala fasste zwischen seine Hörner und kraulte sanft seine weiße Mähne, dort wo das Haar am weichsten war. Er legte den schweren Kopf in ihren Schoß und genoss behaglich die Bewegungen der kleinen Finger. Der Schlaf kroch langsam in seine Glieder. So wollte er liegenbleiben – am liebsten für immer.

Hätte Ulquiorra noch mehr kämpferische Gene von Xanmeran geerbt, wären diese nun zum Einsatz gekommen. Aber statt sein gesamtes Labor vor Wut zu zertrümmern, zertrat er den Datenkristall der Bacanis knirschend auf dem Boden. Diese Halsabschneider wollten bei ihren Landsleuten keine freien Wahlen zulassen, sondern einfach die Rudel-Führer in das Duonat erheben. Für wie dumm hielten sie ihre Artgenossen? So ein Verhalten würde Unruhen in den Rudeln verursachen. Eventuell waren die gesamten Wahlen gefährdet.

Glücklicherweise hatten die vier ranghöchsten Rudel-Führer inzwischen eigene Räume im Silentium und waren erreichbar. Er öffnete die Tür seines Labors, um den Bacanis einen Besuch abzustatten, überlegte es sich dann aber anders. Er wandte sich nach links und schritt in Richtung Aula. Er rechnete damit, Xanmeran dort anzutreffen, der den ausgewählten Quinari Verhaltensregeln vermitteln sollte. Die acht Quinari, die im Silentium ausgebildet wurden, hatten leider immer noch die Angewohnheit erst zuzuschlagen und dann zu fragen. Xanmeran arbeitete nun mit ihnen daran.

Ulquiorra hatte den Eindruck, dass die Staatsbürger-Kunde mit Trianora etwas fruchtbarer verlief als dieser Anti-Aggressions-Unterricht mit Xanmeran.

Er drückte die riesige Holztür der Aula auf. Xanmeran stand mit geballter Faust vor einem der Quinari-Krieger. Xan sah ihn in der Tür stehen, öffnete die Hand und grinste etwas schuldbewusst.

Ulquiorra fasste sich an die Stirn. Was hatte er erwartet? »*Kann ich dich kurz entführen? Ich brauche dich für einen Besuch bei den Bacanis.*«

Xanmerans Grinsen wurde breiter. »*Aber klar!*« Er wandte sich zu den acht Männern. »Bestimmt habt ihr einige Übungen vom autogenen Training noch nicht absolviert. Bitte sucht danach in den Datentabletts und holt sie nach, während ich weg bin.« Ein einstimmiges Knurren antwortete ihm. Entspannungsübungen schienen wenig beliebt zu sein.

Ulquiorra schritt mit Xanmeran in den Flügel der Bacanis. Beide gleich groß, auf Augenhöhe. »*Du weißt, dass du mit Gewalt bei den Kriegern nicht weiterkommst?*« Ulquiorra blieb stehen.

»*Im Gegenteil, ich denke, das ist die einzige Sprache, die sie verstehen*«, entgegnete Xanmeran und hielt ebenfalls an.

Sie sahen sich in die Augen.

Ulquiorra fühlte den lange unterdrückten Groll gegen seinen Vater in sich aufsteigen. Er schluckte. »*Gewalt erzeugt* nur *Gegengewalt. Du sollst ihnen beibringen, aus diesem Teufels-kreis auszubrechen!«* Er machte eine Pause. *Aber wie ich sehe, bist du selbst darin gefangen.«*

Xanmeran schnaufte. *»So siehst du mich? Als hitzköpfigen, hirnlosen Dummkopf?«*

Ulquiorra spürte eine kalte Woge seinen Rücken hinauf kriechen. *»Ja, in der Tat! Die Folgen deiner Unbeherrschtheit hatte ich schon als Kind vor Augen!«* Das war ein Schlag mitten in Xanmerans Gesicht. Ulquiorra holte noch weiter aus. *»Und nicht nur, dass du meine Mutter fast umgebracht hast – du verzichtest noch immer nicht auf die todbringenden Umarmungen bei deinen Partnerinnen.«*

Sein Vater erbleichte, soweit das bei seiner roten Haut möglich war. *»Ich wüsste nicht, was dich das angeht«*, zischte er.

Die Bacanis waren vergessen. Ulquiorra und Xanmeran standen sich in dem weißen, ruhigen Gang des Silentiums gegenüber. Xanmeran neigte den Kopf, bereit zum Angriff. Sie ballten die Fäuste.

»Ich werde mich nicht mit dir schlagen und mich auf dein Niveau begeben«, keuchte Ulquiorra. Er zwang sich dazu, die schweißnasse Faust zu entspannen, drehte sich um und ging. Er bereute, auf die Idee gekommen zu sein, seinen Vater als Rückendeckung beim Gespräch mit den Bacanis einzusetzen. Er würde auch allein mit ihnen fertig werden!

Trianora legte die Petrischalen in den Brutschrank zurück. Das Virus war nun vollends erforscht. Es war genauso, wie Solutosan vermutet hatte. Es führte zum kompletten Flüssigkeitsverlust in der Spiralvene und im Genital der Bacanis und mumifizierte so diese Körperteile. Alle Versuche andere Zellen damit zu infizieren, waren fehlgeschlagen, was hieß, dass es wirklich die ultimative Waffe gegen die Bacanis war.

Trianora erhob sich, glättete ihr Gewand und blickte in den kleinen, runden Spiegel an der Wand. Sie sah müde aus.

Kein Wunder, dass Ulquiorra sie nie richtig wahrnahm. Sie verlor immer mehr von ihrer strahlenden, jugendlichen Schönheit.

Könnte ich einfach nur vergessen, dass ich ihn liebe, dachte sie, jedoch war sie nicht fähig ihre zweite Gabe bei sich selbst anwenden. Kaum jemand wusste von ihrem Talent, andere vergessen zu lassen. Die Einzigen, die es gewusst hatten, waren ihre Eltern. Aber ihre Mutter war vor langer Zeit und ihr Vater einige Terzien danach gestorben.

Trianora seufzte. Sie blickte auf ihren Datenspeicher. Hatte sie nicht an diesem Tag Unterricht bei den Quinari? Sie war sich nicht sicher. Vorbereitet hatte sie die nächste Stunde bereits. Sie wollte mit ihnen über Eigentum sprechen. Leicht verärgert über sich selbst schüttelte sie den Kopf und beschloss in die Aula zu gehen, um dort auf den Plan zu schauen.

Wie immer um die Mittagszeit war das Silentium ausgestorben. Draußen mussten sich die Monde eben auf den weitesten Punkt zur Sonne entfernt haben, denn das gelbe Licht strahlte warm und stark durch die sonnendurchfluteten Gänge und Hallen. Trianora genoss ihren langsamen Spaziergang auf den reflektierenden, weißen Böden, die sie zusätzlich in Licht badeten. Leise öffnete sie die Tür der Aula. Nein, es war keiner der Quinari im Raum.

Sie trat ein und schaute auf das kleine Brett neben der Tür. Dort hing ein weiterer Lehrplan. Sie studierte ihn und fühlte plötzlich, dass sie nicht alleine war. Dann sah sie ihn. Zusammengesunken saß er auf dem Fußboden vor der Bühne der Aula, den glänzenden, roten Schädel in die Hände gestützt.

»Xanmeran!« Sie eilte zu ihm. »Alles in Ordnung mit dir?«

Er hob den Kopf und sah sie an, als erkenne er sie nicht. Dann kam Leben in seine schwarzen Augen. »Trianora!«

Er blickte zu Boden. »Ja, mir geht es gut.«

»Aber warum sitzt du denn so hier?« Trianora spürte, dass etwas geschehen war. Sie setzte sich auf einen Stuhl in seiner direkten Nähe, beugte sich vor. Sein Kummer war fast greifbar. »Ulquiorra«, sagte sie instinktiv.

Xanmeran hob den Kopf. Sein Blick war gequält. »*Ich habe gedacht, ich hätte es überwunden*«, flüsterte er.

Trianora rutschte mit dem Stuhl näher an ihn heran und nahm seine Hände in ihre. »*Wovon sprichst du nur?*«

»*Ich habe seine Mutter vor langer Zeit verletzt. Das wird er mir nie verzeihen*«. Er senkte wieder den Kopf. Trianora streichelte unbewusst mit dem Daumen seinen Handrücken. »*Er hält mich für ein unbeherrschtes Ungeheuer. Ich werde für ihn nie etwas anderes sein.*« Xanmeran legte den Kopf auf ihre Knie, die Hände immer noch in ihren.

»*Ihr müsst nochmals miteinander sprechen*«, versuchte Trianora ihn zu trösten. Das Gewicht seines Kopfes auf ihren Knien begann sie zu irritieren. Sie blickte auf ihn hinab. Er war traurig. Wie von selbst hob sich ihre Hand und streichelte seinen glatten Kopf. Die rote Haut war samtig, warm und angenehm. Er schmiegte sich an ihre Knie.

Noch nie war ihr ein Mann so nah gekommen. Trianoras Mund wurde trocken. Wie behaglich sich das anfühlte. Sie streichelte ihn weiter, bemerkte kaum, dass er seine Hände von ihrem Schoß gezogen hatte, die nun langsam unter dem Gewand die Beine hoch glitten. Seine Berührung war zart und sanft. Sie sollte sich dagegen wehren. Aber warum wehren, wenn etwas so angenehm war?

Seine Hände waren an ihren Schenkeln angekommen. Trianora seufzte. Mit geschlossenen Augen schmiegte er den Kopf in ihren Schoß, genoss ihre Berührung. Das ist Xanmeran, versuchte eine innere Stimme in ihren eingelullten Verstand vorzudringen. Ja, dachte sie, Xanmeran. Männlich durch und durch, zärtlich, einfühlsam und ... Seine Hände hatten ihr Gewand hochgeschoben. Sein Kopf lag inzwischen auf ihren nackten Beinen. Er küsste zart ihre Oberschenkel. Trianora!, rief eine Stimme in ihr. Das ist Xanmeran!

Sein Mund war so angenehm. Bei jedem seiner Küsse liefen ihr kleine Schauer über den Rücken. Sanft drückten seine Hände ihre Beine auseinander. Ihr war gleichgültig, was die Stimme in ihr rief. Sollte sie Amok laufen. Niemand hatte sie bisher berührt, kein Mann um sie gefreit. Nun kniete einer der Alpha-Männer vor ihr, um sie zu verwöhnen. Sie war kein Kind mehr!

Trianora öffnete die Schenkel, spürte seinen Mund, nein, seine Zunge auf ihrer Scham. Sie zitterte vor Erregung. Langsam und genüsslich erkundete er ihr Geschlecht. Seine Zunge teilte ihre Frucht. Sie fühlte seine starken Hände an ihren Schenkeln verkrampfen.

»*Gut, dass ich dich hier finde*«, sagte eine Stimme neben ihr. Trianoras Herz tat einen gewaltigen Schlag, sie fuhr zusammen. »*Ich soll dir von Ulquiorra ...*« Jetzt nahm Meodern wahr, dass sie nicht allein war, sondern jemand vor ihr kniete. Er starrte fassungslos auf Xanmeran, der den Kopf benommen aus ihrem Schoß hob.

Trianora reagierte augenblicklich. Sie schob Xanmerans Haupt von sich fort und zog ihr Gewand nach unten.

»*Ich komme lieber später wieder!*« Meo verhaspelte sich, war schon an der Tür. Xanmeran kniete immer noch, aber Trianora war auf die Füße gesprungen und Meodern hinterher geeilt.

Sie packte ihn am Ärmel. »*Meo, lass dir erklären ...*«

»*Bitte lass mich los, Trianora.*« Meo zog an dem Gewand, das mit einem unschönen Laut riss. Dieses Geräusch brachte sie endgültig auf den Boden der Tatsachen zurück. Meo verschwand durch die große Tür, ohne sie zu schließen. Trianora starrte wie gelähmt auf das kleine Stück Stoff in ihrer Hand.

»*Ähm*«, seine Stimme räusperte sich hinter ihr. »*Ich gehe dann besser.*« Xanmeran blickte verlegen zu ihr hinunter. Trianora nickte nur, unfähig etwas zu sagen. Flugs war auch er zur Tür hinaus.

Den Rest des Tages lief Trianora wie ein Geist im Silentium umher. Sie beantwortete automatisch lächelnd alle Fragen, aß sogar ein Stück Donakuchen. Wie an Schnüren gezogen räumte sie ihr Labor auf. Sie ging wie in Trance zu ihrem Zimmer im Wohnflügel, entzündete ein kleines Energiefeuer im Kamin. Frustriert ließ sie sich auf einen Sessel fallen und suchte in der Tasche ihres Gewands nach dem Stück des Ärmels. Wenn Meo das Gesehene irgendwo erzählte, war ihr Ruf dahin! Kein duonalischer Mann würde ihr eine Samenspende bereitstellen, geschweige denn sie um das Ritual bitten.

Sie nahm den Stoff zwischen ihre Handflächen – konzentrierte sich. Schaute auf ihre Hände, aus denen erst zart, dann immer stärker werdend, blaues Licht floss. Es hüllte den Stoff ein. »Oblivisci facta«, flüsterte sie und ließ den Stofffetzen los, der in Flammen aufging und verglühend zu Boden sank.

Personenliste:

Die Duocarns:

Solutosan – der Sternenkrieger (verbittet sich Abkürzungen und Nicknames) ehemaliger Chef der Duocarns, hüftlanges, goldenes Haar, sternenäugig, bisexuell, dominant, humorvoll, sensibel, Waffe aber auch Aphrodisiakum: Sternenstaub. Kanadischer Name: Bruce Farner

Xanmeran – der Ätzende (Spitzname Xan)
Krieger, heterosexuell, zwei Meter groß, Bodybuilder, schwarzäugig, wild, Glatze, rote Hautstreifen (Dermastrien), die er als Waffe und beim Liebesspiel benutzt. Experte für Sprengungen. Kanadischer Name: Bill Angels

Meodern – der Schnelle (Spitzname Meo)
Krieger, heterosexuell, blonde, stachelige Haare, grünäugig, goldhäutig, Frauenheld, kann seinen Körper zum Vibrieren bringen, Schnelligkeit bis Lichtgeschwindigkeit. Meoderns zweite Gabe ist seine tiefe Verbindung zu Pflanzen. Kanadischer Name: Pierre Malcolm

Tervenarius – der Giftige (Spitzname: Terv)
Krieger, Chef der Duocarns, homosexuell, goldene Augen, silbern-weiße Mähne, fungider Hybride. Er simuliert fast alle Pilzarten. Kanadischer Name: Philipp McNamarra

Patallia – der Heiler (Spitzname Pat)
Mediziner, homosexuell, grau/violette Augen, Glatze, weißhäutig bis durchsichtig je nach Emotion. Er kann sämtliche Medikamente in seinem Körper herstellen und per Hand verabreichen und hat ein Sprachtalent. Kanadischer Name: Patrick Mulhern

Die Erdlinge:

David Martinal/Mercuran – schlanker, dunkelhaariger Häusermakler mit Hang zu exotischen Fischen und Pflanzen, stahlblaue Augen, hartnäckig, sensibel, homosexuell.

Maureen Silverman - klein, blonde Haare, Karatetrainerin, mutig, selbstbewusst, zielstrebig.

Samuel Goldstein – (Spitzname Smu), Jude, Privatdetektiv, blond (wenn nicht gerade verrückt gefärbt), grüne Augen, gepierct, frech und unkonventionell.

Daisy Madison - Prostituierte und Partnerin von Bar. Dunkelhaarig, vollbusig, clever, zielstrebig

Die Bacanis:

Bar – Chef einer Unternehmensgruppe und Kopf der Bacanis auf der Erde, intelligent, brutal, korrupt, nervenstark, nach Verwandlung graublaues, dickes Fell, mit spitzer Schnauze und langem Schwanz. Alias Brad Butler.

Krran – Bars rechte Hand, verschlagen, obrigkeitshörig, gierig, nach Verwandlung rotbraunes hartes Fell, kurze, kraftvolle Schnauze, langer Spiralschwanz. Alias Wesley Trum.

Psal – Frau von Chrom, schlank, beweglich, intelligent, humorvoll, violette Augen (Telepathin), sehr schnell, nach Verwandlung grau-violett meliert, spitze Schnauze.

Chrom – Bacani, violette Augen, Telepath, Pelz gelb-grau gestromt, arbeitet auf Seiten der Duocarns, blitzschnell, intelligent, warmherzig, Computerfreak, Navigator. Alias Ted Grummart.

Die Duonalier:

Ulquiorra – Sohn von Xanmeran, Atomphysiker am Silentium, groß, schlank, dunkles Haar, schwarze Augen, Energetiker, ruhig, ausgeglichen, zielstrebig, stark.

Trianora – Genetikerin am Silentium, zierlich, blond, zurückhaltend, silberne Augen, kameradschaftlich, selbstbewusst, Assistentin von Ulquiorra, beherrscht „Das Vergessen".

Halia – Tochter von Solutosan und Aiden, grüne Sternenaugen, rot-goldene Locken, temperamentvoll, intelligent, studiert Medizin und Philosophie, beherrscht Sternenstaub, kann Dinge vereisen.

Die Auraner

Vena – Jägerin, grüne, schuppige Haut, riesige grüne Augen, goldenes Haar, meist zu Zöpfchen geflochten. Freiheitsliebend, stolze aber gutherzige Bewohnerin Sublimars

Die Occabellarner

Arishar - König der Quinaris, grauhäutig, stark gehörnt, ungeheuer stark, Schwertkämpfer, Erdwesen, gerecht, trotzig, feinfühlig, Waffe: zweischneidiges Schwert und Kampfaxt

Maurus – König der Aquarianer, durchscheinende Alginat-Haut, Wasserwesen, langes, blaues Haar, guter und starker Kämpfer, familiär, aristokratisch und edel, Waffen: Achatschwert und Kristallquarz-Wurfring

Luzifer – König der Trenarden, schwarzhäutig, rote Mähne, kurze Hörner, glühende Augen, flammende Zunge, Feuerwesen, wild, ungebändigt, dauergeil, lieb, Waffen: Flammenschwert und flammender Wurfring

Leseprobe aus Duocarns 4 – Adam, der Ägypter

»Entschuldige, ich stehe heute etwas neben mir«, stammelte Ulquiorra. Er hatte ihn nicht, wie üblich, im Wohnzimmer des Hauses in Seafair abgesetzt, sondern vor dem Hauseingang.

»Das ist nicht schlimm, Ulquiorra«, antwortete Meodern lächelnd.

Er wollte noch etwas sagen, aber da war der Torwächter schon wieder verschwunden.

Mit wem habe ich da eben gesprochen?, dachte er verwirrt. Er stand vor einem schlichten, hellen Haus. Abgetrennt durch eine schmale Uferstraße donnerten die Wellen des Ozeans und liefen schäumend an den Strand. Er blickte an sich hinab. Warum hatte er ein weißes Kleid an? Er zog das Kleidungsstück hoch. Darunter war er nackt. Nun ja, das würde wohl so seine Richtigkeit haben. Es war sommerlich warm, die geeignete Temperatur für ein luftiges Gewand.

Guten Mutes lief er los und wanderte ziellos durch die Straßen. Wohin ging er überhaupt? Er schaute wieder an sich hinunter. Wer war er eigentlich? Ach, war das nicht gleichgültig? Wo war er? Er erreichte eine etwas belebtere Gegend. An einer Straßenkreuzung stand eine Glaskiste mit Zeitungen. »Vancouver Sun«, las er. Aha, er war offensichtlich in Vancouver. Schöne Stadt. Er grinste und ging weiter. Solange das Wetter gut war, machte es Spaß so herumzulaufen. Er sah zum Himmel. Der war strahlend blau! Na, wer sagt's denn! Die Leute, denen er begegnete, schauten ihn ein bisschen seltsam an, einige lachten. Aber er lächelte zurück und gelegentlich grüßte er einen von ihnen freundlich. So, viele Straßen! Er würde Stunden, vielleicht Tage, brauchen, um sie sich anzusehen.

Da standen etliche Leute vor einem Haus mit einer großen Glasfront. Warum warteten sie da? Es waren Männer – hübsche Männer. Er blieb stehen, um sie zu betrachten.

Eine ältere, rothaarige Frau trat durch die Glastür und winkte ihm. »Hey, du da!«

Er drehte sich um. Aber da war niemand. Sie meinte wohl wirklich ihn.

»Komm mal bitte her!« Er ging zögernd näher.

»Na, wenn das mal nichts ist«, sagte die Frau zu sich selbst und nahm ihn an die Hand.

Sie führte ihn wenige graue Steinstufen hinauf, an den wartenden Männern vorbei, die ihn mit seltsamen Blicken anstarrten. Warum hatten sie auf einmal alle so ärgerliche Mienen?

Er lief an der Hand der Frau durch einige lichtdurchflutete Räume voller Grünpflanzen. Er wollte gerne die Bilder der Menschen an den Wänden ansehen, aber sie zog ihn weiter.

Sie stieß eine große Flügeltür auf. Auch der nächste Raum war hell und freundlich. In der Mitte thronte ein weißer Schreibtisch, an dem eine zierliche, dunkelhaarige Frau genervt den Kopf hob. Sie fühlte sich gestört, das sah er sofort. Er betrachtete interessiert das zu einem strengen Knoten gewundene Haar und die ärgerlich zusammengekniffenen Brauen.

»Terzia! Jetzt sieh dir das mal an. Ich glaube, ich habe ihn gefunden!«

Solutosan war mit dem Windschiff zum nördlichen Mond übergesetzt. Seine wenigen Habseligkeiten trug er in einem Dona-Sack auf dem Rücken. Nun stand er am Hafen und blickte auf die vor ihm liegende karge Steppe. Die Hose seines Karateanzugs flatterte. Der Wind wehte weiße Graspollen heran. Sie schwirrten kreisend durch die dürren Halme, verwirbelten sich vor seinen Füßen. Er würde nachsehen, wie es Maurus an seinem kleinen See ging, bevor er zu Arishar stieß. Beschwingt lief er los.

Solutosan fühlte sich entspannt und ausgeglichen. Seine Zeit als Duocarns-Führer war vorbei. Er hatte Tervenarius zwar gesagt, dass er irgendwann wieder da wäre, wusste aber insgeheim, dass er die Leitung für immer abgegeben hatte. Über Äonen hatte er den Duocarns gedient – nun ließ er alles hinter sich. Die Ausbildung bei den kämpferischen Quinari würde für ihn garantiert nicht leicht werden, trotzdem freute er sich darauf.

Er lief schneller, fühlte den lauwarmen Wind im Gesicht in dem kurzgeschorenen Haar. Wie seltsam – zum ersten Mal seit langem erschien ihm seine Zukunft wieder verheißungsvoll und vielversprechend.

Der kleine, blaugrüne See lag in einer Senke. Die Windböen kräuselten sanft seine Oberfläche. Die Aquarianer lagerten am Ufer, einige schliefen. Ein friedliches Bild.

Zwei der blauen Krieger sprangen alarmiert auf, als sie ihn erblickten, beruhigten sich allerdings sofort, als sie sahen, wer sich da ihrem Lager näherte. Sie schauten ihm interessiert entgegen. Ihr sonst zu kunstvollen Frisuren aufgetürmtes, dunkelblaues Haar trugen nun alle offen, bis zu den Lenden wallend. Maurus, der bei seinem Harem ruhte, wurde von einer seiner Frauen sanft geweckt. Er richtete seinen Körper mit einer geschmeidigen Bewegung auf, erkannte ihn und lächelte – Freude in seinen Kristallaugen.

Er deutete Solutosan sich zu setzen. *»Ich freue mich dich zu sehen«*, sagte er mit seiner wohlklingenden, telepathischen Stimme. Er streckte die zartblaue Hand nach Solutosan aus, die dieser gern nahm. Er mochte Maurus, dessen Hand sich kühl und glatt anfühlte.

»Ich wollte nur schauen, wie es euch geht, mein König«, antwortete Solutosan auf die gleiche Art.

Der Wassermann neigte den Kopf. *»Danke, den Umständen entsprechend gut.«*

Solutosan legte den Kopf schief. *»Ja, die Umstände. Ich nehme an, ihr braucht mehr Wasser, und vor allem Salzwasser. Ich kann dich gut verstehen, denn das Meer ist ebenfalls mein Element. Warum siedelt ihr euch nicht auf Sublimar an?«*

Maurus erhob sich. Sein nackter, tiefgründig blau schimmernder Körper dehnte sich, schlank und doch kraftvoll. Eine der verschleierten Frauen half ihm, sein tiefblaues Gewand überzustreifen. Solutosan saß still und betrachtete ihn beeindruckt. Er hatte Maurus noch nie unbekleidet gesehen und war fasziniert von dessen fremdartiger und eleganter Schönheit.

Der Aquarianer nahm wieder Platz. *»Wären wir denn dort willkommen? Arishars Raumschiff hat zu wenig Energie um noch einmal abzuheben. Wie sollen wir Sublimar erreichen?«*

»Wir haben ein Tor zwischen den Planeten erschaffen, das ihr benutzen könnt, Maurus. Ich werde den Torwächter für euch rufen." Solutosan öffnete das weite Hemd der Karatejacke und legte seine Hand auf den Reifen in seiner Brust, der sanft zu kreisen begann. Nicht lange und Ulquiorras goldene Rotation erschien flirrend in der Luft über dem dürren Steppengras. Der Energetiker trat mit einem langen Schritt aus dem Tor. Ein erstauntes Raunen ging durch die Reihen der Aquarianer.

»Solutosan!« Wie alle Duonalier benutzte er Telepathie. Er lächelte, jedoch bemerkte Solutosan einige Veränderungen an ihm. Das lange Haar umrahmte stumpf und glanzlos sein schmales Gesicht. Ulquiorras Augen wirkten fahl und leblos.

Solutosan reagierte sofort. *»Ich möchte dich gern sprechen.«* Eigentlich hatte er ja vorgehabt, Ulquiorra um den Transport der Aquarianer zu bitten, aber er fühlte, dass es etwas Dringlicheres zu klären gab.

»Entschuldige uns«, nickte er zu Maurus und nahm Ulquiorra zur Seite. Hatte er nicht beschlossen, sich in der nächsten Zeit nur um seine eigenen Angelegenheiten zu kümmern? Er seufzte innerlich. Ulquiorras Sorgen hatten Vorrang vor dieser Art Entscheidung. Er blickte den bleichen Duonalier an. Der Mann brauchte Beistand. Er war ein guter Freund und ihm lieb und teuer. *»Du siehst nicht gut aus. Hast du ein Problem, bei dem ich dir helfen kann?«*

Ulquiorra starrte ihn an. *»Bemerkt man das so stark?«*

»Ja, Ulquiorra.«

Der Energetiker betrachtete seine Hand als gehöre sie ihm nicht. *»Ich hätte fast meinen Vater geschlagen.«*

Solutosan schwieg und sah ihn nur an.

»Ich hasse ihn, Solutosan. Ich kann einfach nicht anders! Er ist so unglaublich unbeherrscht, rücksichtslos und von sich eingenommen. Statt sich zurückzuhalten, ist er ständig auf Konfronta-

tionskurs. Auch bei seinen Frauen. Wahrscheinlich haben diese Eigenschaften dazu geführt, dass er meine Mutter so stark verletzt hat. Aber er lernt nicht – er macht einfach weiter, als wäre nichts geschehen!« Ulquiorra fuhr sich mit dem Armstumpf durch das schwarze Haar, an dem der Wind zerrte. »*Natürlich weiß ich, dass es völlig sinnlos ist, sich mit ihm zu schlagen – zumal ich sowieso keine Chance gegen ihn habe. Doch das ist nicht das, was mich so wütend macht. Es ist die Hilflosigkeit.*«

Solutosan blickte ihn schweigend an. Der Vater-Sohn-Konflikt hatte sich zugespitzt, was er bereits erwartet hatte. Jetzt war für ihn der richtige Zeitpunkt, um zu schlichten. »*Den einzigen Rat, den ich dir geben kann, ist, dich von ihm fernzuhalten, Ulquiorra, um die schlechten Gefühle nicht noch zu nähren. Ich weiß, wie stark Xanmeran unter dem Unfall gelitten hat. Du solltest auch nicht daran zweifeln, dass es einer war, denn er wollte deiner Mutter ganz gewiss nicht schaden. Oder glaubst du das?*«

Ulquiorra spielte mit den Falten seines Dona-Gewandes. »*Nein, ich denke, sie liebten sich.*«

Solutosan legte ihm die Hand auf den Arm. »*Du solltest verstehen, dass seine Dermastrien ein Teil von ihm sind. Er **muss** sie weiter einsetzen und darf nicht verzagen, obwohl das damals geschehen ist.*« Solutosan machte eine Pause. »*Er ist ein Hitzkopf, ich weiß, und er prügelt sich gern, versucht die Dinge mit Gewalt zu lösen. – Aber er lernt. Er hat die Ewigkeit auf seiner Seite. Gib ihm die Zeit, sein Gleichgewicht in Frieden zu finden.*«

Ulquiorra schnaufte. »*Wahrscheinlich hast du recht. Ich nehme mir das alles zu sehr zu Herzen. Ich sollte mich anderen, positiven Dingen, zuwenden und ihn einfach leben lassen, wie es ihm gefällt. Ich habe ihn als Knabe vergöttert. Er war mein Held. Aber die Erkenntnis, dass er in keiner Weise heldenhaft ist, macht mir doch zu schaffen.*«

Solutosan schüttelte den Kopf. »*Du täuschst dich, was sein Heldentum angeht. Ich verdanke Xanmeran viel. Nicht ein Mal, sondern etliche Male. Er brachte sich selbst in Gefahr, um mich in den eisigen Tiefen des Ozeans zu suchen und zurückzubringen. Ich kann mir keinen selbstloseren Freund vorstellen. Kein Wesen hat nur schlechte Seiten.*«

Ulquiorra betrachtete ihn nachdenklich. »*Du kennst ihn besser als ich.*«

»*Ja, Ulquiorra, verurteile ihn nicht so schnell. Gib ihm Zeit – nein, gib euch Zeit einander kennenzulernen. Kein Mann ist als perfekter Vater einfach vom Himmel gefallen – ich weiß, wovon ich spreche.*« Er lächelte und machte eine bedeutsame Pause. »*Jetzt noch etwas ganz anderes. Würdest du vielleicht Maurus und seine Leute nach Sublimar bringen? Sie brauchen das Meer. In Sublimar können sie in Ruhe leben.*«

»*Selbstverständlich, Solutosan.*« Gemeinsam liefen sie zurück zu dem kleinen See, dessen Wasser nun von den stärker werdenden Windböen in schnellen, gekräuselten Wellen gegen das Ufer schwappte.

Bisher erschienen:
Alle Bücher sind als Taschenbücher
und Ebooks erhältlich.

Band 1 - **"Duocarns – Die Ankunft"**
ISBN: 978-3-943764-05-5 – 236 Seiten

Band 2 - **"Duocarns - Schlingen der Liebe"**
ISBN: 978-3-943764-00-0 – 198 Seiten

Band 3 - **"Duocarns - Die Drei Könige"**
ISBN: 978-3-943764-10-9 – 212 Seiten

Band 4 - **"Duocarns - Adam der Ägypter"**
ISBN: 978-3-943764-02-4 – 204 Seiten

Band 5 - **"Duocarns - Liebe hat Klauen"**
ISBN: 978-3-943764-13-0 – 216 Seiten

Band 6 - **"Duocarns – Ewige Liebe"**
ISBN: 978-3-943764-14-7 – 228 Seiten

Band 7 - **"Duocarns - Alien War Planet"**
ISBN: 978-3-943764-17-8 – 280 Seiten

sowie

Eigenständiges Werk
"Duocarns – David & Tervenarius"
Lies die Geschichte aus Davids Sicht.
ISBN 978-3-943764-42-0 – 240 Seiten

und

Die Kurzgeschichten zu den Duocarns:
"Duocarns - Suspiricons"
Drei phantastische Kurzgeschichten aus der Zeit nach den
Duocarns mit neuen und bekannten Protagonisten.

ISBN 978-3-943764-43-7 – 116 Seiten

Für die Hardcore Duocarns-Fans:
Die Duocarns Poster und Tassen.
http://www.elicit-dreams.de

www.ingramcontent.com/pod-product-compliance
Lightning Source LLC
Chambersburg PA
CBHW031332170626
46807CB00002B/663